너를 그리면
거짓이 된다

KIMI WO EGAKEBA USO NI NARU

©Syun Ayasaki 2018

First published in Japan in 2018 by KADOKAWA CORPORATION, Tokyo.

Korean translation rights arranged with KADOKAWA CORPORATION, Tokyo.

너를
그리면
거짓이
된다

소미미디어
Somy Media

일러스트 Aoiao

등장인물

세키네 미카……아틀리에 강사

다키모토 도코……학생

다키모토 슈지……도코의 아버지

다키모토 하루코……도코의 어머니

난조 하루토……학생

난조 고즈에……학생, 하루토의 여동생

난조 미사키……하루토와 고즈에의 어머니

난조 고타로……하루토와 고즈에의 아버지

와타나베 쇼코……미카의 후배

다카가키 게이스케……학생

다이호 슈메이……도쿄 인피니티 아트 어워드 심사 위원

2016년 9월 9일, 금요일.

오후 11시 13분.

한 시간 쯤 전부터 폭풍우가 창문을 미친 듯이 후려치고 있다.

이러다 정전이라도 되면 어떡하지.

덜컥 불안해져 얼른 욕실에서 나가기로 했다.

혼자 사는 집에는 바람 소리밖에 들리지 않았다.

거실에서 휴대전화를 확인하자 서클 선배에게서 메시지가 와있었다.

「다음 주 월요일에 PA 미팅이 있어. 고즈에, 올 수 있어?」

여름방학이 끝나기 전에 올나이트 라이브를 한다고 했지.

다음 월요일에는 병원에서 미카 선생님이 부탁하신 걸 가지러 갈 생각이었다.

내가 지금 정말로 해야 할 일은 뭘까. 정말로 하고 싶은 일은 뭘까. 적어도 서클에서 친구들을 서포트하는 일은 아니라는 생각이 든다.

선배에게 보낼 답장은 보류하고, 젖은 머리카락을 왼손으로 닦으며 다른 한 손으로 텔레비전 리모컨 버튼을 누르자 저녁 뉴스가 화면에 나타났다.

「⋯⋯발달한 저기압의 영향으로 관동 지방의 태평양 쪽을 중심으로 폭우가 쏟아지고 있습니다. 이번 태풍으로 기록적인 강우량이 관측되었고⋯⋯시에서는 시간당 90밀리미터의 집중 호우가 쏟아졌습니다. 계속해서 밤사이에도 강한 비가 내릴 것으로 전망되므로 침수와 토사 유출 피해에 대비하고 안전사고에 각별한 주의가 필요하겠습니다.」

채널을 어디로 돌려도 수도권 남부를 덮친 호우 피해 상황을 보도하고 있었다.

「도쿄 도내 각지에서 기록적인 폭우가 관측되고 있습니다. ⋯⋯시⋯⋯구에서는 이번 폭우의 영향으로 주택 뒷산이 붕괴되면서 목조 가옥 한 채가 토사에 휩쓸렸다는 주민의 신고가 있었다고 합니다.」

귀에 익은 마을 이름이 고막을 때리면서 머리카락을 말리던 손이 멈췄다.

텔레비전 화면 안에서 익숙한 건물이 처참하게 변한 몰골을 드러내고 있었다.

바르르 떨리는 손으로 채널을 돌리자 똑같은 현장의 영상과 함께 속보가 쏟아졌다.

「……소방 당국에 따르면 피해를 입은 건물은 세키네 미카 씨가 운영하는 미술 학원으로, 대학생 강사 두 명이 토사에 휩쓸린 것으로 보고 수색을 계속하고 있습니다. 현재 연락이 되지 않는 사람은 도쿄 도내 미술대학교에 다니는 2학년 다키모토 도코 씨와 난조 하루토 씨로……」

자크 빌레글레

나는 늘 세상의 이름 없는 '천재들'에게 끌렸다.

제1부
세키네 미카의 고귀하고 잔혹한 일생

1

만약 딱 한 번, 원하는 과거로 시간을 되돌릴 수 있다면 어떨까.

나는 몇 살의 나에 시계바늘을 맞출까.

2015년 11월 11일, 오후 11시가 조금 지난 무렵이었다.

미대 수험생들을 돌려보내고 교실 청소를 시작하는데 극심한 현기증이 덮쳐왔다.

나도 모르게 무릎을 꿇고 나서야 생각났다. 오늘도 아침부터 기침이 멈추지 않았다.

나는 석 달 전에 마흔다섯 살이 되었다. 더는 젊지 않다.

한숨 돌리려고 개인실이기도 한 강사 대기실로 돌아와 커피를 끓였는데, 피로해서인지 머그컵에 손이 가지 않았다. 멍하니 있는 사이에 커피는 이미 차게 식었다.

"미카 선생님, 기침은 괜찮으세요?"

등 뒤에서 들려온 목소리에 돌아보자 걱정스러운 눈빛으로 보고 있는 다키모토 도코와 눈이 마주쳤다. 그녀의 뒤에서 난조 하루토도 나를 보고 있었다.

시계로 눈길을 돌리자 날짜가 바뀌려 하고 있었다. 이렁저 렁 30분 넘게 넋을 놓고 있었나 보다.

"피로가 좀 쌓였나봐. 둘 다 이제 가려고?"

물어보자 도코가 고개를 가로저었다.

"선생님, 하루토한테 아르바이트 시키실 거죠? 나도 하고 싶 어요."

"하고 싶다니, 도코가 강사를?"

"네. 나도 할래요."

사흘 전에 나는 현재 미대에 재학 중인 하루토에게 강사 아르바이트를 해볼 생각이 없느냐고 물어보았다. 조금 생각 할 시간을 달라며 대답은 아직 보류한 상태인데, 하루토가 도코에게 그 이야기를 한 것도, 도코가 강사를 하고 싶어 하 는 것도 예상 밖이었다.

겸손을 모르고, 분위기 파악도 못하고, 남에게 맞춰주지도 못한다. 다키모토 도코는 이른바 사회부적응자다. 강사 일을 할 수 있을 리가 없다. 도코가 미술 강사라니 농담도 그런 농 담이 없다. 하지만 정작 본인은 자각을 못하는지, 내가 거절 할 가능성은 조금도 생각하지 않는 듯했다.

도코가 창작 활동 이외의 무언가에 관심을 보이는 일은 극 히 드물다. 원하는 대로 하게 해주고 싶은 생각이 없지는 않 지만······.

옆에 있는 하루토에게 눈길을 옮기자 피곤한 얼굴로 고개를 끄덕였다.

"알아요. 저도 같이 할게요."

뒤치다꺼리는 자신이 하겠다. 행간에 배어 있는 마음을 도코는 알아채지 못한다. 그녀는 자신이 강사를 할 수 있다고 진심으로 믿고 있었다. 자신만만한 얼굴로 가슴을 내밀었다.

"나랑 하루토가 있으면 문제없어요. 선생님은 쉬세요."

"아틀리에 걱정은 일단 접어두고 선생님은 빨리 병원에 가보세요. 얼굴색이 너무 안 좋아요."

좋은 의미로든 나쁜 의미로든 두 사람은 남에게 거의 관심을 두지 않는다. 그런 두 사람까지 걱정할 만큼 나는 더 이상 노화를 숨기지 못하게 된 것이다.

야무진 하루토가 강사를 맡아준다면 미술 학원은 걱정할 필요가 없다.

두 사람의 마음을 고맙게 받아들이고, 한번 병원에 가서 제대로 검사를 받아봐야 할까.

"미카 선생님은 왜 선생님이 되셨어요?"

업무 내용을 설명하고 있는데 도코가 천진하게 물었다.

"도쿄 인피니티 아트 어워드라고 알아?"

"몰라요."

너를 그리면
거짓이 된다

단박에 대답하는 도코를 보고 하루토가 한숨을 흘렸다.

"대학교에 입학한 지 얼마 안 됐을 때 회화과 야사카 교수님이 응모해 보라고 말씀하신 적이 있었잖아."

"그런 일이 있었어? 그럼 나도 응모했어?"

"정말로 아무것도 기억하지 못하는구나. 출품 사이즈에 제한이 있어서 싫다며 단칼에 거절했잖아."

참으로 도코다운 이야기였다. 도코는 명예에도, 승리에도 관심이 없다. 쟁취해낸 것에도 쟁취하지 못한 것에도 집착하지 않는다. 도코의 작품은 언제나 철저하게 자기중심적인 창작 충동에서만 유래한다.

"도쿄 인피니티는 기업이 주체하는 공모전인데, 신진 예술가의 등용문이야. 역대 그랑프리 수상자 중에는 나중에 베네치아 비엔날레 일본관 대표로 선발된 사람도 있어. 국내에서는 손꼽히는 아트 콩쿠르야. 나도 대학교 때 해마다 공모했지만 잘 안 됐어. 한 번도 결과를 내지 못해서 그걸로 내 재능은 그 정도라고 단념했어. 그래서 화가가 아니라 교사가 된 거야."

"하지만 미카 선생님은 다른 상을 받았잖아요. 그 콩쿠르만 특별했어요?"

정곡이었다. 정말로 원하지 않을 때만 날카로운 애다.

홋카이도의 어느 시골 마을에서 도쿄에 있는 대학교에 진학해 압도적인 재능을 가진 사람들을 처음 접했던 그 무렵, 도쿄 인피니티는 자신의 가능성을 찾기 위한 콩쿠르였다. 그리고 분하지만, 나는 마지막까지 바라는 결과를 거머쥐지 못했다.

"상을 창설하신 분들 중에 다이호 슈메이라는 서양화가 선생님이 계셔. 20년 넘게 신작은 발표하지 않으셨으니 두 사람은 어쩌면 모를 수도 있지만, 젊었을 때는 매를 주제로 기막힌 사실화를 그리셨어. 심사 위원 중에 다이호 선생님이 계셔서인지, 그랑프리 트로피는 매가 조각된 동상인데 얼마나 멋있는지 몰라. 젊었을 때는 그게 참 갖고 싶었어."

거짓말은 아니지만 사실도 아니었다. 단순히 트로피가 갖고 싶어서 열심히 노력한 것은 아니었다. 그저 받지 못했던 상에 지금까지 집착하고 있는 자신이 한심해서 대수롭지 않은 듯이 말했다.

영리한 하루토는 내 기분을 알아챈 것 같았지만 단순한 도코는……

"그럼 내가 받아서 선생님한테 선물할게요."

도코는 말의 뒤에 숨어 있는 본심을 헤아리지 못한다. 알아채지도 못한다. 상을 받고 싶었다는 내 말을 단순히 그대로 받아들였다.

도쿄 인피니티 아트 어워드는 일본 국내에서는 최고의 권위를 자랑하는 공모제 미술 콩쿠르다. 입선하는 것만으로도 아득히 높은 허들을 넘어야 한다. 그런데도 도코는 자신은 그 랑프리를 받을 수 있다고 믿어 의심치 않았다.

만약 딱 한 번, 원하는 과거로 시간을 되돌릴 수 있다면 어떻게 할까.

나는 틀림없이 대학교 시절로 돌아갈 것이다.

그 무렵 도쿄 인피니티에서 승리했더라면 지금 나는 어디서 무엇을 하고 있을까. 상상해 봐야 어쩔 수 없는 일이건만, 잠들지 못하는 밤이면 문득 그런 생각이 떠오를 때가 있다.

"도코, 하루토. 두 사람은 만약에 시간을 되돌릴 수 있다면 언제로 돌아가고 싶어? 몇 살로든 돌아갈 수 있지만 딱 한 번밖에 돌아가지 못한다면?"

정답이 존재하지 않는 물음인데 불과 몇 초 고민하더니 도코와 하루코는 단박에 대답을 끌어냈다.

이쯤 되자 다시금 깨닫게 된다.

나는 아무것도 이루지 못한 평범한 일반인이다.

아마도 죽을 때까지 자신의 그릇에 납득조차 하지 못할 것이다.

하지만 진짜 재능을 타고난 두 사람의 존경을 받으며 이렇게 반짝이는 나날을 보내고 있다.

마지막까지 주인공은 되지 못하더라도 틀림없이 이것은 이것대로 행복한 인생이다.

2

1970년 8월 31일, 월요일.

나, 세키네 미카는 홋카이도 유바리군의 산골 마을에서 첫 울음을 터뜨렸다.

조산사의 도움 아래 여덟 형제자매의 일곱째이자 넷째 딸로 태어난 내가 그 집안에서 주목을 받은 것은 인생을 통틀어 그날 하루뿐이었다. 부모님의 애정은 대를 이을 장남을 필두로 한 세 아들에게 집중되어 있었기 때문이다.

70년대의 우리 집에는 증조모, 조부모, 숙부 숙모들이 같이 살았지만 언제나 얌전해서 손이 가지 않는 아이였던 나는 반쯤 투명인간 같은 존재였다.

일곱 형제자매는 하나같이 머리를 쓰기보다는 몸을 움직이기를 좋아하는 성격이었기 때문에 낮에는 거의 집에 없었다. 나는 소아천식을 앓았기 때문에 동네 아이들과 만족스럽게 놀지도 못하고 혼자서 그림책을 읽거나 그림을 그리며 망막한 나날을 보냈다. 미취학 아동 시절의 나는 그런 소녀였다.

그런데 다섯 살 봄, 그런 동굴 속에 있던 내 인생에 한 줄기 빛이 비쳤다.

유치원에서 돌아와 아무도 없는 거실로 들어갔는데 테이블 위에 화집이 한 권 놓여 있었다. 별 생각 없이 넘겨본 페이지에는 알폰스 무하의 연작 '슬라브 서사시'가 인쇄되어 있었다. 당시의 내가 그림에 담긴 체코 국민에게 보내는 메시지나 슬라브 민족의 역사를 이해할 수 있을 리가 없었고, 마치 벽화같이 거대한 그림의 스케일도 화집으로는 알 수 없었다. 그런데도 연작 그림에 단숨에 마음을 빼앗기고 말았다.

"애, 왜 그래? 왜 울어?"

어머니의 목소리에 정신이 들었을 때 나는 뺨을 적시며 웃고 있었다고 한다.

그것이 나, 세키네 미카와 유채화의 만남이었다.

그날 거실에 화집을 깜빡하고 놓고 간 사람은 가족 중에서 특이한 개성을 자랑하는 삼촌이었다. 삼촌은 아버지의 막내 동생으로, 홋카이도에 있는 교육 대학교를 졸업하고 중학교에서 미술 교사를 하고 있었다. 예술이라는 것과 인연이 없는 우리 집안에서는 명백한 이단아였다.

형제자매나 이웃 아이들과도 놀지 않고 전단지 뒷면에 그림만 그리는 조카딸이 있다. 그 사실을 알게 된 뒤로 삼촌은 남는 그림 재료들을 나에게 주기 시작했다. 다양한 화집을 보여주었고, 휴일에는 그림 지도도 해주었다.

초등학생이 될 때 삼촌이 먼 곳으로 전근을 가면서 나는 집안에서 다시 외톨이가 되었다. 하지만 고독하게 그림을 그리던 유년기에는 유일하게 삼촌이 해준 몇 마디 말이 희미하지만 확실한 길잡이였다.

초등학교 1학년 여름방학이 끝난 뒤였다.

소풍 갔던 동물원의 추억이 미술 수업의 주제였다.

도화지와 지점토를 사용해 저마다 추억의 작품을 만들어 문화제를 맞이했다.

수채화 물감으로 그린 내 그림은 단숨에 주목받았다. 문화제가 끝난 다음에는 시내 주니어 콩쿠르에 출품되어 1등을 거머쥐었다.

이러한 흐름은 이듬해도, 그 이듬해도 되풀이되었고, 어느새 나는 미술 시간에만 재능을 발휘하는 아이라고 주변에서도 인식하기 시작했다.

교사가 된 지금이라면 당시에 내 그림이 좋은 평가를 받은 이유도 짐작할 수 있다.

10살도 안 되는 내 그림에는 확고한 심지가 있었다. 장식적인 화면 구성은 물론이고, 세세한 부분까지 타협하지 않고 그려 넣으려는 집념이 깃들어 있었다. 회화 콩쿠르에서 심사위원을 맡는 사람은 화가가 아니라 각 초등학교에서 선발된 교사들이다. 그들의 평가는 미적 센스가 아니라 노력한 양에

너를 그리면
거짓이 된다

따라 내려진다. 끈기 있게 정성껏 만들어낸 과정 자체를 가장 높이 평가했다.

대상의 개성과 특징을 정확히 파악하고 치밀하게 그린 내 그림은 언제나 알기 쉽고 눈길을 끌었을 것이다. 홋카이도 도 내의 온갖 주니어 회화 콩쿠르에서 상을 모조리 휩쓸면서 이 윽고 나는 주변에서 신동이라고 불리게 된다.

정기적으로 상장을 받아서 돌아오기 때문일 것이다. 이윽 고 우리 가족도 내 개성을 깨달았지만 가족들에게는 단지 그 뿐이었다.

그림을 좀 잘 그린다고 밥이 나오지는 않는다. 가족에게는 콩쿠르에서 금상을 받아오는 딸보다, 운동회에서 활약하는 아들이 훨씬 자랑스러운 존재였다.

받아오는 상의 숫자가 늘어날수록 그에 반비례하듯이 가 족의 관심은 옅어져 갔다.

철봉에서 거꾸로 오르기를 못해서 혼나기는 해도 미술 성 적이 좋아서 칭찬받은 적은 없었다.

내가 나고 자란 집은 철두철미하게 그런 집안이었다.

인생에서 첫 번째 전환점이 알폰스 무하를 알게 된 일이었 다면, 두 번째 전환점은 중학교 2학년 봄에 병에 걸린 삼촌이 본가로 돌아오면서 찾아왔다.

성장한 내 그림을 본 삼촌은 도시에 있는 미술 학원에 보내라고 부모님에게 조언했다.

그림 같은 것은 잘 그려봐야 아무런 소용도 없다. 여자는 요리와 집안일만 할 줄 알면 된다. 고리타분한 사고방식을 가진 부모님은 귓등으로도 듣지 않았지만 삼촌은 끈질기게 물고 늘어졌다.

이 아이는 다른 형제자매들과는 다르다. 단지 그림 그리는 것을 좋아하는 아이들과도 다르다. 제대로 된 선생님에게 가르침을 받으면 틀림없이 커다란 꽃을 피울 것이다.

부모님은 끝까지 들어주지 않았지만 삼촌은 포기하지 않았다. 학창시절에 가족의 반대로 원하는 진로를 나아가지 못했던 자신의 모습과 나를 겹쳐 보고 있었을 것이다. 일본에는 국립 예술대학교가 많지 않기 때문에 입시 난이도는 더없이 높다. 20년 전에 사립 대학교 진학과 재수를 금지당한 삼촌은 미대에 진학하지 못하고 교육학부 미술과로 진로를 잡았다.

투병 생활을 하느라 휴직한 상태였는데도 수업료와 교통비를 삼촌이 내는 조건으로, 다음 달부터 나는 매주 주말마다 삿포로에 있는 아틀리에에 다니게 되었다.

그림을 그린다고 한마디로 쉽게 표현하지만, 그 안에는 기법과 화구가 무수히 많다. 유화, 수채화, 파스텔, 아크릴, 크레파스. 아틀리에에서 처음 접해본 온갖 화구에 마음이 설렜

너를 그리면
거짓이 된다

고, 말로 표현하기 어려운 충동을 가슴속에 품고 있는 사람이 이 세상에 나 혼자가 아니라는 사실도 알게 되었다.

방향을 알려주는 선생님의 존재는 정답 없는 인생을 살아가는 데에 큰 도움이 된다.

중학교를 졸업하고 삿포로 시내에 있는 고등학교로 진학하면서 평일에도 아틀리에에 다닐 수 있게 된 나는 점점 더 그림에 푹 빠지게 되었다. 예술이라는 무대에서는 오직 재능이 사랑받기 위한 필수 조건일 것이다. 미술 학원에는 그림과 사랑에 빠진 많은 학생들이 다녔지만, 내 눈이 포착하고 만들어내는 세상은 다른 아이들의 그것과는 수준이 달랐던 모양이다.

아틀리에의 선생님들은 아낌없이 "넌 특별해" 하고 칭찬해주었고, 주위 아이들 역시 나에게 그와 비슷한 감정을 느끼는 듯했다.

붓을 쥐고 있는 순간만큼은 그 동네에서 세키네 미카가 여왕님이었다.

3

1989년, 4월.

열아홉 살이 된 나는 미술 분야의 최고 학부인 도쿄에 있는 국립 대학교에 진학했다.

과거에 가까운 친척 가운데 홋카이도를 벗어난 사람은 아무도 없었지만 부모님은 반대하지 않았다.

애초에 학비와 생활비는 장학금과 아르바이트비로 마련할 생각이었기 때문일 것이다. 넷째 딸의 수고로울 것 없는 독립에 부모님과 형제자매의 반응은 대체로 담백했다.

현역 합격률 20퍼센트, 평균적으로 2년 넘게 재수해서 들어오는 예술대학교에 나는 현역으로 합격했다. 하지만 친척들 중에서 합격을 축하해준 사람은 오로지 삼촌 한 사람뿐이었다.

오랫동안 병을 앓았던 삼촌은 내가 대학교에 입학한 후 반년도 지나지 않아 돌아가셨다. 성장한 모습을 보여드릴 수는 없지만 삼촌에게는 진심으로 감사하고 있다. 내가 나일 수 있었던 것은 삼촌이 있었기 때문이다. 삼촌이 알아봐 주지 않았더라면 틀림없이 아주 불행한 삶을 살았을 것이다.

부모님과 형제자매에게 사랑받고 싶다. 그림 재능을 인정받고 싶다. 어릴 때는 나에게도 그런 마음이 있었다.

하지만 그런 원초적인 욕구는 이윽고 포기와 함께 죽어갔다.

세상에는 서로를 이해하는 인간과 서로를 이해하지 못하는 인간이 있다. 그것은 고작해야 혈연 따위의 인연으로 어떻게 되는 것도 아니고, 노력과 집념으로 뒤집을 수 있는 종류도 아니었다.

대학교에 진학하면서 고향을 떠난 열여덟 살의 그날, 나는 결코 서로 이해하지 못하는 내 가족을 완전히 단념한 것 같다.

그리고 도쿄에서 새로운 삶을 시작했다.

새 출발은 결코 순풍에 돛 단 듯 순조롭지는 않았다.

대학교에 입학하고 2주일도 지나기 전에 나는 스스로가 평범한 수재에 지나지 않았음을 깨달았다. 청춘 시대에 언제나 '특별한 존재'라고 불려온 사람들만이 모인 최고봉의 무대에서 나는 '그늘에 묻히는' 감각을 처음으로 맛보았다.

진짜 재능은 그것을 알아보는 능력을 가진 사람만이 이해할 수 있다. 몇백, 몇천 명의 일반인이 천재라고 추켜세워 봐야 그런 것은 허상에 지나지 않는다. 삼촌의 눈에는 정말로 내가 유일무이한 천재로 보였을 것이다. 하지만 나는 깨닫고 말았다. 세키네 미카라는 여자는 조금 우수할 뿐인 평범한 인간에 지나지 않았다.

그래도 다행라면, 실망을 뒤덮고도 남는 정열이 가슴속에 뜨겁게 타오르고 있었다는 점일까.

그림을 그리는 것은 다른 그 무엇과과 바꿀 수 없는 숭고한 일이고, 도쿄에 진학함으로써 새롭게 펼쳐진 세상은 눈을 깜빡이는 순간조차도 아까울 만큼 눈부셨다.

망막에 빛 알갱이가 달라붙은 것처럼 대학 생활은 반짝반짝 빛났다.

학부 내에는 전공 과정이 다양하게 존재했다.

조각 하나만 놓고 보더라도 돌, 금속, 나무, 점토, 밀랍 등 소재는 천차만별이다. 가까이서 느끼고 때로는 접해볼 수도 있게 된 공예는 회화 못지않게 매력적이었다.

붉은 벽돌 담장을 지나 오른쪽으로 돌면 음악에 인생을 건, 같은 대학교 학생이라고는 생각하기 힘든 맵시 있는 젊은 이들이 시야에 들어온다.

머무르지 않고 흐르는 예술인 음악의 진수에는 결국 끝까지 도달할 수 없었지만, 이 세상에 엄연히 존재하는 가치 있는 아름다움이 미술 외에도 있다는 사실을 실감하기에는 충분하고도 남는 환경이었다.

그림 이외에도 예술의 길은 있었다. 하나같이 대단하고, 하나같이 가치가 있었다.

하지만 내가 선택한 것은, 선택하고 싶은 것은 역시 그림이었다.

죽는 날까지 한눈팔지 않고 유채화를 사랑하리라고 다짐했다.

예술 세계에서 살아간다.

그렇게 각오한 날부터 인생에는 늘 도전이 따라붙게 되었다.

나는 선택받은 사람, 이른바 '천재'는 아니다. 하지만 유일무이한 화가가 될 수 있는지 어떤지는 또 다른 문제다. 그 유명한 고흐도 생전에는 그림이 거의 팔리지 않아 생활조차 어려운 수준이었다. 승자를 결정하는 것은 교사도, 동급생도, 그리고 자신도 아니다. 국경도 제한 시간도 없는 시장이다.

그림으로 먹고살고 싶으면 먼저 세상의 인정을 받아야 한다.

화랑이나 화상의 눈에 들어 실력 중심의 세계에서 작품을 세상에 팔아나간다.

아니면 화단의 대형 공모전에서 수상 경력을 쌓아 예술원의 회원을 목표한다.

지향하는 위치나 이상의 형태는 제각각이지만 어쨌든 작품과 이름을 알리지 않으면 아무것도 시작되지 않는다. 필요한 것은 소규모 콩쿠르를 거머쥐는 것이 아니다. 유명한 공모전에서 수상해 전람회에서 자신의 작품을 알리는 것이다.

당시 내 눈에 가장 눈부시게 보였던 상은 도쿄 인피티니 아트 어워드였다. 상금의 금액, 콩쿠르의 규모, 입선작 전람회의 형태까지 하나같이 매력적이었지만 무엇보다 마음이 끌린 이유는 심사 위원 중에 다이호 슈메이가 있다는 점이었다.

다이호 슈메이는 보고 있으면 정신이 아득해질 만큼 치밀한 묘사가 특징인 화가다. 게다가 기법 면에서는 기본에 충실한데 독자적인 세계를 그려내는 데에도 성공했다. 그 중에서도 매를 그린 연작 그림이 뛰어났다. 내 눈에 그의 유화는 어떤 작가의 그림보다도 혁명적으로 보였다.

심사 위원장은 아니지만 트로피가 매를 조각한 동상이라는 점에서도 다이호 슈메이가 심사 위원의 중심에 있다는 점은 틀림이 없었다.

도쿄 인피니티에서 그랑프리를 받으면 신진기예 작가의 대열에 들 수 있다.

어쩌면 전람회를 보러 온 갤러리 관계자가 내 그림을 보고 한눈에 반할지도 모른다. 무엇보다 그 다이호 선생님에게 내 그림을 보여줄 수 있다.

응모 기간은 5월 한 달 동안, 작품 반입 접수 기간은 6월 말일, 심사 결과 발표는 7월 중순이다.

수상하거나 입선하면 8월 상순에 개최되는 시상식에 초대받는다.

일찌감치 출품 신청을 하고 잠자는 시간도 줄여가며 나는 캔버스를 앞에 놓고 두 달 동안 제작에 몰두했다.

당시에 나는 지은 지 40년 된 방 두 개짜리의 낡은 다가구 주택에 세 들어 살았다.

욕실 물은 재래식 보일러로 매번 데워서 써야 하고, 벽지는 여기저기 벗겨지고, 바닥도 요란하게 삐걱거렸다. 그래도 작품을 제작할 공간을 충분히 확보할 수 있는 구조라는 점이 이 집의 장점이었다.

나는 길이 194센티미터, 높이 162센티미터의 F규격 130호 캔버스를 준비했다. 이렇게 큰 작품을 제작하는 것은 처음이었다. 불안하기도 했지만 내 모든 것을 쏟아 넣기 위해 제한 규격에 거의 꽉 차는 사이즈로 결정하는 데에 망설임은 없었다.

시골 촌구석에서 그림을 그리던 때에는 인정받는 것이 당연했다. 하지만 도쿄에서 나는 수두룩한 미대생 중 하나에 지나지 않았다.

하지만 이제부터가 시작이다. 나는 아직 열여덟 살이다.

배울 것이다. 흡수할 것이다. 성장할 것이다. 가속할 것이다.

이 그림으로 인정받을 것이다.

나는 특별한 존재라고, 스스로 증명해 보일 것이다.

지금 돌아보아도, 낯부끄러울 만큼 노골적인 투쟁심이었다.

십대의 열정과 충동은 어째서 그렇게 무모하고 독선적일까.

도쿄 인피니티에 처음 응모했을 때 나는 아홉 명의 수상자 명단에 이름을 올리기는커녕 입선조차도 하지 못했다.

입선자는 수상자를 제외하더라도 50명 가까이 된다. 정점만 바라보았던 그 공모전에서 나는 최소한 그 정도의 인원에 패배했다.

낙선 소식을 들은 직후의 일은 거의 아무것도 기억나지 않는다. 잊었다기보다 충격으로 의식이 제대로 움직이지 않았던 것이다. 살면서 그때만큼 침울했던 적은 없었다. 자신의 모든 것을 부정당한 감각에 사로잡혀 태어나서 처음으로 진심으로 죽고 싶었다. 화가로 인정받지 못한다면 살아봐야 의미가 없다고까지 생각했다.

회복하는 데에는 시간이 얼마나 걸렸을까.

인간의 마음이라는 것은 절대 지워지지 않는 얼룩조차도 시간과 함께 천천히 녹여내나 보다.

앞으로 다시는 그림을 그릴 수 없다. 그런 극단적인 생각까지 했는데 여름방학이 끝났을 때는 평범하게 등교했고, 깨닫고 보니 새로운 캔버스를 몇 개나 사놓고 있었다.

천 편이 넘는 작품이 쏟아져 들어오는 콩쿠르다. 화려한 수상 경력을 가진 사람과, 이미 시장에서 활약하는 아티스트도 응모한다.

고작 한 번의 도전으로 결론이 나는 자리가 아니다.

너를 그리면
거짓이 된다

대학생 동안만이라도 앞으로 세 번은 응모할 수 있다. 졸업하기 전까지 반드시 그랑프리를 따낼 것이다. 마음속에 새로운 열정이 타오르기 시작했다.

훌륭한 작품이 단지 훌륭하다는 이유만으로 인정받는다.

안타깝게도 세상의 모든 대회가 그렇지는 않다.

대학교 교수님에게 조언을 구하자 이 세상의 유쾌하지 않은 진실을 이야기해 주었다.

심사 위원은 자신의 이름을 걸고 수상작을 발표한다. 순위를 정하는 데에 작품 이외의 요소가 가미되어도 어쩔 수 없는 듯했다.

공모전의 성격에 따라 심사 위원의 취향도 달라진다. 노리는 상의 성격에 따라 어느 정도는 맞추는 노력도 필요할 것이다.

도전 2년 차인 그해, 나는 사사받던 교수님의 조언도 반영해서 전년도와는 성격이 다른 유채화를 출품했다.

그리고 그해 내 작품은 심사 위원 특별상을 수상했다.

1등인 그랑프리, 2등인 우수상, 그 다음에 오는 순위였다. 작년에는 입선조차 하지 못했던 것을 생각하면 상당한 상승이라고 할 수 있다.

물론 그랑프리를 따는 것이 최종 목표이므로 만족은 할 수 없었다. 하지만 그해의 수상은 나에게 특별한 의미를 선사했다. 수상자가 초대된 시상식에서 다이호 슈메이 선생님과 직접 이야기할 수 있었기 때문이다.

내 작품을 선택한 심사 위원은 다른 선생님이다. 하지만 다이호 선생님도 내 작품을 높이 평가해 주었다. '새로운 시대의 숨결이 느껴진다'고 칭찬까지 해주었다.

동경하는 화가에게 자신의 작품을 알린 경험은, 다음 연도를 향해 창작하기 위한 무엇보다 큰 동기 부여가 되었다.

인생에는 흐름이라는 것이 있나 보다.

잘 풀릴 때는 무엇을 해도 순조롭게 흘러가는 것 같다.

스무 살 초가을에 태어나서 처음으로 연인이 생겼다.

그는 학교 축제 전시물을 제작하면서 알게 된 디자인과에 다니는 세 살 연상의 동급생이었다. 나의 어떤 점이 마음에 들었는지는 지금도 잘은 모른다. 하지만 전시물 제작이 끝난 나음에도 그는 나에게 계속 관심을 보였고, 수동적이기는 했지만 이윽고 나는 처음 경험해 보는 사랑이라는 것에 빠졌다.

첫 번째 연인은 매우 스마트한 사람이었다.

대학교 내부에 한해서 말하면, 상식적인 감각을 갖고 있기 때문에 오히려 괴짜로 분류되는 사람이었다.

예대 안에서도 회화과 학생 중에는 장래를 고민하지 않는

너를 그리면
거짓이 된다

사람이 많다. 졸업 후의 진로나 10년 후의 자신을 상상하며 살아가는 사람은 극히 드물다.

마음을 꿰뚫는 충동에 몸을 맡기지 않으면 이 길에서는 성공할 수 없다. 의도적으로 장래를 고민하지 않는 사람도 적지 않았고, 나 역시 그런 사람 중 하나였다.

나는 1학년 때부터 도쿄 인피니티 그랑프리 획득을 목표로 정열을 불태웠다. 하지만 미술 콩쿠르는 어디까지나 수상 경력 쌓기에 지나지 않는다. 그랑프리를 따낸다고 해서 구체적인 일이 들어온다는 보장은 없다. 결국 개인전에 사람들을 끌어 모으기 위해 필요한 것도, 상업적인 면에서 필요한 것도, 그런 경력이 아니라 작품의 힘이었다.

대학교를 졸업한 후에도 계속 인연을 이어가는 평생 친구가 생긴 것도 그 무렵이었다.

겨울 냄새가 감돌기 시작한 11월, 일본화를 전공하는 한 살 어린 후배 와타나베 쇼코가 같은 다가구주택으로 이사 왔다.

미에 대한 취향이 비슷했던 우리는 순식간에 친해졌고, 이듬해 그녀가 스무 살을 넘긴 뒤로는 치기에 술을 마시며 밤을 새운 적도 종종 있었다.

비슷한 감성을 가지고 있어도 도전하는 방법은 천차만별인가 보다.

쇼코도 역시나 나처럼 다이호 슈메이의 작품에 매료되어 있었지만, 그녀는 동경하기 때문에 도쿄 인피니티에는 응모하지 않는다고 했다. 자신은 다이호 슈메이의 작품에 적지 않게 영향을 받았다. 그 영향을 완전히 소화하지 못하는 한 그가 심사 위원으로 있는 콩쿠르에는 응모할 수 없다. 그것이 쇼코의 이유였다.

나이가 어린데도 쇼코는 언제나 냉정하고 균형 잡힌 눈으로 세상을 본다. 그녀와 친구가 된 것은 틀림없이 대학 생활 중에서 손에 꼽을 수 있는 행운이었다.

그래도 쇼코는 쇼코, 나는 나다.

콩쿠르에 대한 정열은 변함없이 가슴 속에서 타오르고 있었다. 하지만……

대학교 3학년, 세 번째로 도쿄 인피니티 아트 어워드에 도전했다.

그해에 내가 응모한 작품은 입선은 했지만 수상은 하지 못했다.

작년에는 심사 위원 특별상을 받았다. 올해야말로 그랑프리를, 최소한 우수상을 받을 생각으로 도전했는데 결과는 참패라는 표현이 어울리는 수준이었다.

시상식 초대장은 입선한 사람에게도 온다.

너를 그리면
거짓이 된다

자신에게 패배를 안겨준 작품을 확인하기 위해 찾아간 시상식장에서 그때 나는 처음으로 객관적인 시선으로 응모 작품을 보았다.

작년까지는 자신의 일로 머릿속이 가득했다. 자기 작품의 평가밖에 신경 쓸 여유가 없었다. 하지만 보라. 지금 이 눈앞에 있는 작품들은…….

아직 어릴 때, 유바리에도, 삿포로에도, 적어도 눈길이 닿는 범위 내에는 나보다 재능이 넘치는 사람은 없었다. 하지만 우물 안 개구리라는 말이 딱 맞았다. 내 기량으로는, 내 상상력으로는 어림도 없는 창작자들이 세상에는 얼마든지 있었다.

심사 위원의 취향 문제가 아니었다. 상이 가지는 성질 탓도 아니었다.

적어도 그랑프리를 수상한 작품은 내 작품보다 훨씬 높은 차원에 있었다.

시상식장에는 다이호 선생님도 있었지만 말을 걸 수는 없었다. 선생님이 나를 알아보는 일도 없었다.

어째서, 단 1년 만에 이렇게나 평가가 달라지는 걸까.

정답이 없기 때문에 괴로웠다. 응답이 없기 때문에 고통스러웠다.

세 번째 도전의 결과는 도저히 어떻게 해볼 수도 없을 만큼 참담했다.

대학 생활의 마지막 1년이 시작되어도 나는 장래의 직업을 고민한지 않았다.

장학금을 받아 대학원에 진학해서 졸업할 즈음이 되면 그 때 다시 고민하면 된다고 생각했다. 세간의 일반적인 관점에서 보면 태평하기 짝이 없는 태도지만 그런 감각이 회화과에서는 지극히 평범했다.

한편, 디자인과에 적을 두고 있는 연인은 백팔십도 다른 미래를 그리고 있었다.

디자인이라는 한마디로 뭉뚱그려도 그 필드는 천차만별이다. 단, 고객의 요망에 따른다는 근간은 다르지 않다. 따라서 그가 추구하는 세상은 다른 학과 학생들과는 일선을 긋고 있었다. 창조성이나 독창성 같은 개성보다도 상대의 요구에 따르는 것이 중요시되는 세상에서 살아가는 그의 감각은 예대 내부에서 매우 드물었고, 4학년 봄에는 일찌감치 취직할 곳도 정해져 있었다.

그는 내가 살아가는 방식에 대해서는 아무 말도 하지 않았다. 쓴소리도 충고도 그의 입에서는 들어본 적이 없었다. 그래도 가까이 있으면 원하지 않아도 눈에 들어온다.

구직 활동을 뜬구름 잡듯이 쳐다보고 있던 내 마음에 그의 인생관은 작은 파문을 일으켰다.

많은 예대생과 마찬가지로 나도 화가를 지망했다. 작품을 팔아서 먹고살고 싶다고 생각했다. 하지만 스무 살이 넘으면 기대하던 바와는 전혀 다른 현실도 보이기 시작한다.

작품을 팔아서 살아갈 수 있는 사람은 정말로 한 줌에 불과하다. '천재'라는 안이한 표현으로 설명하는 것은 내키지 않지만 그런 범주로 분류된 사람들만이 예술가로서 살아갈 수 있다.

대학생이 된 뒤로 기업에서 주최하는 콩쿠르에서는 몇 번인가 입상했다. 3학년 겨울에는 국제 공모전인 아트 컴퍼티션에서도 입상했다. 저명한 콩쿠르였기 때문일 것이다. 그때는 신문사의 취재도 받았다.

하지만 예술 업계에서 살아가고 싶으면 결국 작품이 팔리는 작가가 되어야 한다. 아트 컴퍼티션에서 입상함으로써 근사한 경력은 얻었지만 그렇다고 유력한 갤러리에서 연락이 오는 일은 없었고, 미술관이나 수집가가 작품을 사주지도 않았다. 화가로서의 상황은 무엇 하나 달라지지 않았다.

역시 필요한 것은 도쿄 인피니티에서의 승리다. 거기서 그랑프리를 거머쥐고, 다이호 슈메이에게 인정을 받으면 미래는 틀림없이 달라질 것이다.

그렇게 믿었는데…….

네 번째로 도전한 그해의 도쿄 인피니티 아트 어워드.

심사 결과는 지난해와 완전히 똑같았다.

입선은 했지만 수상은 못했다. 2학년 때 받은 심사 위원 특별상을 넘어서기는커녕 그 뒤로는 그 수준에도 도달하지 못했다.

학교에 다니는 4년 안에 그랑프리를 딴다. 그렇게 결심했는데 마지막 응모전에서도 바라던 결과는 얻어내지 못했다.

시상식이 끝나고 환담이 시작되자 용기를 짜내어 다이호 선생님에게 말을 걸었다.

선생님은 내가 누구인지 바로는 떠올리지 못한 듯했다. 의아하게 보는 시선이 비수처럼 박혔다.

"저는 2년 전에 '석류 수꽃'이라는 유화를 제출해 타노우에 선생님이 심사 위원 특별상으로 뽑아주신 세키네 미카입니다. 다이호 선생님도 새로운 시대의 숨결이 느껴진다고 평가해 주셨고요."

"……아아, 그때 그 학생이구나. 올해도 응모했지?"

"네. 해마다 응모하고 있어요. 혹시 폐가 되지 않는다면 제 작품이 어디가 부족한지 배우고 싶어서요. 2년 전보다 성장했다고 생각하거든요. 기술도 그렇고, 주제를 선정하는 눈도요. 하지만 작년과 올해 모두 수상은 하지 못했어요. 어디가 모자란지 알려주시면……."

다이호 선생님은 무언가를 생각하듯이 허공을 보았다.

너를 그리면
거짓이 된다

"자네는 그림 그리는 걸 좋아하나?"

잠시 뒤 선생님은 낮은 목소리로 그렇게 물었다.

"네. 좋아해요. 정말 좋아해요."

"유화는 재미있고?"

"네. 언제나 정말로 즐기면서 그리고 있어요."

"그래? 그렇다면 그게 이유인지도 모르지."

나를 쳐다보는 다이호 선생님의 눈에 경멸과 비슷한 기색이 섞여있는 느낌이 들었다.

"그림은 마음을 비추는 거울이야. 즐겁기만 해서는 안 돼. 자네는 어딘가 편하게 그리고 있어. 그래서 즐겁다고 단언할 수 있는 거겠지. 진짜배기를 목표로 한다면 아픔도 느껴봐야 해. 괴롭기 때문에 아름다운 거야. 그림을 그리는 동기가 기쁨이 전부라면 미래는 없어."

단언하듯이 말하고 다이호 선생님은 이내 다른 사람과 이야기를 시작했다.

조금 더 자세히 가르쳐주기를 바랐다. 아픔이니 괴로움이니 하는 추상적인 표현이 아니라 구체적인 말로 올해 출품한 그림에 대해 충고해주기를 바랐다.

수상작을 바라보아도 마음속에 들어오지 않았다. 작년에는 그랑프리 작품을 보고 여실한 패배를 느꼈는데 올해는 정말로 알 수가 없었다.

자신에게 무엇이 모자라고, 그들의 어디가 뛰어난지 이해할
수 없었다.

첫 해에는 죽을 만큼 분했는데 화조차 나지 않았다. 가슴속
에서 소용돌이치는 것은 자신에 대한 순수한 실망뿐이었다.

그랑프리를 목표로 끊임없이 싸워온 4년은 무엇이었을까.

천천히 시간을 들여 풀솜으로 목을 조르는 것처럼, 나는
자신을 단념해온 걸까. 이것은 단지 그 정도의 이야기인 걸까.

보험 삼아 교원자격증을 따두어서 다행이었다.

나는 희망했던 대학원 진학을 포기하고, 졸업 후 현실주의
자인 연인에게 영향을 받은 것처럼 이른바 평범한 인생을 걷
기 시작했다.

1993년 4월.

스물두 살 봄에 나는 관동 지역에 위치한 사립 고등학교의
미술교사가 되어 있었다.

4

아무것도 이루지 못하는 인생에 무슨 의미가 있을까.

너를 그리면
거짓이 된다

평범하다는 낙인을 가슴에 찍고 살아가는 사람은 어떤 행복을 추구하면 좋을까.

스물두 살에 사회인이 된 나는 풍파 없이 평온하고 지루한 하루하루를 살아갔다.

갓 취직한 초기에는 사회의 조직 시스템이나 암묵적인 규칙에 당황하기도 했지만 일단 익숙해지고 나면 지극히 평범한 하루하루를 소화해 나가기만 하면 그만이었다.

예술 분야의 최고 학부 출신이기 때문일 것이다. 동료들에게는 미술 교사로서 인정을 받았고, 경영진도 나름대로 높이 평가해 주었다.

거품 경제가 꺼지면서 톱니바퀴가 어긋나기 시작한 시대에도 직장을 잃을 걱정은 없었다.

휴일을 함께 보낼 연인이 있고, 창작 활동을 위한 시간도 있었다.

육체도 정신도 존엄도 충만할 텐데 혼자 누운 밤이면 암담한 기분에 사로잡히는 것은 왜일까. 어째서 행복하다는 확신을 갖지 못하는 걸까.

대학교 때 따르던 삼촌이 병으로 돌아가셨기 때문에 졸업한 뒤에는 한 번도 고향에 돌아가지 않았다. 도쿄에서 생계를 꾸려나가는 나는 가족에게는 이미 다른 세계 사람이 되어 있었고, 형제자매의 결혼식조차도 형식적으로 연락만 해

왔을 뿐이었다. 도저히 빠지기 힘든 일이 있어서 양심의 가책을 느끼며 거절했지만 오지 않는다고 나무라지도 않았다.

마음속을 파고드는 공허함을 채우지 못하는 것은 가족과 거리를 두고 있어서가 아니다. 지금 생활에 무언가가 부족하기 때문에 충족되지 않는 것이다.

여름이 올 때마다 도쿄 인피니티 아트 어워드를 떠올렸다.

출품 자격에 나이 제한은 없다. 운동선수라면 몰라도 화가 세계에서 20대는 젊은 축이다. 한 번 더 응모해봐야 하지 않을까. 마지막으로 한 번 더, 자신의 가능성을 확인해봐야 하지 않을까. 몇 번이나 그렇게 생각했는데, 대학교를 졸업한 뒤로 한 번도 콩쿠르에는 응모할 수 없었다.

상처받고 싶지 않았다. 이 이상 스스로에게 실망하고 싶지 않았다. 도전하지 않으면 절망을 맛볼 일도 없다. 결국 나는 단순한 겁쟁이였다.

울적하던 20대에 그나마 위안이 있었다면, 신기하게도 교직 생활을 제대로 수행해 나간 점이었다. 아이들을 좋아하지는 않았는데 일만큼은 순조로웠다.

도쿄의 상위권 대학 진학률이 높은 학교라 예술대학을 목표하는 학생은 거의 없다. 그래도 해마다 입학하는 몇 안 되는 미술을 사랑하는 학생들에게서는 존경을 받았다. 하지만 그런 소소한 신뢰도 역시 마음이 추구하는 것은 아니었다.

그림과 공예에는 호기심 정도의 흥미밖에 못 느끼는 아이들과 지내는 나날에 점차 권태감을 느끼게 되었다.

아이들에게 그림을 가르치는 일이 의미가 없지는 않다. 아무것도 모르는 그 아이들의 미래에 언젠가 수업 내용이 부차적으로 꽃피우는 일이 있을지도 모른다.

하지만 내가 추구해온 충동은 훨씬 더 본질적인 무엇이었다. 그림을 그리는 행위는 그것이 없으면 살아갈 수 없는, 숨 쉬는 것과 다름없는 무언가였을 것이다.

또 다시 전환점이 찾아온 것은 30대로 진입하는 입구가 보이기 시작했을 무렵이었다.

사이비 예언자의 망상이 빗나간 1999년 여름이었다.

오랫동안 사귀어온 연인이 프러포즈를 했다.

세 살 연상의 그는 서른두 살이었다. 서로 안정적인 직업을 가지고, 그 대학교를 졸업한 커플치고는 이례적인 건실한 삶을 살고 있었다.

사랑은 잔잔한 무언가로 모습을 바꾸어 여전히 가슴속에 흔들림 없이 자리 잡고 있었다. 그와 결혼하는 삶을 상상하지 않았던 것도 아니다. 적당한 때에 찾아온 프러포즈였다.

프로덕트 디자이너로서 순조롭게 커리어를 쌓아온 그는 결혼상대로서 대부분이 부러워하는 좋은 신랑감이었다. 장래성도 인간성도 더할 나위 없었다. 무엇보다 아무것도 되지 못한 나를 지금도 사랑해 준다.

프러포즈를 거절할 이유가 없었고, 그 역시 거절당하리라고 는 상상하지 못했을 것이다. 하지만 인생이란 정말로 톱니바 퀴가 딱 하나 어긋나기만 해도 완전히 달라지는 듯했다.

"결혼하면 미카는 일을 그만둬도 돼."

대수롭지 않은 한마디였다.

"내 벌이만으로도 충분히 먹고살 수 있으니까. 집안일 하고 애만 잘 키우면 나머지 시간은 자유롭게 써도 괜찮아. 그림 그릴 시간이 더 있었으면 했잖아? 집 안에 들어앉아서 취미 인 그림을 마음껏 그리면 돼."

깊은 뜻이 있는 말은 아니라고 머리로는 이해했다. 그래도 그냥 넘어갈 수는 없었다.

나에게 그림은 '취미'라는 말로 치부할 수 있는 것이 아니다.

목숨을 갈아 넣고 있다든가, 영혼을 송두리째 바쳤다든가 하는 거창한 말을 할 생각은 없다. 나한테 그럴 자격이 있다 고 생각한 적도 없었다. 하지만 그림을 그리는 행위는 나에게 살아가는 의미 그 자체였다.

고등학교 교사를 그만두는 데에 이의는 없었다. 하지만 그 림을 취미라고 단언하는 남자의 옆에서 늙어가는 것은 참을 수 없었다. 그런 인생은 선택할 수 없었다.

어째서 이런 때에 깨닫고 마는 걸까.

어째서 이날을 맞이하기 전에 알아채지 못했을까.

평생에 한 번 있을까 말까 한 중대한 날에 나는 스스로를 속이며 살아왔다는 사실을 자각하고 말았다. 그리고 깨달은 이상, 더는 자신을 속일 수 없었다.

프러포즈를 거절하고 10년 가까이 사귄 그와 헤어졌다.

연말까지 채우고 근무하던 고등학교를 그만두었다.

그림으로 먹고사는 재능은 없다. 하지만 그림과 떨어져서 살 수도 없었다.

현실과 이상의 틈바구니에서 떠오른 것은, 홋카이도 산골에서 자란 나에게 예술로의 길을 열어준 미술 학원과, 후배인 와타나베 쇼코였다.

도쿄 출신인 쇼코는 미대를 졸업한 뒤 부모님의 허락을 받고 자택을 개조해 개인이 운영하는 미술 학원을 열었다. 새롭게 무언가를 시작하려는 때에 주변에 상담할 수 있는 상대가 있으면 든든하다. 모아둔 돈과 퇴직금을 쏟아 부어 교외의 절벽 아래에 세워진 목조 중고 건물을 구입한 뒤, 쇼코에게 조언을 청하며 미술 학원을 열기 위해 준비해 나갔다.

불안하기는 했지만 망설임은 없었다.

몇 달 뒤, 은행에서 융자를 받아 미술 학원 '아틀리에 세키네'를 열었다.

지도자로서는 몰라도 경영에 대해서는 생무지였다. 생활을 꾸려나갈 만큼의 벌이가 나온다는 보장도 없었다. 그래도 더는 스스로를 속이고 싶지 않았다.

자신을 속임으로써 다른 누군가에게 상처를 주는 일은 두 번 다시 있어서는 안 된다.

이번에야말로 정말로 그림을 사랑하는 아이들만 가르치며 살아갈 것이다.

2000년 7월.

세키네 미카는 스물아홉 살이 되었다.

불혹이라는 40대를 맞이하기 훨씬 전에 이미 망설임 없는 인생이 시작되었다.

5

개인이 운영하는 아틀리에에서 미술 선생님으로서 살아가는 나날은 좋은 의미로도 나쁜 의미로도 예상과는 전혀 달랐다.

너를 그리면
거짓이 된다

도심에서 떨어진 교외라도 도쿄라면 학생이 될 수 있는 아이들 수의 분모 자체가 크다.

　수업료가 저렴하고, 국제 아트 컴퍼티션에서 입상한 경력이 있고, 몇 가지 요소가 맞물려 미술 학원을 연 직후부터 일정 수의 학생을 확보할 수 있었다.

　첫 해부터 미대와 예술 고등학교 진학 실적을 내면서 광고를 하지 않아도 입소문을 타고 학생들이 늘어났고, 미술 학원은 단기간에 궤도에 올랐다.

　한편, 미술 학원을 시작하기 전에 품었던 아련한 바람은 실망으로 끝났다.

　미련이 남지는 않았지만, 어떤 의미에서는 사랑까지 버리고 선택한 길이다. 하다못해 자신과 동등한 레벨의 아이들을 가르치고 싶었다. 창작과 삶이 동화되어 있는 아이들을 구원해 주고 싶었는데, 마음이 움직이는 레벨의 재능과는 만나지 못했다.

　아틀리에에는 성인도 등록해서 다녔고, 고등학교에서 교사를 하던 시절과 비교하면 압도적으로 의식이 높은 학생들이 모여 있었다. 단순한 기술력과 장래성이라는 의미에서도 질적으로 달랐다.

　하지만 어떤 학생과 마주해도 마음이 흔들리지 않았다. 창작 활동으로 생계를 꾸리기는커녕 모교인 대학교에 입학할 수 있는 수준에조차 아무도 도달하지 못할 것이다.

　일류 아티스트가 되는 것이 목표는 아니다. 팔리는 그림을
그리는 것이 창작 목적도 아니다. 머리로는 아는데 짜증스러
움이 가라앉지 않았다.

　모두가 이렇게나 열정을 불태우고 있는데. 자연스럽게 알게
된다. 장래가 빤히 보이고 만다. 그림 몇 장만 보아도 투명하
게 드러나는 미래가 언제나 서글펐다.

　그래도 세계는 어느 날 갑작스럽게, 아무런 조짐도 없이 뒤
집힌다.

　아틀리에를 연 지 3년이 지난 2003년 10월, 서른세 살 때
의 가을이었다.

　한파로 꽁꽁 언 어느 날이었다.

　저녁 무렵에 약속도 없이 아틀리에에 손님이 찾아왔다.

　"딸이 다닐 만한 미술 학원을 찾고 있으니 견학 좀 할게요."

　그런 말과 함께 젊은 부부와 초등학교 1학년이 되는 딸인
3인 가족이 아틀리에로 찾아왔다.

　다키모토 슈지와 만났을 때 맨 처음 든 생각은 이 가족이
학원비를 꼬박꼬박 낼 수 있을지 하는 아주 무례하기 짝이
없는 생각이었다.

　부부는 둘 다 후줄근한 코트를 걸치고 있었고, 부석부석한

아내의 머리카락은 몇 년이나 빗질조차 하지 않은 것처럼 다 상해 있었다. 그녀는 지저분한 마스크 밑에서, 듣고 있는 사 람까지 고통스러워질 만큼 끊임없이 기침을 해댔다.

초등학교 1학년 딸이 입고 있는 옷 역시 애처로울 만큼 허름했다. 무엇보다 소녀는 보기 딱할 만큼 깡말랐다. 아틀리에에 보낼 돈이 있으면 먼저 먹고 입는 데에 써야 하지 않을까.

씁쓸한 마음을 느끼면서도 아틀리에를 안내한 이유는 하나였다.

유채화에 쏟아온 시간은 손을 보면 알 수 있다. 다키모토 슈지는 그림 그리는 것이 숙명인 사람의 손톱을 가지고 있었다. 공연히 찾아오지는 않았을 것이다.

부부의 외동딸은 코코아를 마시더니 이내 테이블에 엎드려 잠이 들었다. 딸을 상담실에 남겨두고 부부는 한 시간 정도 들여 각 교실의 수업 풍경을 살펴보았다.

아틀리에 세키네에서는 저녁 이후에는 다양한 연령층의 학생이 목적에 따라 나뉘어 그림을 배운다. 평소처럼 각 교실을 돌아보며 지도를 하고 있는데, 견학에 만족했는지 부부가 다가왔다.

"결정했어요. 딸을 이곳에 다니게 해야겠어요."

"그러세요? 감사합니다. 책임지고 지도하겠습니다."

경제 상황에 대한 불안은 지울 수 없었지만 처음 보는 사람에게 할 말은 아니다. 최악의 경우, 학원비가 몇 달씩 연체되면 내보내면 그만이다.

"사실 저희는 세키네 선생님의 그림을 본 적이 있어요. 그래서 선생님의 실력은 믿어요. 다만……."

무언가 말하기 거북한 일이라도 있는 걸까.

"그리는 능력과 지도하는 능력은 비례하지 않아요. 안 맞는다고 생각하시면 언제든지 그만두실 수 있어요. 월말까지 말씀하시면 수업료 이외의 요금은……."

"아……. 그런 이야기가 아니라요. 솔직히 저는 지도력이라는 건 별로 안 믿어요. 어차피 천재를 이해할 수 있는 사람은 천재뿐이니까요. 그런 의미에서 딸의 지도자로서 선생님보다 더 적합한 사람은 별로 없어요."

"감사한 말씀이지만 저는 교사의 범주를 벗어나지 않는……."

"겸손하실 필요는 없어요. 저희도 알거든요. 저도, 아내도 목숨 걸고 그림을 그리고 있으니까요. 아니……, 그렸으니까요."

기침이 멎지 않는 아내, 다키모토 하루코도 촉촉한 눈동자로 이쪽을 진지하게 보고 있었다.

"딸애를 부탁드리기에 앞서 꼭 드리고 싶은 말씀이 있어요."

너를 그리면
거짓이 된다

시계를 보자 오후 일곱 시가 지난 무렵이었다.

"제대로 들어봤으면 좋겠지만 지금은 수업 중입니다. 학생들을 오랫동안 방치할 수는……."

"그럼 기다릴게요. 몇 시간이든 상관없어요."

"지금은 입시철이라 자정 무렵까지 남아 있는 학생도 있어요."

"괜찮아요. 선생님 일이 끝나실 때까지 기다리게 해주세요."

다른 날 다시 올 생각은 없는 듯했다. 이 두 사람에게는 내일의 업무가 없는 걸까. 딸인 다키모토 도코는 초등학교 1학년이다. 내일도 학교에 가야 할 것이다. 기다리겠다고 하는데 쫓아 보낼 이유도 없지만…….

딸이 잠들어 있는 상담실에서 기다리라고 하고 일을 계속하기로 했다.

그날, 마지막 학생이 돌아간 것은 밤 열한 시가 지나서였다.

견학 온 가족은 신경이 쓰였지만, 이 시기에는 미대 수험생을 최우선으로 돌보아야 한다.

상담실로 돌아오자 딸 도코는 여전히 테이블에 엎드려 자고 있었다. 잠깐 자는 잠이라고 하기에는 지나치게 길었다. 이래서는 집에 돌아간 뒤에 잠이 오지 않을 것이다.

"죄송합니다. 멋대로 도화지를 한 장 빌렸습니다."

슈지가 들고 있는 도화지에는 아틀리에의 외관이 치밀하게 묘사되어 있었다.

벽돌로 된 담, 정원의 활엽수, 현관으로 이어진 돌길까지 충실하게 재현되어 있었다.

여기서 기다리라고 했을 때는 이미 해가 진 뒤였다. 외관은 들어왔을 때 한 번 본 게 전부였을 것이다. 그것을 생각하면 경악하지 경악할 만큼 정확한 필치였다. 다키모토 슈지가 상당히 많은 시간을 그림에 투자해 왔다는 점은 상상하기 어렵지 않았다.

"훌륭하시네요."

"아뇨, 뭘요."

"생계는 그림으로 유지하시나요?"

"그러고 싶었어요. 하지만 이미 손을 뗐어요."

의외의 대답이 고막을 때렸다.

"농담이시죠? 이 정도의 그림을 그리시는 분이……."

"아아, 이거요? 아니에요."

슈지는 웃었다.

"이 그림은 제가 그린 게 아니에요. 도코가 그렸어요."

눈앞의 남자가 자신을 놀리려고 한다. 그렇게 생각했다. 하지만 그도 하루코도 웃지 않았다.

부부는 자랑스러움과는 종류가 다른 빛이 스민 눈동자로

너를 그리면
거짓이 된다

그 그림을 보았다.

"선생님은 호세 루이스 이 블라스코라는 인물을 아십니까?"

"〈미술가 아버지의 초상〉의 모델이 된 인물 말인가요? 파블로 피카소의 아버지죠."

"역시 예대 출신 선생님은 미술사에도 정통하시네요. 저는 호세에 관한 어떤 에피소드에 강하게 공감하고 있습니다."

"피카소가 아니라 호세에게요?"

"네. 그는 말라가에서 미술학교 교사로 지낸 뒤 화가로서도 활동했어요. 하지만 사회적인 성공은 거두지 못했죠. 왜냐하면 그는 여덟 살짜리 아들의 압도적인 재능을 보고 화가의 길을 단념했기 때문이에요."

슈지의 얼굴에 근심이 드리워졌다.

"저는 호세에 대한 에피소드가 어디까지 진실인지는 몰라요. 학창시절에 들었을 때는 미심쩍다고 생각했던 것도 사실이에요. 하지만 저는, 아니, 저뿐만 아니라 아내도 역시 호세의 마음을 이해하고 말았어요. 팔불출이라고 비웃으실지도 모르지만 부디 진지하게 들어주세요. 도코는 진짜 천재예요."

슈지는 도화지를 내 눈앞에 내밀었다.

"도코는 이제 고작해야 일곱 살이에요. 그런데 한 번 본 풍경을 이렇게까지……."

"정말로 이 그림은 아버님이 그리신 게 아니에요?"

"맹세코 저도 아내도 아니에요. 선생님이 이 방에서 나가셨을 때 도코가 단숨에 그린 거예요. 믿기 힘드신 줄은 알지만 이 아이가 깨어나면 바로 증명할 수 있어요."

확실히 끝까지 밀고 나갈 수 있는 거짓말은 아니었다.

도화지에 그려진 풍경화를 다시 한번 살펴보았다. 이런 수준의 그림을 그릴 수 있는 사람이 아틀리에에 몇이나 될까. 풍경을 한번 보기만 하고 이렇게까지 재현할 수 있는 학생은……

"저도 아내도 화가를 지망했어요. 하루 벌어 하루 먹고 사는 정도이기는 하지만 이 길을 걷겠다고 결심하고 계속 그림을 그려왔어요. 그런데 이제는 그것도 불가능해졌어요. 사람이 그림을 고르듯이, 그림도 역시 사람을 고르거든요. 제 인생은 그림을 그리기 위한 것이 아니었어요. 이 아이를 지켜보고, 이 아이의 인생을 제대로 서포트하기 위한 것이었어요."

"조금 과장이 심하신 것 같네요."

"도코는 1996년 8월 13일에 태어났어요. 존 에버렛 밀레이가 사망한 지 딱 100년이 되는 해죠. 신기하게 딱 맞아떨어진다고 깨달았을 때 나는 딸에 대한 마음이 허풍이 아니라고 확신했어요."

"실례지만 우연이겠죠."

너를 그리면
거짓이 된다

"밀레이는 20대 초반이라는 젊은 나이에, 연인 햄릿이 아버지를 살해하자 그 충격으로 정신이 나가 물에 빠져 죽은 오필리아를 그렸어요. 딸애를 보고 있으면 자꾸 그런 생각이 들어요. 도코는 밀레이의 환생일지도 모른다고. 아니, 어쩌면 구현화한 오필리아일지도 모른다고요. 딸애는 천재라서 너무나도 위태로워요. 그래도 이 현대사회에서 살아가야 해요. 그림을 그리면서 서서히 익사하는, 그런 인생을 살게 할 수는 없어요."

위태로운 것은 눈앞의 부부도 마찬가지가 아닐까. 광기와 망상이 뒤섞여 그들의 눈을 가리고 있었다.

일곱 살 소녀가 이 그림을 그렸다는 사실에는 감탄했다. 하지만 조숙한 신동이 어른이 되어서도 여전히 천재로 남는다고는 단정하긴 힘들다. 멀리 갈 것도 없이 나 자신의 인생이 그 사실을 증명하고 있다.

"따님이 천부적인 재능을 타고난 점은 이해해요. 하지만 그렇다면 어째서 우리 학원으로 오셨어요? 도시로 나가면 체계적인 커리큘럼이 구축돼 있는 큰 미술 학원이 수도 없이 많아요. 따님의 재능이 회화에 특화되어 있다는 보장도 없고요. 입체예술 강사가 있는 학원이……"

"사실 저희가 찾아다닌 아틀리에는 여기가 네 번째예요. 화를 못 참는다고 할까요, 도코는 사람들과 잘 어울리질 못해서 어느 학원을 가도 며칠 만에 문제를 일으켰어요."

"구체적으로 어떻게요?"

"그림을 그리고 있을 때 다른 사람의 목소리가 들리면 안돼요. 어느 학원에서나 도코의 재능은 인정했어요. 자기가 키워보고 싶다고 열을 올리는 선생님도 계셨죠. 하지만 좋은 뜻으로 해주는 충고가 도코에게는 잡음으로 들리는 거예요. 그림에 대해 한마디 하기만 해도 울고불고 난리도 아니에요. 남의 손이 캔버스에 닿기만 해도 다 부숴버릴 때까지 날뛰어대는 애라……."

"섬세한 기질의 아이라는 말씀이군요."

"공격적인 성격은 아니에요. 굳이 말하자면 지나치게 겁이 많죠. 너무 애지중지 키운 게 잘못이었는지도 몰라요."

"따님은 초등학교 1학년이라고 하셨죠? 학교는요?"

"거의 안 가요. 되도록 월요일에는 데리고 가려고는 하는데, 억지로 교실에 데려다 놓고 올 수도 없는 노릇이라……."

부부가 시간을 신경 쓰는 기색이 없었던 것도 그래서였나 보다.

"말씀하시기 거북한 내용까지 알려주셔서 감사합니다. 사정은 대충 알겠어요. 얼마나 힘이 될지는 모르지만 최선을 다해 지도해 보겠습니다."

아버지의 등에 업혀 집으로 향하는 도코의 뒷모습을 지켜

너를 그리면
거짓이 된다

보며 야릇한 감상에 잠겼다.

두 부모는 딸의 재능을 의심하지 않았다.

자신들이 끝까지 걷지 못한 예술가로서의 인생을 딸이 앞으로 걸어가 줄 것이라고 믿어 의심치 않았다. 하지만 부모의 기대라는 것은 흔히 제멋대로고 과장되기 마련이다. 그리 멀지 않은 미래에 저 두 사람도 현실을 깨닫게 될 것이다.

하지만 그 이후 생각을 바꾸게 된 사람은 오히려 나였다.

이튿날 학원 문을 열자 바로 도코가 아버지의 손에 이끌려 찾아왔다.

딸을 아틀리에에 남겨두고 아버지는 파트타임 일을 하러 갔다.

그리고 둘만 남은 교실에서 나는 이런 종류의 경외감은 살면서 처음 느꼈다.

예술의 좋고 나쁨은 저울로 잴 수 없다. 그렇기 때문에 판단하기가 어렵지만, 하늘이 선택했다고밖에 생각할 수 없는 사람이, 기적이라고밖에 형용할 방법이 없는 화가가 역사 속에는 틀림없이 존재한다.

다만, 대학교에 다니던 4년 동안이나 미술 교사가 된 이후에도 그런 사람과는 만난 적이 없었다. 선배, 후배, 교수 중에 재능 있는 사람은 있었지만 이런 감각을 느낀 것은 태어나서 처음이었다. 다이호 슈메이의 그림을 처음 보았을 때조차 이 정도로 충격을 받지는 않았었다.

불과 일곱 살짜리 소녀가 이끌어내는 화필의 선율에 휩쓸려 갔다. 어젯밤에 그린 풍경화는 그녀가 혼신의 힘을 다해 그린 그림이 아니었다. 그것은 그녀가 심심풀이 삼아 그린 낙서에 지나지 않았다.

다키모토 도코의 눈에는 평범한 사람에게는 보이지 않는 무언가가 비치고 있었다.

내 머리는 도코가 다음에 만들어내는 선을 예측할 수 없었다. 상상도 할 수 없었다.

다키모토 도코는 누구도 반박할 수 없는 진짜 천재였다.

한때 오스카 와일드는 '예술은 자연의 모방'이라는 서양의 전통적 이념을 뒤집어 '자연은 예술을 모방한다'고 주장했다.

사람들이 안개를 인식할 수 있는 것은 그 신비로운 아름다움을 시인과 화가들이 가르쳐 주었기 때문이고, 런던에는 몇 세기 전부터 안개가 있었지만 예술에 의해 언급되기 전까지 사람들은 그것을 보지 못했다고 주장한다.

조금 난폭한 주장이기는 하지만 인식하지 못했던 아름다움을 예술 작품을 통해 깨닫는 경우가 있다는 것은 의심할 여지 않는 사실이다. 감각 초월자가 그려내는 작품은 평범한 상상력으로는 인식하지 못했던 세계를 명확하게 드러내 준다.

도코가 그리는 그림이 발하는 빛도 그런 종류의 것이었다. 그녀의 눈에는 이 세상이 우리와는 다른 이론 위에 펼쳐진다. 그려내는 그림이 그것을 증명했다.

그날 도코는 나나 다른 학생은 의식 끄트머리에도 들이지 않고 온종일 캔버스에만 몰두했다.

오후 여덟 시에 아버지가 데리러 와도 눈길만 한 번 주고 의자에서 일어나려고 하지도 않았다. 슈지 역시 도코에게는 말을 걸지 않고 그 자리에서 계속 지켜보았다. 딸이 불가침의 아티스트라고 굳게 믿는 것이다.

"오늘 하루 만에 두 분의 마음을 이해할 수 있었어요. 두 분이 옳았어요. 결코 과장이 아니었어요. 며칠이든, 몇 시간이든 맡겨주세요. 저라도 괜찮다면 이 아이를 지켜보고 싶습니다."

"네. 딸애도 이곳이 마음에 든 모양입니다. 부디 잘 부탁드립니다."

바로 뒤에서 나누는 대화조차 그녀의 귓가에는 닿지 않았을 것이다.

몸을 흔들흔들 흔들며 다키모토 도코는 오른손으로 망설임 없는 선을 그어 나갔다.

성찰을 통해 나온 말인지, 일찍이 아리스토텔레스는 이렇게 적었다.

'철학, 정치, 시나 예술 분야에서 특출한 사람은 모두 멜랑꼴리 성향을 가지고 있다.'

다키모토 도코는 세 곳의 미술 학원을 하나같이 며칠 만에 그만두었다고 한다.

도코의 그림은 순식간에 강사들의 마음을 사로잡는다. 그래서 필연적으로 누구나 적극적으로 가르치려고 하는데, 정작 도코는 남이 자기 작품에 손대는 것을 병적으로 싫어하는 성격이었다. 결과적으로 도코가 난리를 부려 사제 관계는 단박에 파탄에 이른다.

하지만 아틀리에 세키네에서 그런 문제는 발생하지 않았다.

한창 입시철이라 눈코 뜰 새 없이 바쁜데 초등학생 한 명에게 시간을 내줄 수 있을 리가 없었고, 나 스스로도 다른 사람과의 사이에는 적절한 거리가 필요한 사람이었기 때문이다.

미묘한 거리감을 유지한 것이 빛을 발했는지, 도코와의 관계는 일주일이 지나고 이 주일이 지나도 파탄에 이르지 않았다.

도코는 그림을 그리기 시작하면 다른 일은 거들떠보지도 않는다. 먹고 자는 것조차 잊고 작업에 몰두하는 그녀는 학원을 닫을 시간이 되든 아버지가 데리러 오든, 창작 충동에 마침표가 찍힐 때까지 돌아가려고 하지 않았다. 오히려 수면 부족과 공복 때문에 그림을 그리는 도중에 쓰러지는 경우도 있었다. 심각할 때는 교실에서 기어 나오기는 했지만 힘이 다해 차가운 복도에서 그대로 잠이 든 적도 있었다.

도코의 기행에 대처하기 위해 내 개인적인 공간이었던 강사 대기실을 써도 좋다고 허락하자 도코는 그 방에서 반쯤 틀어박혀 창작에 몰두하게 되었다.

강사 대기실에 소파를 넣어준 뒤로는 바닥이나 복도에서 쓰러져 잠이 들지는 않았지만, 큰 문제가 한 가지 더 남아 있었다.

"냉장고 안에 있는 건 자유롭게 먹어도 되니까 정기적으로 물을 마실 것. 배가 고프면 반드시 뭐든 찾아 먹고. 알겠니?"

"알았어요."

도코의 입에서 나오는 "알았어요"라는 대답만큼 신용하기 어려운 것도 없었다.

이 소녀는 관심이 없는 것은 곧바로 머리에서 지우기 때문이다.

"뭘 알았는지 말해 봐."

"……뭐였더라?"

그림과 무관한 이야기는 하나부터 열까지 그런 식이었다.

도코가 당부를 지키게 되기까지 몇 달이 걸렸는지 모른다.

그녀가 스스로 냉장고 문을 열게 된 것은 겨울이 거의 끝나갈 무렵이었다.

편식이 심해 샐러드는 녹색 채소만 먹었고, 과자빵 중에서는 달콤한 것에만 손을 뻗었고, 크림이나 초콜릿 부분만 먹고 나머지는 버리는 버릇없는 짓도 서슴지 않았다.

하지만 쓰러지는 것보다는 나았다.

다소 버릇이 없더라도 눈을 감는 수밖에 없다.

도코는 무슨 일이 있어도 결코 자기가 먼저 사과하지 않았다.

생활 태도를 포함해 서투르기 짝이 없는 학생이었지만 그런 고집스러움까지도 다키모토 도코라는 인간이 가진 특이한 개성의 하나라고 받아들이는 수밖에 없어 보였다.

접촉을 최소한으로 유지함으로써 구축된 도코와의 관계성에 변화가 나타난 것은 그녀가 아틀리에에 다닌 지 다섯 달이 지난 3월 무렵이었다.

길었던 입시철이 끝났고 골치 아픈 번잡한 업무도 없었다. 도코를 제외한 나머지 학생을 돌려보낸 뒤 오랜만에 내 작품

너를 그리면
거짓이 된다

을 만들어 보기로 했다.

다음 연도부터 판화 전공을 희망하는 학생을 받기 위해 동판화 제작용 에칭 프레스기를 구입했다. 전문이 아닌 분야에서도 윤택하게 기자재를 마련할 수 있을 만큼 수익이 나지는 않았다. 동판에 메질을 하기 위한 로커 같은 도구는 필요 최소한의 것밖에 구비하지 못했지만 해보고 싶은 것은 무수히 많았다.

소리를 내서 도코의 집중력을 흐트러뜨리고 싶지 않았다. 판화 작업은 다른 방에서 하는 편이 나을 것이다.

0에서 1을 만들어내는 시간에서 나는 무엇과도 바꿀 수 없는 쾌감을 느낀다.

움직이기 시작한 손은 멈추지 않았다. 머릿속에서 흘러넘치는 아이디어를 쏟아내는 사이에, 정신을 차리고 보니 피로와 졸음도 어느새 날아가 있었다.

먹고살기 위해 교직을 택하기는 했지만 역시 나는 본질적으로는 창조하는 사람이다.

물을 마시는 것도 잊고 동판에 로커로 메질을 해나갔다.

"미카 선생님."

갑자기 등 뒤에서 목소리가 들려 돌아보자 옷에 유화 물감을 잔뜩 묻힌 도코가 서 있었다.

시간은 이미 새벽 한 시가 지나 있었다. 작품 제작에 너무 몰두한 탓에 도코를 완전히 잊고 있었다.

"미안해. 아직 집에 전화도 못했네. 아버지한테 바로 연락할게."

"이거 선생님이 만드셨어요?"

"맞아."

동판을 내밀자 도코는 신기하다는 표정으로 표면을 손가락으로 쓸었다. 그러더니 보석이라도 감정하는 것처럼 동판을 다양한 각도에서 살펴보았다.

"해볼래요."

"이걸 만들어 보고 싶다는 뜻이니?"

"네."

도코는 부모님과 나를 제외한 다른 사람에게는 말을 걸지 않는다. 말을 걸 때가 있어도 "배고파요"라든가 "졸려요" 같은 생리적인 욕구가 생겼을 때뿐이었다. 그런 도코가 처음으로 눈빛을 반짝거리며 미술 학원 학생다운 부탁을 했다.

아무리 내일이 토요일이라지만 일곱 살짜리 소녀가 활동할 시간은 아니었다. 교사로서는 그 마음에 부응해주고 싶지만…….

"먼저 아버지한테 전화할게. 그리고 뭔가 먹어야지. 앉아서 기다려."

도코의 눈은 이미 동판밖에 보지 않았다.

들리는 건지 아닌 건지. 도코는 동판을 만지며 의자에 앉았다.

뭐라고 사과할지 생각하며 집으로 전화를 걸었는데 아무도 받지 않았다.

다키모토 슈지와 어머니 하루코도 휴대전화를 가지고 있지 않았다. 딸을 아틀리에에 맡겨둔 채로 잠이 들었다고 생각하기는 힘들다. 어쩌면 연락이 없자 걱정이 되어 이쪽으로 오는 중인지도 모른다.

냉장고를 확인하고 교실로 돌아오자 도코는 여전히 동판을 보고 있었다.

"자, 먼저 밥부터 먹을까?"

"싫어요. 이거 할래요."

"안 돼. 저녁때부터 아무것도 안 먹었잖아? 또 쓰러지면 어쩌려고?"

주먹밥을 내밀자 순식간에 그녀의 분위기가 돌변했다.

마치 야생 짐승 같은 눈빛이었다. 산뜩 경계하는 눈빛으로 노려보았다.

"동판화를 하려면 힘이 필요해. 밥을 안 먹으면 힘이 안 나. 힘이 안 나면 동판을 깎을 수 없어. 알겠니?"

도코는 묻는 말에는 대답하지 않고 다시 동판을 보았다. 그녀는 남이 지시하는 것을 극단적으로 싫어한다. 발악하며 난리를 부릴지도 모른다. 그렇게 생각했는데……

"이거 먹으면 해도 돼요?"

"당연하지."

도코는 동판을 옆에 내려놓고 내 손에서 주먹밥을 받아들었다. 의외의 반응이었다.

이 아이도 나름대로 성장하고 있는 걸까.

시간은 새벽 한 시 반이었다.

얌전히 주먹밥을 다 먹은 도코에게 동판화를 만드는 법을 설명해 주었다.

어린애의 힘으로 쉽게 만들 수 있는 것은 아니었다. 언제 졸음이 쏟아져도 이상하지 않은 시간이기도 했다. 금방 포기할 줄 알았는데 새로운 창작 충동에 사로잡힌 도코의 열정은 밤이 깊어도 식을 줄 몰랐다.

다키모토 슈지에게서 연락이 온 것은 새벽 세 시가 지나서였다.

무선 전화기의 통화 버튼을 누르자 사죄의 말부터 쏟아냈다. 아내가 몸이 안 좋아져서 입원과 긴급 수술에 따른 수속을 밟느라 이 늦은 시간까지 정신이 하나도 없었다고 한다.

다키모토 하루코는 딸 도코와 마찬가지로 앙상하게 말랐다. 선천적으로 몸이 약한 것이다. 계절이 바뀔 때면 어김없이 몸 상태가 나빠져 평소에도 도코를 아틀리에에 데려오고 데려가는 일은 슈지가 도맡았다.

하루코는 지금도 수술실에 있어서 슈지는 병원을 떠날 수 없다고 했다. 금방이라도 울음을 쏟을 것 같은 목소리로 딸을 하룻밤만 맡아줄 수 없겠느냐고 부탁했다.

아버지에게서 전화가 온 것을 알아채지도 못하고 도코는 동판에 몰두해 있었다.

그녀의 어머니는 지금 수술대 위에서 괴로워하고 있다. 본래대로라면 금방이라도 도코를 데리고 병원으로 달려가야 할 것이다. 하지만 슈지는 병원 이름조차 말하지 않았다. 딸이 동판화에 집중해 있다고 하자 오히려 기뻐하는 듯했다.

가족이란 무엇일까. 서른세 살이 되어서 이따금 그런 생각을 하게 된다.

다섯 달 전, 나를 제외하면 마지막으로 독신이었던 여동생이 홋카이도에서 결혼식을 올렸지만 나는 참석하지 않았다. 석 달 전, 할머니가 돌아가셨을 때도 장례식에 얼굴을 비추지 않았다. 한창 입시철이라 학생들을 내버려두고 고향으로 돌아갈 수는 없었기 때문이다.

양쪽 다 못 간다고 알렸을 때도 연을 끊을 각오를 했었는데, "너는 그럴 줄 알았어" 하고 어머니가 탄식하듯이 말했을 뿐이었다.

밤의 장막 속에서 혼자 고향을 떠올렸다.

어디에도 구속받지 않고 자유롭게 살아가는 나는 정말로 행복한 걸까.

분명한 것은 자신이 어디까지나 고독한 존재라는 점이다.

나는 틀림없이 죽을 때까지 다른 누군가를 위해서 울지 않을 것이다.

마찬가지로 내가 죽어도 틀림없이 가족은 아무도 눈물을 흘리지 않을 것이다.

나는 그런 혼자만의 삶을 선택했다.

그로부터 석 달이 지난 6월이었다.

다키모토 하루코는 입원한 병원에서 조용히 숨을 거두었다. 불과 일곱 살의 어린 나이에 도코는 자신을 무조건적으로 사랑해준 어머니를 잃었다.

아직 어린 도코에게 하루코의 죽음은 얼마나 큰 의미를 가지고 있었을까.

어머니가 돌아가신 뒤로 도코가 아틀리에에서 지내는 시간은 비약적으로 늘어났다.

학교에 가기 싫어하는 딸을 혼자 집에 남겨두고 일하러 갈 수는 없었다. 슈지는 아틀리에에까지 걸어서 다닐 수 있는 거리에 있는 셋집으로 이사했고, 그 뒤로 도코는 1년 내내 쉬지 않고 아틀리에에서 살다시피 했다.

함께 보내는 시간이 늘어남으로써 새롭게 알아낸 사실도 있었다.

나는 줄곧 도코가 체질적으로 인간을 싫어한다고 생각했다. 금방 발악하며 난리를 부리는 것도 관계 자체가 두려워 나타나는 방어 행동이라고 생각했다. 하지만 사실은 아니었다.

도코가 싫어하는 것은 남이 말을 거는 것이 아니라, 자기가 인정하지 않는 다른 사람이 이래라 저래라 하는 것이었다. 도코가 무의식중에 쌓아올린 벽이 범상치 않게 높은 탓에 누구나 거부하는 것처럼 보였을 뿐이었다.

함께 동판화를 만들던 그날 밤에 나는 도코에게 인정받은 모양이었다. 그 뒤로 아버지가 말해도 쉽게 끄덕이지 않는 도코가 내 충고에는 귀를 기울이게 되었다. 따르는지 말지는 또 다른 문제였지만, 내 말이라면 적어도 난리를 부리지 않고 듣게 되었다.

도코와 만난 뒤로 도쿄 인피니티에 응모할 생각도 하지 않게 되었다.

다키모토 도코의 미래를 생각하는 것만으로도 오늘보다 내일이 기대되었다.

80년쯤 되는 인생에서 의심할 여지없는 천재와 만났다.

그것은 고작해야 교사밖에 되지 못한 인간에게 지상 최고의 행복이나 다름없었다.

7

도코와 만난 2년 뒤인 2005년 가을이었다.

나는 또다시 인생을 뒤흔드는 만남을 경험한다.

그날은 오랜만에 초등학교 저학년 학생이 견학하러 오기로
되어 있었다.

약속한 시간보다 조금 늦게 아틀리에 앞에 멈춰선 택시에
서 딱 봐도 비싸 보이는 사파리 재킷을 걸친 여자가 내렸다.
이어서 영리한 눈빛을 한 소년과 천진난만한 미소를 흩뿌리
는 소녀가 모습을 나타냈다. 둘 다 언제나 옷에 물감을 덕지
덕지 묻히고 있는 도코와는 정반대인 깔끔한 차림이었다.

부자들의 취미 생활이라고 하면 좋을까. 비교적 부유한 가
정의 부모가 아이의 의사와는 상관없이 자녀를 학원에 등록
시키는 경우가 이따금 있었다. 하지만 그런 학생들은 대부분
이 몇 달 다니다 학원을 그만둔다.

본인에게 계속할 동기가 없는 탓도 있겠지만, 가장 큰 원인
은 또래 아이들 중에 다키모토 도코가 있기 때문일 것이다.

너를 그리면
거짓이 된다

아무리 둔감한 아이라도 작품을 나란히 놓기 전부터 이미 깨닫는다.

세상에는 창작의 숙명을 타고난 사람들이 있고, 평범한 사람은 그들의 발가락 끝에도 미치지 못한다.

이 가족도 틀림없이 금방 현실을 깨달을 것이다. 문제는 그 다음이다.

현실을 알고도 그림을 계속 그릴 수 있을까. 그것만큼은 주변에서 어떻게 할 수 있는 문제가 아니다.

맵시 있는 차림의 어머니, 난조 미사키의 손에 이끌려 찾아온 아이들은 연년생으로, 초등학교 3학년인 오빠가 난조 하루토, 초등학교 2학년인 여동생이 난조 고즈에라는 이름이었다.

이번에 찾아온 것은 산만해서 한시도 가만히 있지를 못하는 고즈에가 그림을 배우고 싶다고 졸라댔기 때문인 듯했다. 말수가 없는 오빠는 표정 하나 바꾸지 않고 얌전히 엄마 옆에 앉아 있었다.

마침 학생들이 저마다의 교실에서 과제를 시작했을 무렵이었다.

옆에 있는 화집을 넘기기 시작한 하루토를 상담실에 남겨두고 미사키와 고즈에에게 각 교실을 보여주기로 했다.

첫인상과는 반대로 고즈에는 그림에 대한 본질적인 열정을 가지고 있는 소녀였다.

데생을 하고 있는 학생들을 진지한 얼굴로 쳐다보며 묻지도 않았는데 먼저 질문을 쏟아냈다.

"왜 다들 다른 방향에서 그려요?"

이 교실에서는 내가 준비한 모티프를 가운데에 놓고 학생들이 원을 그리며 에워싸고 앉아서 그리고 있었다.

"구도를 잡는 힘을 훈련하는 거야. 이렇게 둘러앉으면 저마다 보이는 게 다르잖아? 무엇을 그리고 무엇을 그리지 않을지 스스로 생각했으면 하거든."

"정답이 있어요?"

"정답도 오답도 없지만 더 좋은 답은 있어."

"저 사람은 왜 오른쪽 눈을 감고 있어요?"

"데생을 할 때는 보는 눈을 고정하는 게 좋거든. 왼쪽 눈과 오른쪽 눈은 위치가 떨어져 있으니까 중간에 보는 눈을 바꾸면 형태가 이상해져서 그래."

"그래서 저 사람은 비스듬하게 앉아 있는 거예요?"

유명한 사립 초등학교에 다닌다고 하지만 이 아이는 아직 초등학교 2학년이다. 그런데도 아까부터 질문이 멈추지를 않았다.

어쩌면 이 아이도 특별한 재능을 타고난 소녀일까. 수업 풍경을 열심히 지켜보는 그녀는 그림을 그릴 의무를 타고난 사람의 눈을 하고 있었다.

너를 그리면
거짓이 된다

일찌감치 질린 어머니가 상담실로 돌아가도 고즈에는 고등학생과 재수생이 그림을 그리는 모습을 넋을 잃고 지켜보았다.

교실 안에 도코가 없어서 다행이었다. 고즈에의 실력은 아직 모르지만 진짜배기의 냄새가 나기 때문에 불안하기도 했다.

고즈에와 도코는 한 살밖에 차이가 나지 않는다. 또래인 신동을 보고 자신과 비교하기 시작하면 그녀가 가진 소중한 심지가 부러질지도 모른다. 순진무구하게 그림을 보는 고즈에의 마음을 불합리한 힘으로 짓뭉개고 싶지 않았다.

계속 견학하는 고즈에를 교실에 남겨두고 상담실로 돌아오자 미사키가 혼자 휴대전화를 만지고 있었다. 아들 하루토는 상담실에 돌아왔을 때는 이미 없었다고 한다. 그녀는 30분도 더 전에 돌아와 있었을 것이다. 혼자 있는 시간이 지루해서 정원에 산책이라도 하러 나갔나 보다.

소년을 찾으러 다니다 예상치 못한 곳에서 그 모습을 발견했다. 그는 아틀리에 안쪽에 있는 강사 대기실을, 복도 창문 밖에서 들여다보고 있었다.

그 안에서는 도코가 자기 키보다 큰 캔버스에 그림을 그리고 있었다.

그는 줄곧 여기서 도코가 그림을 그리는 모습을 지켜보고 있었을까.

학원 등록을 고려하고 있는 아이는 고즈에만이라고 들었지만, 이 정도 나이대에서면 하고 싶은 일을 이미 발견한 아이가 훨씬 드물다. 군이 말하자면 본인의 의사를 분명하게 표시할 수 있는 도코나 고즈에가 더 특이한 케이스였다.

이따금 도코의 그림은 거의 폭력적일 만큼 매력을 발산한다. 이 소년에게도 그림을 그려보겠느냐고 권해야 할지 고민하고 있는데…….

"하루토, 이런 데서 뭐하고 있니?"

좀처럼 돌아오지 않는 아들에게 화가 난 미사키가 퉁명스러운 얼굴로 나타났다. 그녀는 아들에게로 다가가 창문으로 방 안을 들여다보고 어안이 벙벙해서 입을 다물지 못했다.

100호 캔버스에는 장대하고 환상적인 그림이 그려져 있었다. 그리는 이는 아들과 나이 차이도 별로 나지 않아 보이는 소녀였다. 미사키가 압도되는 것도 당연했다.

"너 진짜 대단하구나!"

미사키의 환호성을 듣고 말리려고 했을 때는 이미 늦은 뒤였다.

미사키가 문을 벌컥 열어젖히고 들어가 도코의 등을 두드렸다.

"얘, 이건 무슨 생물이야? 좀 더 세밀하게 그려봐. 그러면……."

미사키의 말이 채 끝나기도 전에 도코의 얼굴이 공포로 물

너를 그리면
거짓이 된다

들었다. 그리고 다음 순간, 절규와 함께 팔레트 나이프가 캔버스에 박혔다.

갑작스러운 기행에 미사키가 흠칫 놀라 물러났지만 도코의 발작은 가라앉지 않았다.

그대로 두 번 세 번, 팔레트 나이프를 휘둘렀다. 내가 도코를 제압했을 때는 이미 캔버스 표면이 엉망으로 찢어져 있었다.

"……뭐야? 왜 저래?"

"죄송합니다. 상담실로 돌아가 계시겠어요?"

어깨를 씩씩거리며 숨을 몰아쉬는 도코를 끌어안으며 새하얗게 질린 미사키에게 말했다.

"괜찮아. 이제 괜찮아. 손은 안 다쳤니?"

떨림이 멈추지 않는 도코를 감싸 안으며, 이것으로 고즈에가 아틀리에에 등록하는 일은 없을 것이라고 생각했다.

도코는 작품을 망가뜨리기는 해도 다른 사람을 공격하지는 않는다. 하지만 그런 것은 오랫동안 같이 지내온 사람이 아니면 알지 못한다. 설명한다고 수긍할 수 있는 일도 아닐 것이다.

이 어머니가 팔레트 나이프를 휘둘러대는 학생이 있는 학원에 딸을 다니게 하리라고는 생각되지 않았다. 그렇게 확신했는데…….

사건이 일어난 지 이틀 뒤, 예상과 달리 난조 미사키가 딸을 아틀리에에 등록하러 나타났다.

그날 도코의 기행을 목격한 미사키는 화가 단단히 난 눈빛으로 돌아갔다. 고즈에는 아틀리에를 마음에 들어 했지만, 태평해 보이는 그 소녀가 딱 봐도 기가 세 보이는 어머니를 설득할 수 있을 것 같지는 않았다. 대체 무엇이 미사키의 마음을 이 학원에 묶어두었는지 도저히 이해가 되지 않았다.

"애를 화가로 키울 생각은 없어요. 미술은 어디까지나 정서교육의 일환으로 생각하고 있어요."

등록 절차를 마친 뒤 미사키는 그렇게 말했다.

고즈에와 미사키 사이에는 그림에 대한 명확한 온도 차이가 있었다. 성장해 나가는 과정에서 어머니의 존재가 고즈에의 족쇄가 되지 않으면 좋겠다고 바랄 뿐이었다.

아틀리에에 다니기 시작한 고즈에는 기대한 대로 반짝이는 것을 가지고 있었다.

기량만 보면 도코에게는 훨씬 못 미쳤다. 실제로 고즈에가 그리는 그림은 아주 어린아이다운 것이었다. 하지만 그녀에게는 도코와 비슷한 확고한 열정이 있었다.

정말로 그림을 그리는 것을 좋아했다. 스케치북 앞에서 고즈에의 손이 멈춘 적은 없었고, 진심으로 즐거워하는 표정은 보고만 있어도 이쪽까지 기분이 좋아졌다.

고즈에는 아직 초등학교 2학년이다. 어떻게 지도하느냐에 따라서 어떤 방향으로든 꽃을 피울 것이다. 시간을 들여 가르칠 수 있는 것을 모조리 가르치자. 그런 마음을 품고 있었을 때였다.

"선생님한테 비밀을 알려줄게요. 엄마한테는 말하면 안 돼요?"

만난 지 한 달도 채 되기 전에 본인의 입에서 의외의 말을 듣게 되었다.

"저는 만화가가 되고 싶어요. 그래서 그림을 열심히 그리는 거예요."

어린 소녀가 부모님을 졸라서 미술 학원을 다니기 시작한 이유는 예술로서의 회화에 매료되었기 때문이 아니었다. 그녀의 꿈은 만화가가 되는 것이었다.

불과 여덟 살짜리 소녀의 꿈은 앞으로 얼마든지 바뀌어갈 것이다. 취미나 호기심의 대상이 어느 날 갑자기 백팔십도로 달라지는 일도 드물지 않다.

하지만 적어도 내 눈에는 고즈에의 의지가 흔들림 없는 것으로 보였다. 그녀는 아틀리에에 다니기 시작한 뒤로, 기술을 지도해 주는 시간에는 특히 더 주의 깊게 귀를 기울였다. 그 나이대에서는 믿기 힘들 만큼 잘하고 싶다는 목적의식이 분명하게 느껴졌다.

하지만 한편으로는 위화감도 들었다. 만화가가 되기 위해 미술 학원에 다니며 기술을 갈고닦다니, 초등학교 2학년 소녀가 떠올릴 수 있는 수단이라기에는 너무 뜬금없다는 느낌이 들었다.

적당히 틈을 봐서 본인에게 물어보자 전혀 예상치 못한 답변이 돌아왔다.

"오빠가 그랬어요. 피아노를 치거나 바이올린을 켜는 애들은 세 살 때부터 음악 학원에 다닌다고요. 그러니까 만화가가 되고 싶으면 미술 학원에 다녀야 한댔어요."

고즈에에게 방법을 알려준 사람은 한 살 위의 오빠라고 한다.

고즈에와 하루토는 대학교까지 내부 진학이 가능한 사립 초등학교에 다닌다. 게다가 이름만 들으면 누구나 아는 유명한 학교였다.

초등교육에서의 어드밴티지는 본인의 자질보다도 부모의 지도에 의해 크게 좌우된다. 아이들의 어머니가 자녀 교육에 보통 이상의 열정을 기울이고 있음은 틀림이 없다. 그렇다면 역시 의문이 남는다.

"고즈에, 견학하러 온 날에 있었던 사건에 대해서 어머니가 뭐라고 하지 않으셨니?"

"사건이요? 도코 언니가 캔버스를 찢은 거요?"

"역시 들었구나. 그걸 보시고 어머니가 고즈에를 아틀리에

너를 그리면
거짓이 된다

에 보내는 걸 반대하시진 않을까 하고 걱정했거든."

"맞아요. 처음에는 안 된다고 했어요. 그런데 오빠가 말해 줬어요. 도코 언니 같은 애도 말을 들을 정도니까 미카 선생님은 정말 대단하신 분이라고요. 그런 선생님한테 배우는 게 낫다고요."

고즈에의 오빠 난조 하루토는 예쁘장한 이목구비 외에는 거의 인상에 남아 있지도 않았다.

그는 아틀리에에 있던 동안 줄곧 무표정했다. 말을 하지 않아서 목소리도 모른다. 미사키가 말을 거는 바람에 도코가 발작을 일으켰을 때 그는 어떤 반응을 보였더라? 한 달 전의 기억을 더듬어 보았지만 전혀 떠오르지 않았다.

그것은 여동생의 마음을 알아챈 조숙한 오빠의 변덕스러운 지원사격이었을까.

하루토가 아틀리에를 어떻게 생각하는지는 알아낼 방법이 없었고, 시간이 흐르면서 나는 어느새 그 신비로운 소년을 잊고 있었다.

고즈에가 학원에 다닌 지 2년 반 뒤인 2008년 봄이었다.

초등학교 6학년이 된 난조 하루토가 갑자기 아틀리에에 등록했다. 게다가 그가 희망한 것은 같은 학년의 천재 다키모토 도코가 가장 자신 있는 분야인 유화 코스였다.

열한 살이 된 지금, 도코의 그림은 프로 뺨치는 수준으로 성장했다. 만약 그가 굳은 결심 끝에 등록하기로 했다면 단박에 마음이 꺾일지도 모른다.

도코와 자신을 비교하다 결국 붓을 들지 못하게 된 아이들을 지난 몇 년 동안 숱하게 보아왔다. 과거에는 미대 입시를 준비하려고 찾아온 고등학생이 도코의 그림을 보고 등록하기도 전에 진로를 포기한 일도 있었다.

딱 봐도 섬세해 보이는 소년이었다. 현실을 알면 그림과 마주할 수 없게 될지도 모른다. 그런 불안 속에서 그를 맞이했는데, 하루토에 대한 내 기우는 예상치 못한 각도에서 타파되었다.

그 무렵에 나는 다키모토 도코가 백년에 한 번 날까 말까 한 천재라고 믿었다. 그녀와 어깨를 견줄 이조차 살아 있는 동안에는 만나지 못할 거라고 생각했다.

하지만 난조 하루토 역시 다키모토 도코에 비견할 만한 큰 그릇이었다.

등록 첫날부터 하루토는 마치 내 괜한 걱정을 비웃듯이 균형 잡힌 데생을 선보였다. 도저히 열한 살 소년이 그릴 법한 수준이 아니었다.

데생에 필요한 것은 관찰력만이 아니다. 비율을 잡는 능력과, 빛을 판별하는 힘, 색을 명암으로 변환하고 면으로 표현하는 힘도 요구된다. 복합적인 힘이 필요하기 때문에 능숙해지려면 엄청난 훈련과 깊은 연구가 필요했다.

하지만 난조 하루토는 열한 살의 나이로 완벽하다고 해도 좋을 데생을 선보였다. 비율을 재현하는 힘만 보면 도코도 능가했다. 게다가 부차적으로 요구되는, 작품을 끝내고 손을 떼는 시점을 판단하는 힘까지 완벽했다.

물론 회화에서 필요한 능력은 그밖에도 숱하게 많다. 말하자면 데생은 작품 제작에 필요한 기초를 닦는 훈련에 지나지 않는다. 데생과 크로키만 보고 독창성이 풍부한 도코와 같은 선상에 놓는다면 지나친 판단일 것이다. 하지만 하루토 역시 일종의, 희대의 재주꾼이라는 사실은 의심할 여지가 없었다.

다키모토 도코의 작품은 평범한 사람의 상상력을 능가한다. 해석하기 어려운 무언가로 구상화되는 경우도 간혹 있다. 그렇기 때문에 보는 사람에 따라 호불호가 명확히 갈린다. 경우에 따라서는 혐오감을 느끼는 사람도 있을 것이다.

대조적으로 난조 하루토의 작품은 누구의 눈에도 분명히 매력적으로 보였다.

아름다운 것을 있는 그대로 아름답게 그린다. 그림에 관심이 없는 사람이 보더라도 한눈에 뛰어난 실력을 알 수 있었다. 보편적인 기교가 뒷받침된 사실 묘사 능력이 하루토의 개성이었다.

이런 감정을 느낀 적이 과거에도 딱 한 번 있었다. 하루토의 그림을 봤을 때 가슴속에 끓어오른 감정은 학생 시절에 다이호 슈메이의 그림을 처음으로 접했을 때 느낀 전율과 똑같았다. 사진으로 착각할 만큼 치밀한 묘사는 정말로 다이호 선생님의 특징과 다름이 없었다.

다이호 슈메이는 젊은 나이에 인기 화가가 되었고, 20대 후반에는 이미 도쿄 인피니티 아트 어워드 심사 위원을 맡았다. 세월이 흘러 심사 위원장까지 되었지만, 최근 10년 동안에는 신작을 발표하지 않았다.

그리지 못하는지 그리지 않는지는 모른다. 하지만 그와 같은 종류의 재능이 엿보이는 난조 하루토의 성장에는 세심한 주의를 기울여야 한다. 어린 인재를 맡게 된 교사로서, 일찌감치 창작에서 멀어지는 미래만큼은 걷게 하고 싶지 않았다.

나 역시 신동이라고 불리는 소녀 시절을 거쳐 왔지만, 과거의 자신과 비교하더라도 하루토의 실력은 몇 단계 위였다. 내가 이 정도로 데생을 할 수 있게 된 것은 아틀리에에 몇 년이나 다닌 뒤였다.

"하루토는 지금까지 뭔가 배워본 적은 있니?"

"보습 학원이랑 영어 회화 학원에 다녀요."

현재진행형인 간소한 대답이 돌아왔다. 예상한 대로 보습 학원에는 다니는 모양이었지만, 그 외에 다른 것들은 배우지 않는 듯했다.

이 아틀리에를 찾아온 천재는 하나가 아니었다. 기적이라고 밖에 표현할 방법이 없는 천재가 눈앞에 둘이나 있고, 그 두 사람 모두 나를 선생님으로 인정해 주었다. 교직에 몸담은 사람으로서 이보다 더 행복한 일이 또 있을까.

화가로서의 인생을 포기하고, 결혼이라는 선택을 버리고 고른 길이다. 하다못해 자신과 동등한 수준의 재능을 가진 아이들을 가르치고 싶다고 줄곧 절실하게 바라왔다.

그런 나에게 다키모토 도코와 난조 하루토는 빛을 뿜어내는 태양과 같은 존재였다. 너무 눈부셔서 눈이 멀 것 같은 점까지도 기분이 좋았다.

이 두 사람을 위해서라면 내 모든 시간을 쏟을 수 있다. 진심으로 그렇게 생각했고, 실제로 그 뒤로 나는 두 사람을 위해 쏟을 수 있는 노력은 그 무엇도 아끼지 않았다.

세키네 미카의 인생은 우연히 만난 두 사람의 재능을 지켜보기 위한 것이었다.

8

다키모토 도코와 난조 하루토는 무척 대조적이었다.

집이 가까운 도코는 365일 내내 아틀리에에 틀어박혀 지냈다.

초등학생 무렵부터 강사 대기실을 자기 방처럼 써왔기 때문에 집에 돌아가지 않고 소파에서 잘 때도 많았다.

한편, 하루토가 아틀리에에 오는 날은 일요일과 수요일 딱 두 번뿐이었다.

여동생인 고즈에는 일주일에 나흘씩 얼굴을 비추었다. 하루토에게 더 자주 와도 된다고 했지만 그가 오는 날을 늘리지는 않았다.

도코는 언제나 창작 충동에 시달렸으므로 틈만 나면 손을 움직였다. 하루토는 반대로 집에서는 과제 이외의 작품은 하지 않는 듯했다.

관심을 기울이는 대상도 달랐다. 도코는 입체에도 흥미를 보였고, 실제로 조각과 도예를 시켜보면 뛰어난 재능을 보였다. 하루토는 입체 조형에는 관심이 없었고, 점토 같은 것은 만지려고도 하지 않았다. 학원에 다닌 뒤로 그가 열정을 쏟

너를 그리면
거짓이 된다

는 대상은 언제나 회화뿐이었다.

작품을 대하는 방식에도 큰 차이가 있었다.

도코는 캔버스 앞에 선 순간부터 팔을 움직이기 시작해서 완성할 때까지 전혀 망설임이 없다. 깡마른 몸에서는 상상할 수도 없는 생명력을 뿜으며 거침없이 붓을 움직인다. 대조적으로, 하루토는 생각하는 시간을 길게 가진다. 대상과 충분히 마주한 다음에 누구보다도 정확한 필치로 캔버스를 채워 간다.

도코는 무한한 가능성을 담고 있지만, 그녀도 하루토와 마찬가지로 유화를 가장 좋아하는 것처럼 보인다. 하지만 선택하는 소재나 자신 있는 분야에는 명확한 차이가 있었다.

하루토의 능력은 사실화에 특화되어 있고, 추상화에는 관심을 보이지 않는다. 한편 기존 개념에서 해방된 존재인 도코는 큐비즘과 초현실주의 같은 스타일의 회화에도 자신의 충동을 투영시킨다.

'모든 것은 추상적인 동시에 구상적이다.'

일찍이 〈서정적 폭발〉을 그린 알베르토 마넬리는 그렇게 말했다. 분류 같은 것은 본질적으로는 아무런 의미도 없는 행위지만 가르치는 입장에서는 아무래도 생각하지 않을 수 없다.

넘치는 호기심과 열정을 제어하지 못해 길을 잡지 못하는 다키모토 도코.

열한 살 나이에 이미 자신의 재능을 살릴 수 있는 곳을 발견한 난조 하루토.

두 사람은 서로를 어떻게 느낄까.

도코가 하루토의 존재를 알아챈 것은 그가 아틀리에에 다니고 3주가 지난 뒤였다. 강사 대기실에서 기어 나온 타이밍에 도코는 데생 중인 하루토를 보았다. 그리고 이내 나에게 새 도화지를 요구했다.

도화지를 받아든 도코는 엄청난 기세로 하루토의 그림을 모사하기 시작했다. 그리고 완성한 뒤 도코가 자신의 그림을 옆에 나란히 놓자 하루토도 도코를 알아챘다. 그러더니 누가 먼저랄 것도 없이 얼굴을 마주 보더니 두 사람은 동시에 작게 끄덕였다.

말은 나누지 않았다. 서로 미소도 짓지 않았다. 단지 서로의 그림을 보고 고개를 끄덕였을 뿐이었다.

인간은 자신의 수준을 초월한 감성은 이해하지 못한다.

그날 두 사람이 나눈 소통에 어떤 의미가 있었는지 나는 모른다. 그래도 두 천재의 미래를 생각하며 마음이 신비로운 온기에 감싸였다.

안으로 파고드는 기질을 가진 도코가 정신적으로 성장하기 시작한 것도 이 무렵부터였다.

너를 그리면
거짓이 된다

난조 하루토를 인식한 뒤로 도코는 또래 여자아이들에게 관심을 보이게 되었고, 한 살 차이 나는 고즈에와는 같이 간식을 먹는 사이로 발전했다.

이듬해, 중학생이 되자 도코는 일주일에 절반 정도는 학교에 다니게 되었다.

도코는 남자아이들 근처에는 가려고 하지 않았으므로 두 사람이 이야기하는 모습은 본 적이 없었다. 그래도 그녀가 하루토를 특별하게 생각하는 것은 틀림이 없었다. 하루토가 그린 그림에만큼은 언제나 반드시 강렬한 관심을 표시했기 때문이다.

난조 하루토를 한마디로 설명한다면 '우등생'이라는 표현이 가장 어울릴 것이다.

어떤 과제를 내주더라도 그는 제작 시간을 넘기지 않았다. 게다가 한번 설명한 것은 두 번 되풀이할 필요가 없었다. 수업에 지각한 적도 없고, 교실에서 말썽을 일으킨 적도 없었다. 무슨 일을 부탁하건 싫은 내색 한번 없이 맡아주었고, 언제나 기대 이상의 성과를 보여주었다. 자신이 먼저 무언가를 요구한 적은 없지만 대인 관계도 원만했다. 하루토는 학원의 누구와도 두루두루 잘 지내는 것처럼 보였다.

초등학교 무렵부터 도코는 미술 관련 주니어 콩쿠르를 모조리 휩쓸었다.

회화 한정이었지만, 중학생이 될 무렵에는 하루토도 이름을 알리기 시작했다.

4년 전, 고즈에를 아틀리에에 데리고 왔을 때 미사키는 아이들을 예술 쪽으로는 진학시키지 않을 것이라고 단언했다. 하지만 하루토가 학원에 다닌 뒤로 그녀의 생각도 적잖이 바뀌었다.

하루토의 그림 실력은 아무것도 모르는 사람 눈에도 일목요연했다. 사실, 그의 그림은 수많은 미술전에서 많은 전문가로부터도 높은 평가를 받았다. 이대로 내부 진학시키는 것이 정말로 아들에게 최선인지, 미사키는 부모로서 고민하게 되었다.

나는 대학생 때 도코나 하루토와 비슷한 기질을 가진 사람들을 몇 명 보았다.

창작을 사랑하고 모든 것을 바칠 수 있는 열정을 가지고 있기 때문에 제대로 된 삶을 살지 못하는 별종들. 이 세상에는 그런 사람들이 적잖이 존재한다. 상식을 두루 갖춘 하루토는 그렇다 치더라도, 도코에게는 특히 그런 경향이 두드러졌다.

아직 나이가 어릴 때는 그나마 낫다. 하지만 언젠가는 그녀도 스스로의 힘으로 일어서야 한다. 언제까지나 아버지와 내가 돌봐줄 수는 없는 노릇이다.

결국 도코가 위태로운 것은 남에게 기댈 줄 모르기 때문이다. 누구에게나 서투른 분야가 있기 마련이지만, 대부분의 사람은 그것을 다른 사람과 서로 보완하며 살아간다. 하지만 친구조차 변변히 만들지 못하는 도코는 그런 당연한 일조차 하지 못한다.

최근에는 또래 여자애들과 함께 있는 모습도 종종 보았지만 어디까지나 같이 있을 뿐이지 건전한 우정을 키워나가고 있다고는 도저히 보이지 않았다.

2010년 여름.

열네 살이 된 도코를 위해 나는 중학생 이하 학생들을 대상으로 하코네 합숙을 계획했다.

초등학교 때도 그렇고, 중학생이 된 뒤로도 도코는 소풍이나 수학여행에 참가한 적이 없다. 집안의 경제 상황이 어렵고 부모님이 그림 이외에 관심을 보이지 않는 등 몇 가지 요소가 맞물려, 도코는 미술관 이외의 오락 시설에 가본 적이 없다고 했다.

도코는 이런 기회가 아니면 유카타를 입어볼 기회도 없을 것이다. 부모님의 영향도 있어서 지금은 완전히 서양화에만 심취해 있지만, 앞으로 일본화에 눈뜨지 않는다는 보장도 없다. 피와 살이 되는 경험은 당연히 많으면 많을수록 좋다.

처음 가보는 온천 여행은 도코에게 매우 강렬한 체험이었는지, 그날을 경계로 그녀는 또 다른 변화를 보이게 되었다.

지금까지 도코는 남자를 두려워하는 경향이 있어서 일정한 거리를 두고 그 이상으로는 다가가려고 하지 않았다. 하지만 하코네 온천 여행 이후로 하루토와 또래 남자애들에게는 노골적으로 거리를 두지 않게 되었다.

그리고 1년 반 뒤, 그녀는 또 다시 놀라운 변화를 보인다.

2012년 4월.

다키모토 도코는 미술학과가 있는 사립 고등학교로 진학했다.

중학생이 되면서 조금 나아졌다고는 해도 수업을 제대로 따라가지 못할 수준으로 학교를 계속 빠졌을 것이다. 그런 그녀가 놀랍게도 자신의 의지로 고등학교 진학했다. 처음 들었을 때는 나도 깜짝 놀랐다.

개인이 운영하는 미술 학원에서 준비할 수 있는 석고상이나 기자재에는 한계가 있다. 도코의 재능은 회화에 한정되어 있지 않으니, 미술학과가 있는 고등학교라면 더 큰 가능성을 끌어내줄 것이다. 무엇보다 미대까지 진학하면 개인이 실현하기에는 도저히 불가능한 제작 환경을 누릴 수 있다.

나는 처음부터 도코가 진학하기를 원했지만, 집단생활을

싫어하는 그녀의 성향을 생각하면 비현실적인 바람이라는 것
도 알고 있었다.

도코의 창작 충동에는 한계가 없지만, 그림이든 입체든 돈
이 든다.

콩쿠르 출품료만 하더라도 공짜가 아니다.

작품이 크면 그만큼 포장과 운송에 비용이 들고, 슬라이드
심사가 있으면 프로 카메라맨에게 촬영을 의뢰할 필요도 있
다. 딸의 재능을 한없이 사랑하는 슈지는 돈을 아낌없이 투
자하며 딸을 전적으로 지원했지만, 그런 탓에 다키모토가의
경제 상황은 언제나 궁핍했다.

이런 행복한 일상이 언제까지나 계속된다는 보장은 없다.

그런 현실을 아는지 모르는지, 사춘기도 거의 끝나갈 무렵
도코는 본능적인 감으로 해결책을 발견했다.

이런 생활을 계속하고 싶으면 하루토의 흉내를 내면 된다.
그렇게 깨달은 것이다.

유일하게 같은 눈높이를 가진 소년, 난조 하루토는 자기보
다 압도적으로 똑똑하다. 그와 같은 길을 걸어가면 틀림없이
바라는 안녕이 손에 들어올 것이다. 도코가 고등학교 진학을
결의한 배경에는 하루토에 대한 일종의 신뢰가 있었다.

난조 하루토는 다니던 사립 중학교에서도 우수한 성적을
거두었다. 그런 그에게는 내부 진학 외에도 무수한 선택지가

있다고 해도 좋았다.

타고난 영리함으로 틀림없이 자신에게 가장 좋은 길을 선택할 것이다. 누구나가 그렇게 생각했는데, 중학교를 졸업하고 하루토는 같은 학교 법인이 운영하는 예술 고등학교 진학을 선택했다.

계열 그룹 학교로 진학하는 것이라, 하루토가 봐야 하는 입학시험은 면접뿐이었다고 한다. 그리고 하루토의 경력을 자세히 살펴보던 그때, 미술 교사이기도 한 면접관이 같은 아틀리에에 다니는 다키모토 도코의 존재를 알게 된다.

그 다음은 순조롭게 척척 진행되었다. 아틀리에에까지 만나러 온 면접관이 진학 의사를 물었을 때 도코는 고민하지 않고 고개를 세로로 끄덕였다. 하루토가 다니는 고등학교라면 어디든 상관없다. 그것이 도코의 유일하고 절대적인 판단 기준이었다.

재적하는 것만으로도 이 소녀는 학교에 수많은 명예를 안겨줄 것이다.

가정환경도 고려해 학비를 면제해 주는 특기 장학생이 된 도코는 당당하게 하루토와 같은 사립 고등학교에 진학하게 되었다.

난조 하루토라는 품행 방정한 동급생이 생김으로써 도코는 고등학생이 된 이후로 거의 학교를 빠지지 않게 되었다. 중학교 때까지는 평일이라도 점심시간에는 얼굴을 내밀었는데 저녁 무렵까지 아틀리에 나타나지 않게 되었다.

어머니가 돌아가신 뒤로 도코는 친아버지 이상으로 나를 의지했다.

집과 학교에 있는 시간보다 아틀리에에서 보내는 시간이 압도적으로 길었다.

도코에게 나타난 변화가 조금 쓸쓸하기도 했다. 하지만 위태위태했던 소녀의 성장을 볼 수 있는 기쁨이 더 컸다.

신동이라 불린 소녀가 커가면서 점점 부진해진다. 도코는 그런 흔하디흔한 현실과도 인연이 없었다. 하룻밤 사이에 허물을 벗는 매미처럼 하룻밤만 지나면 완전히 다른 얼굴을 보여주는 적도 드물지 않았다.

다키모토 도코가 종횡무진으로 재능을 꽃피워나가는 옆에서, 난조 하루토 역시 사실적인 묘사에 특화된 천부적인 재능을 더욱 갈고 닦아 나갔다.

하루토는 자신의 길을 유화 외길로 정해놓고 있었다. 어쩌면 하루토보다 정밀한 그림을 그릴 수 있는 화가는 이미 일본 전국을 찾아보아도 손에 꼽을 정도밖에 없을지도 모른다. 10분의 1 밀리미터 단위로 통제된 선을 그리는 오른손은 기적이라고 불러 마땅한 수준이었다.

두 사람의 존재는 아틀리에에 좋은 쪽으로도 나쁜 쪽으로도 큰 영향을 미쳤다.

자신과 다른 사람을 비교한들 어쩔 수 없다. 의미도 없다. 머리로는 알지만 마음으로 잘라내기는 쉽지 않다. 꿈을 좇는 젊은이들이라면 더욱 그렇다.

교사로서 살아가는 나조차도 질투에 사로잡히는 밤이 있다. 또래 아이들에게 도코와 하루토는 넘을 수 없는 벽, 도화지에 스민 씻을 수 없는 얼룩 같은 존재였다.

만화가를 목표하는 고즈에처럼 다른 분야에서 싸우려는 사람은 그나마 낫다. 문제는 그림에 인생을 바치기로 결심한 학생들이다.

미대 입시에 뜻을 품고 미술 학원에 등록했는데 두 사람의 재능을 눈앞에서 보고 벌써부터 좌절하는 학생이 끊이지 않았다. 그럼에도 두 사람의 작품을 보았기 때문에 아틀리에 세키네에 등록하는 학생도 그 이상으로 많았다.

도코와 하루토에 대한 추억은 셀 수 없이 많지만, 그중에서도 두 사람이 고등학교 1학년 여름방학에 발생한 어떤 기묘한 사건이 강렬하게 기억에 남아 있다.

그 사건을 가장 먼저 발견한 사람은 다카가키 게이스케라는 도코보다 한 살 아래의 수수한 남학생이었다. 과제를 묵

너를 그리면
거짓이 된다

묵히 수행하는 성실한 학생이었지만 이렇다 할 열의나 재능이 있지는 않았다. 조금 심하게 표현하면, 미술 학원에 다니는 평범한 학생의 대표격이라고 할 수 있는 소년이었다.

그날, 낯빛이 변해서 나를 부르러 온 게이스케를 따라 갔다가 강사 대기실에서 눈을 의심할 광경을 직면했다. 유리창 너머에서 보니, 미술관에서 주최하는 콩쿠르에 출품하기 위해 도코가 완성한 80호 유채화가 엉망으로 난도질되어 있었다.

문이 잠겨있지는 않지만 아틀리에 안쪽에 있는 강사 대기실은 외부에서 침입할 수 있는 위치가 아니다.

대체 누가 이런 만행을……

"선생님, 저기 좀 보세요."

게이스케가 가리키는 손가락 끝을 따라가자, 찢어진 캔버스 옆에 메모 같은 것이 떨어져 있었다.

안으로 들어가 종잇조각을 집어 들자 거기에는 '범인은 난조 하루토'라고 지렁이가 기어가는 글자로 적혀 있었다.

의미가 이해되지 않았다. 하루토가 이런 짓을 할 리가 없고, 이 메모를 남겨둔 인물은 명백히 필적을 감추려고 했다. 정말로 하루토가 범인이고, 밀고자가 그 현장을 목격했다면 이렇게 고자질하듯이 고발할 이유도 없다.

게이스케가 불러 수업을 중단하고 달려 나왔기 때문일 것이다. 상황을 보러 온 다른 학생들도 사건을 알아채고 주변이 시끄러워지기 시작했다.

당사자인 도코와 하루토가 고즈에의 손에 이끌려온 것은 사태가 학생들 사이에 이미 다 퍼진 뒤였다.

오빠를 믿고 있기 때문일 것이다. 고즈에는 남겨진 메모를 보자마자 불같이 화를 냈다. 그런 고즈에에게 이끌려온 도코와 하루토의 반응은 참으로 담백하기 그지없었다.

악의의 표적이 된 것을 인식하지 못하는지, 도코는 망가진 캔버스를 흘끗 보고는 이내 관심을 잃고 바로 옆에 있던 그리다 만 캔버스에 손을 대기 시작했다.

한편, 하루토에게 메모를 보여주고 짚이는 곳이 있느냐고 물어보자 "누가 보고 있었나 보네요" 하는 반쯤 긍정으로도 받아들일 수 있는 대답이 돌아왔다.

오빠의 태도를 수긍할 수 없는지 고즈에가 목소리를 높였지만, 하루토는 여동생에게도 모호한 대답밖에 하지 않았다.

그가 부정하지 않았다고 해서 범인이라고 단정할 수는 없다. 고즈에가 두둔한 것처럼, 만약 그것이 사실이라면 범행 현장을 본 사람이 필적을 숨길 이유가 없기 때문이다.

망가진 캔버스를 정리하고 나는 하루토만 따로 불렀다.

피해자인 도코가 개의치 않더라도 사건을 흐지부지하게 넘어갈 수는 없었다. 다른 사람의 캔버스를 망가뜨리는 것은 절대로 허용할 수 없는 행위다.

하지만 아무리 물어도 하루토는 대답을 흐리며 어물쩍 넘기려 했다.

"범인이 따로 있다면 누가 무슨 목적으로 그런 메모를 남겼죠?"

대답하지 못하는 나에게 하루토는 말했다.

"내가 뭐라고 하든 단순한 말에 지나지 않아요. 현장에 메모가 남겨져 있었으니까 선생님은 그걸 믿으시면 돼요."

이 아이는 대체 무슨 생각인 걸까.

범행을 자백하지도 부인하지도 않고 단지 상황에 몸을 맡기고 있었다. 대체 무슨 생각을 하는지 도저히 감을 잡을 수가 없었다.

정말로 기분 나쁜 이야기지만, 결국 그 사건은 무엇 하나 해결되지 않은 채 끝났다.

피해자인 도코는 화내기는커녕 그림을 한 장 더 그릴 수 있다고 태평하게 기뻐했고, 누명을 썼을지도 모르는 하루토는 누가 어떻게 판단하든 상관없다는 무관심한 태도를 끝까지 관철했다.

완성한 작품이 어떻게 되든 상관없다.

다른 사람의 평가나 평판은 관심 없다.

오히려 내 머리가 지끈거릴 정도로, 고등학생이 되어도 두 사람의 태도는 참으로 태연자약했다.

🦋

9

2015년 봄.

열여덟 살이 된 다키모토 도코와 난조 하루토는 도쿄에 있
는 사립 대학교에 진학했다.

두 사람이 입학한 것은 학비 면제 장학생으로 도코를 받아
준 미술 대학교였다. 하루토의 그림 실력과 학력이라면 어느
대학이든 진학할 수 있었을 것이다. 하지만 이때도 그는 도코
와 같은 학교에 진학했다.

같이 고등학교를 다닌 3년 동안 도코는 하루토를 완전히
신뢰하는 것처럼 보였다. 반대로, 하루토가 도코를 어떻게 생
각하는지는 여전히 잘 알 수 없었다.

도코를 볼 때 하루토는 신기한 눈빛을 보인다. 지켜보는 포
근한 눈빛이라고 느낄 때도 있고, 증오에 가득 찬 게 아닐까
하고 느낄 때도 있었다.

3년 전 사건의 진상은 여전히 의문에 감싸여 있다. 하지만
최근 들어 나는 이런 식으로 생각하게 되었다. 끝까지 부정하

너를 그리면
거짓이 된다

지 않았던 것은, 정말로 하루토가 범인이기 때문인지도 모른다.

내 추측이 맞다면 그날 하루토는 어떤 심정으로 캔버스를 찢었을까. 질투일까, 독점욕일까, 아니면 평범한 사람은 상상도 할 수 없는 특수한 감정이 동기였을까.

아마도 도코는 사건 자체를 이미 오래전에 잊었을 것이다. 나도 이제 와서 다시 헤집을 생각은 없다. 하지만 가능하다면 역시 진실을 알고 싶었다.

1센티미터라도, 1밀리미터라도 좋으니 좀 더 깊이 두 사람을 이해하고 싶었다.

나는 어릴 때 그리던 인생을 살아왔을까.

한밤중에, 학생들이 돌아가고 혼자 남은 아틀리에에서 문득 생각한다.

아틀리에를 연 뒤로 학생 수가 모자라서 걱정해 본 적은 없다. 오히려 너무 많이 몰려들어서 해마다 고민이었다.

손이 많이 가는 도코가 제대로 학교에 다니게 되었는데도 강사가 나 혼자밖에 없어서 벌써 몇 년째 학원을 쉬지도 못하고 있다. 건강 검진조차 받지 않고 바쁘게 살아와서인지, 최근 몇 년 동안 기침이 멈추지 않고 나올 때가 자주 있었다. 몸뚱이 마디마디에서 나이가 들었다고 실감하는 것도 일상

다반사였다.

벌써 10년 넘게 본가에도 돌아가지 않았다. 부모님 목소리를 마지막으로 들은 때가 몇 년 전인지도 떠오르지 않았다. 내 몸은 이제는 완전히 도쿄에 들러붙고 말았다.

이룰 수 있었던 꿈도 이루지 못한 꿈도 양손 밖으로 흘러넘쳤지만, 적어도 다키모토 도코와 난조 하루토는 길을 잘못 들지 않고 성장했다고 생각했다. 선생님으로서 두 사람을 충분히 도와줄 수 있었으니 자랑스럽게 여겨도 좋을 것이다.

하지만 한편으로는, 내가 맡은 학생 모두가 순조롭게 자라지는 못했다.

하루토의 여동생, 난조 고즈에는 고등학교 3학년이 되기 전에 거역하기 힘든 어머니의 뜻에 굴복해 아틀리에를 떠났다.

고즈에도 오빠와 마찬가지로 내부 진학이 아니라 미술 고등학교 진학을 희망했지만 미사키가 그것을 허락하지 않았다. 눈 감으면 코 베어가는 미술 업계에서 고즈에는 성공할 수 없다. 취미 생활로 봐주는 것도 고등학교 2학년까지라고, 미사키는 일찌감치 단호하게 선언했었다.

고즈에가 목표로 하는 직업은 화가가 아니다. 그런 의미에서 미사키의 말은 요점에서 완전히 빗나가 있었지만 고즈에는 마지막까지 만화를 그린다는 사실을 숨겼다.

"어차피 엄마는 이해 못 해요. 이해할 마음도 없고요."

너를 그리면
거짓이 된다

난조 미사키가 어떤 사람인지 알고 있는 만큼 반박할 수도 없었다.

미사키가 만화를 회화와 동일선상의 문화로 인정하는 일은 없을 것이다. 말해 봐야 입만 아프다는 고즈에의 말은 진실이라고 생각되었다.

마지막 날, "언제든지 놀러 와도 돼" 하고 말했지만 그만둔 뒤로 고즈에는 단 한 번도 얼굴을 내밀지 않았다.

홋카이도에서 살던 소녀 시절, 나는 신동이라고 불렸다.

하지만 대학교에 들어가자마자 그늘에 파묻힌다는 감각을 맛보았다.

그 무렵 내 모습을 보는 것처럼, 대학교 1학년 여름이 지난 무렵부터 하루토의 얼굴에 조바심 같은 무언가가 번지기 시작했다. 열아홉 살이 된 그가 느끼는 감정은 이십 몇 년 전에 내가 느낀 공포와 비슷한 감각일까.

요즘 들어 하루토의 성장에 그늘이 드리우는 조짐이 보였다.

거침없던 선이 흔들리며 붓이 갈 곳을 망설이고 있었다. 다른 사람은 아무도 알아채지 못해도, 열한 살 무렵부터 하루토를 보아온 내 눈에는 그것이 분명히 보였다.

우직함만으로 궁극에 이를 수 있는 길이 아니다.

하루토에게는 무언가 돌파구가 필요한지도 몰랐다.

2015년, 가을이 깊어져갈 무렵이었다.

"아틀리에에서 아르바이트 강사를 해보지 않을래?"

나는 하루토에게 그렇게 제안해 보았다.

가르치는 행위는 자신의 내면을 들여다보는 것과 표리일체다. 벽에 부딪친 듯이 보이는 그에게 강사 일은 새로운 자극이 될 것이다.

지금까지 몇백 명이나 지도해왔지만 하루토보다 우수한 학생은 만난 적이 없다. 하나를 가르치면 열을 깨우친다. 감각적인 부분을 언어화하는 능력도 뛰어나다. 성실하고 예의바르고, 적어도 표면적으로는 누구와도 잘 지내는 살가운 성격이다. 무엇보다 그림 재능은 나보다도 한 수 위다.

하루토라면 안심하고 소중한 학생들을 맡길 수 있다.

"나이가 들어 그러나. 요즘 들어 피로가 도통 풀리질 않아. 입시철에 접어들어서 휴가를 낼 수도 없고, 하루토가 선생님을 해주면 나도 많이 편해질 거야."

조금 생각해 보겠다는 하루토의 말로 보류된 그 제안은 사흘 뒤, 자정이 다 되어가는 한밤중에 예상외의 전개를 보였다.

하루토와 함께 도코가 나타나 자기도 강사를 하겠다고 나선 것이다.

게다가 어쩌다 보니, 도코는 매 트로피를 나에게 선물하기 위해 도쿄 인피니티 아트 어워드에 출품하겠다고 충동적으

너를 그리면
거짓이 된다

로 결정했다.

도코는 자신이 출품하면 그랑프리를 딸 수 있다고 믿어 의심치 않았다. 정말로 웃음이 날 만큼 부러운 자신감이었다.

아르바이트 업무 내용을 설명한 뒤 줄곧 물어보고 싶었던 것을 두 사람에게 물어보기로 했다.

"도코, 하루토. 너희는 만약 시간을 되돌릴 수 있다면 언제로 돌아가고 싶어? 몇 살로든 돌아갈 수 있지만 기회는 딱 한 번이라면?"

불과 몇 초 고민하더니 도코는 단박에 대답을 이끌어냈다.

"네 시간 전으로 돌아가고 싶어요. 스튜가 맛있었으니까 한 번 더 먹을래요."

"……과거로는 한 번밖에 돌아갈 수 없는데?"

"네. 알아요."

"정말로 그거면 돼? 뭐든지 다시 할 수 있는데."

"딱히 다시 하고 싶은 게 없는걸요. 스튜는 한 번 더 먹고 싶지만. 아, 다음에는 당근은 빼달라고 해야지."

……그렇구나. 이 아이에게는 바꾸고 싶은 과거가 없구나.

도코는 후회도 부끄러움도 없는 인생을 살고 있는 것이다.

별것 아닌 질문이었는데 순수한 대답이 마음에 날카롭게 박혔다.

"하루토는 돌아가고 싶은 순간이 있어?"

"없어요. 어차피 똑같은 인생을 걸어갈 뿐이니 되풀이하는 의미가 없어요."

그도 역시 지금에 이르기까지의 약 20년 인생에서 아무런 후회가 없다는 걸까. 하루토다운 대답이기는 했지만 속인은 이해할 수 없는 심정이었다.

인생을 다시 살 수 있다면, 틀림없이 나는 내가 고르지 않았던 무수한 선택을 놓고 고민할 것이다.

하지만 이 두 사람은 다르다. 지금의 자신에게 100퍼센트 납득하고 있다.

가능하다면 10년 뒤, 20년 뒤에도 바뀌지 않고 지금과 같기를 바랐다.

아르바이트 이야기가 일단락되자 두 사람은 나에게 병원에서 검사를 받아보라고 했다.

둘 다 천부적인 후각으로 무언가를 예감했던 걸까.

종합 검진을 받으러 갔다가 나는 내가 인생의 전환기를 맞이했음을 알게 된다.

"예술은 길고 인생은 짧다."

마흔다섯 살에 고대부터 내려온 속담을 말 그대로의 의미로 통감했다.

너를 그리면
거짓이 된다

정밀 검사로 폐에 암이 생긴 것을 발견했다.

10

나는 폐암에 걸린 사실을 가족은 물론이고 도쿄의 지인에게도 알리지 않았다.

스스로도 이 현실을 미처 소화하지 못하는데 남에게 알릴 수 있을 리가 없었다.

나는 결혼 경험이 없다. 남편도 자식도 없고, 고향과의 인연도 지금은 있어도 없는 것이나 마찬가지였다. 적어도 먼저 세상을 떠나더라도 가족에게 슬픔을 안겨줄 걱정은 없다. 하지만 그래서 다행이라고 하면 아무리 그래도 허세가 좀 심한 걸까.

내가 숨을 거두더라도 절망에 빠질 사람은 아무도 없다. 그것은 의심할 여지없는 사실이다.

하지만…… 도코는 어떨까. 그 아이는 어릴 때부터 나와 아틀리에에 의존해 살아왔다. 순진무구한 그녀의 마음에 다른 사람도 아닌 내가 상처를 낼지도 모른다. 얼마 뒤에 올 미래에서 기다리고 있는 죽음을 생각하면 무엇보다도 그 점이 분했다.

암을 선고받은 뒤로 나는 강사인 두 사람에게 기대 요령껏 숨기며 지냈다.

예상한 대로 도코는 거의 이름뿐인 강사로 전락했지만, 하루토는 기대 이상으로 빈틈없이 일을 처리해 주었다.

대전제가 되는 그의 실력은 누구나 인정하는 것이었다. 비록 나이는 어리지만 언어화하는 능력까지 뛰어난 하루토가 강사를 맡는 데에 이의를 제기하는 사람은 아무도 없었다.

두 사람이 강사 일을 시작한 지 반년이 지났을 무렵, 도쿄 인피니티 아트 어워드 철이 돌아왔다.

유채화 작품을 출품하기로 결심한 도코는 그녀의 그림을 많이 봐와서 익숙한 나조차도 감탄을 금하기 힘든 그림을 그렸다. 파란 나비를 그린 환상적인 그림은 다키모토 도코가 아니면 절대로 그릴 수 없는 혁신적인 작품이었다.

그랑프리 트로피인 매가 조각된 동상이 갖고 싶다. 그런 동기 부여가 도코에게 좋은 영향을 미쳤나 보다. 정체기를 보이던 하루토 역시 거기에 촉발된 것처럼 눈이 휘둥그레지는 작품을 완성시켰다. 원래 붓이 빠르지는 않지만 평소보다도 훨씬 충분한 시간을 들여 정신이 아득해질 만큼 치밀한 그림을 그려냈다.

도쿄 인피니티 심사 위원은 심사 위원장인 다이호 슈메이를 비롯해 과반수가 특정 공모 단체에 소속되어 있다. 투명성이 보장된 상이라고 보기 어렵기 때문에, 이른바 미술 단체에 소속되어 있지 않은 도코와 하루토에게는 불리한 콩쿠르다.

그래도 두 사람의 개성과 재능이 유감없이 발휘된 이번 작품이라면 어느 한쪽이 그랑프리를 따더라도 이상하지 않았다.

돌아온 2016년 7월 중순.

그랑프리를 비롯한 모든 상의 심사 결과가 발표되었고, 그해의 수상은 내가 상상도 못한 결과를 맞이했다. 등수로는 2등인 우수상에 하루토가 이름을 올렸지만, 도코의 작품은 수상은커녕 쉰일곱 개의 입선작에도 뽑히지 못했다.

원래 호불호가 명확히 갈리는 타입이기는 하지만 도코가 수상하지 못하고 끝난 콩쿠르는 지난 몇 년 동안 기억에 전혀 없었다.

처음에는 응모 규정을 위반했나 하는 의심이 들었다. 하지만 액자까지 포함해 규정된 사이즈가 맞음을 출품하기 전에 나도 분명히 확인했다. 두께도 중량도 틀림없이 규정 내였다.

그렇다면 생각해 볼 수 있는 가능성은 또 무엇이 있을까?

최종 심사부터 심사 결과 발표까지는 얼마간의 시일이 걸린다. 그것은 수상작, 입선작이 도작이 아닌지를 확인하기 위해

서다. 제삼자의 권리와 그림을 침해한 작품은 아무리 훌륭해도 수상이 취소된다. 우연히 기존 작품과 화풍이 겹친 걸까.

8월 상순, 시상식이 개최되었다.

수상자인 하루토가 초대되었고, 관계자로서 나와 도코도 식에 참석했다.

해마다 시상식장에는 수상작과 입선작이 모두 전시된다.

누가 어떤 작품으로 도코와 하루토를 이겼을까. 복잡한 심정을 안고 시상식장으로 들어갔는데, 적어도 내 눈에는 그랑프리 수상작이 두 사람의 작품보다 뛰어나 보이지는 않았다.

예사롭지 않은 열정을 쏟아 그린 도코의 작품은 그녀의 최고 걸작이라고 해도 손색이 없는 수준이었다. 출품 시점에서 나는 도코나 하루토의 그랑프리 수상을 확신했고, 실제로 수상작을 본 지금도 믿기 어려운 심정이었다.

아틀리에 학생이 도쿄 인피니티에 응모한 것은 이번이 처음은 아니다. 7년 전에 한 학생이 협찬사인 신문사가 주는 상을 받았고, 그때 그와 함께 참석한 시상식에서 나는 오랜만에 다이호 선생님과 대면했다.

다이호 선생님은 오랫동안 신작을 발표하지 않았지만, 10년 정도 전부터 콩쿠르에서는 심사 위원장을 맡고 있다. 미술학원을 열어 생계를 꾸려나가고 있다고 하자, 선생님은 "그런

길도 있지" 하고 내 삶을 긍정해 주었다.

3년 전에도 학생이 입선했고, 다이호 선생님과는 그때도 시상식장에서 인사를 나누었다.

그날도 시상식이 끝난 뒤 인사를 하러 갔다.

"아아, 세키네 선생, 오랜만에 보네."

"그간 잘 지내셨어요?"

다이호 선생님은 3년 만에 만나는 나를 기억해 주었다.

응모자 쪽에 서 있던 대학생 시절에는 얼굴도 기억하지 못했는데 표현하는 사람으로서의 길을 포기한 뒤에야 인식하다니 참 얄궂기도 하다. 그런 사실이 더 이상 분하지 않은 나는 이미 아티스트로서 죽은 걸까.

다이호 선생님은 바로 옆에 있는 하루토를 알아보고 교사로서 과분한 칭찬을 해주었다.

8년 전에 하루토의 그림을 보고 나는 다이호 선생님의 그림을 처음 보았을 때와 같은 종류의 충격을 받았다. 그날 내가 두 사람이 비슷하다는 인상을 받은 것처럼, 다이호 선생님도 하루토의 그림에 강한 공감을 느낀 듯했다.

"내가 볼 때 올해는 자네가 그랑프리를 받을 자격이 충분했어."

다이호 선생님은 입 발린 말을 하지 않는다. 다른 누군가를 쉽게 칭찬하는 사람도 아니다. 정말로 하루토의 그림을 높이 평가하는 것이다. 하루토가 인정받아서 내 일처럼 기뻤다.

그랑프리는 놓쳤지만 이 수상은 하루토에게 전환점이 될 것이다. 요람의 시기를 넘어 새로운 무대로 향할 수 있다. 그런 예감이 들었다.

여기에 도코도 수상을 했더라면 오늘은 정말로 근사한 하루가 됐을 텐데.

심사 결과에 대해서는 일반적으로 문의도 이의 신청도 할 수 없다. 본래라면 낙선작에 대한 강평은 들을 수 없지만 지금이라면 직접 물어볼 수 있다.

낯을 가리는 도코는 하루토의 뒤에 숨어 있었다. 그럼, 어떻게 물어보면 좋을까. 적절한 말을 머릿속으로 찾고 있을 때였다.

"그런데 아까부터 뒤에 숨어 있는 친구는 누군가?"

내가 말을 꺼내기도 전에 다이호 선생님이 도코의 존재를 알아챘다.

"저 친구도 제 학생이에요. 혹시 기억하시나요? 아크릴 캔버스에 〈나비의 시대〉를 그린 다키모토 도코입니다."

도코의 이름과 작품명을 말하자 선생님의 얼굴에 떠올라 있던 미소가 사라졌다.

"……아. 기억하지."

"솔직히 말씀드리면 저는 도코도 하루토 못지않은 재능을 가지고 있다고 생각해요. 이번 응모 작품은 이 친구의 최고 걸작이라고 해도 손색이 없는 수준이었어요. 하지만 입선조차 못했죠. 응모 규정을 위반했다는 연락도 받지 못했고요. 실례를 무릅쓰고 말씀드립니다. 도코의 작품이 어디가 모자랐는지 후학을 위해 가르쳐주시면 안 될까요?"

심사 위원에게 직접 이야기를 들을 수 있는 귀중한 기회인데 도코는 노골적으로 고개를 외면하고 있었다.

무표정하게 도코를 잠깐 쳐다본 뒤 다이호 선생님이 입을 열었다.

"단적으로 말하면 공허한 인간성이 고스란히 드러났기 때문이야."

선생님의 말을 순간 믿을 수 없었다.

도코가 낙선한 것은 규정을 위반해서도, 도작 의혹을 받아서도 아니었다. 작품 자체를 정면으로 부정당했다.

사람이 심사하는 이상 미세한 취향의 문제에서 자유로울 수는 없다. 원래 도코는 보는 사람에 따라 평가가 분명히 갈리는 타입이기도 하다. 그렇기는 해도 이렇게까지 단정적인 혹평을 받은 기억은 적어도 나에게는 없다.

하루토의 뒤에 숨은 도코는 짜증을 숨기지 못하고 몸을 흔들고 있었다.

다이호 선생님은 온화한 말투로 설명해 주었지만 나 스스로도 도쿄에 대한 부당해 보이는 평가를 소화하지 못한 탓에 후반은 거의 머리에 들어오지도 않았다.

도쿄 인피니티는 도쿄가 태어나서 처음으로 작정하고 따려고 한 상이었다. 그런데 결과는 믿을 수 없는 참패였다.

그나마 다행이라면 도쿄의 감정이 엉망이 되지는 않았다는 점 정도일까.

"트로피는 내년에 하루토가 따면 되겠다."

가볍게 툭 던지고는 시상식장에서는 혼자서 초등학생의 입선작을 한 시간 넘게 보고 있었다.

다른 사람의 평가를 필요로 하지 않는 인간은 정말로 강하다.

낙선해도 도쿄는 충격을 받지 않았고, 침울해 하지도, 화를 내지도 않았다. 그런 의미에서는 교사로서 가슴을 쓸어내렸지만······.

그로부터 2주일도 지나기 전에 다른 사람도 아닌 내가 이번에야말로 그녀를 잔혹하게 상처주고 말았다.

폐암을 발견한 지 9개월 뒤인 2016년 8월이었다.

여름방학을 맞이해 수험생으로 북적이는 아틀리에에서 나는 그만 부주의하게도 쓰러지고 말았다.

그 결과, 병원으로 나를 이송한 도코와 하루토가 병에 대해 알게 되었다.

아무리 세상 물정 모르는 도코라도 암이 얼마나 무서운 병인지 정도는 아는 모양이었다.

병실 침대에서 눈을 뜨자 내 오른손을 움켜쥐고 도코가 흐느껴 울고 있었다. 그 옆에서 하루토도 입술을 꽉 깨물며 이쪽을 보고 있었다.

병세가 악화된 것보다 두 사람에게 상처를 준 일이 가슴 아팠다. 도코와 하루토의 마음을 휘저어 놓은 스스로에게 화까지 났다.

"아틀리에는 올해로 문을 닫을 거야. 학생들의 진로는 책임지고 싶으니까 올해까지는 도와주면 좋겠어. 내가 퇴원할 때까지 아틀리에를 부탁해도 될까?"

하루토에게 한 말이었는데 단호한 말투로 도코가 곧장 대답했다.

"내가 아틀리에를 이어받을게요. 미카 선생님 대신 내가 할게요."

작년 말부터 아르바이트로 일하고 있지만 사실상 도코는 제대로 도움이 되지 않는다. 나는 이대로 한동안 입원해야 한다. 아틀리에를 계속 운영할 수 있을지는 하루토의 뜻에 달려 있었다.

"제가 할 수 있는 일은 다 할게요."

감정이 거의 깃들지 않은 익숙하고 담백한 대답이 고막을 때렸다.

난조 하루토는 무슨 생각을 하고 있을까. 마음속에서는 무엇을 느끼고 있을까.

인생의 마지막 발소리가 다가온 지금도 여전히 알 수 없었다.

성장과 함께 체력에 여유가 생긴 도코의 창작 활동은 한없이 격렬해지기만 했다.

다이호 선생님에게는 혹평을 받았지만 지난 1, 2년 사이에 여러 곳의 갤러리에 도코의 작품을 걸게 되면서 순조롭게 구매자가 생겼다.

현대 예술의 세계에는 감상하는 사람, 또는 구입하는 사람이라는 입장도 존재한다. 재능 있는 화가를 누구보다 먼저 알아보고 성숙하기 전의 푸릇푸릇한 과일을 제 것으로 소유하고 싶다. 그런 욕구를 가진 수집가들이 이미 다키모토 도코를 알아보기 시작했다는 뜻이다.

그림에 대가를 지불하고자 하는 수집가는 일본에도 틀림없이 존재한다. 하지만 그것이 정말로 아주 일부에 지나지 않다는 점도 사실이다.

너를 그리면
거짓이 된다

차례차례 배출되는 재능 넘치는 신진 화가를 구태의연한 일본의 화단은 일고조차 하지 않는다. 그런 토양도 배경에 있어서인지, 젊은 화가일수록 예술이라는 더없이 고귀한 가치를 위해 세속적인 명예와 성공을 버린 것처럼 보일 때가 있다. 도코의 부모님도 그랬다. 그들은 돈을 추구하지 않았고, 가난도 마다하지 않았다.

하지만 그래서는 안 된다. 적어도 나는 그렇게 생각한다.

지금의 일본에 직업 화가가 살아가기 위한 환경이 형성되어 있다고는 볼 수 없다.

거품 경제 시기에 타격을 입은 채로 줄곧 얼어붙어 있던 일본의 예술 시장은 리먼 사태 이후로 더욱 더 꽁꽁 얼어붙었다.

단체전을 중심으로 한 세력 싸움이 숨구멍을 막고, 이 나라 예술계를 일본화, 서양화, 현대 미술로 삼분했다. 내가 학생이었을 때부터 전혀 달라지지 않았고, 21세기에 접어든 지금도 여전히 본질적으로는 아무런 의미도 없는 카테고리에 사로잡혀 있다.

도코가 도쿄 인피니티에서 참패한 것도 그런 현상과 관계가 없었다고는 단언할 수 없다. 독자성을 존중하는 서양과는 대조적으로, 일본에서는 공동체가 계속해서 평가함으로써 미가 성립한다. 기성의 개념에 사로잡히지 않는 도코의 작풍은 공동체의 미움을 받기 쉽다.

유서 있는 콩쿠르에서 입상한 영향일 것이다.

시상식 뒤, 하루토의 곁에 갤러리 관계자가 몇 명 나타난 듯했다.

치밀함을 무기로 한 장의 그림에 방대한 시간을 투자하는 하루토는 과작하는 화가다. 본인에게 그림을 팔려는 의사가 있는지 어떤지도 모른다.

다만, 대학교에 입학한 뒤로 정체기에 들어선 것처럼 보였던 하루토가 최근 들어 다시 그 드문 재능을 발휘하기 시작한 것은 틀림없어 보였다.

마침내 세상이 다키모토 도코에 이어 난조 하루토도 알아본 것이다.

나에게는 두 사람 다 자식 같은 존재다. 도코와 마찬가지로 하루토가 세간에서 좋은 평가를 받게 되어 진심으로 자랑스러웠다.

현재, 도코에게는 해외 갤러리스트도 러브콜을 보내고 있다. 틀림없이 그리 머지않은 미래에 하루토에게도 비슷한 제안이 들어올 것이다. 신뢰할 수 있는 사람을 만난다면 대학교를 중퇴하고 서양으로 건너가도 좋을 것이다.

선택 받은 사람만이 걸을 수 있는 인생이라는 것이 있다.

두 사람은 그들의 재능을 진심으로 이해하는 사람들에게 둘러싸여 살아야 한다.

작년에 폐암이 발견된 시점에서 길어야 2년 이라는 시한부 선고를 받았다.

나에게 남겨진 시간은 그리 길지 않다.

도코의 아버지 다키모토 슈지는 이미 미술 세계에서 완전히 손을 씻었다. 내가 죽으면 아티스트로서 도코를 지원해줄 수 있는 사람은 세상에서 딱 한 사람만 남을 것이다.

입원한 지 사흘 뒤 나는 하루토를 병원으로 불렀다.

아직 숨이 붙어 있을 때 내가 해줄 수 있는 말을 모두 해두어야 한다.

"네가 아틀리에에 다닌 지 벌써 8년이 지났구나. 정말 순식간이었어. 하루토가 처음 그림을 보여줬을 때는 다이호 슈메이의 그림을 처음 접했을 때와 같은 충격을 받았어. 올해 콩쿠르에서 선생님이 하루토의 그림을 높이 평가하셨잖아? 다이호 선생님이 누군가를 칭찬하시는 건 아주 드물어. 그만큼 네 그림이 마음에 드신 거지."

"저는 잘 모르겠어요."

"틀림없이 그리는 대상에 대한 성실함이 닮았을 거야. 하지만 두 사람이 비슷하다고 생각하기 때문에 오히려 나는 불안

했어. 다이호 선생님처럼 언젠가 하루토도 그림을 그리지 못하게 되는 날이 오진 않을까 싶어서 두려웠어."

마음속까지 꿰뚫어보는 듯한, 평소와 다름없는 하루토의 눈이 나를 보았다.

"선생님은 지금도 그 점이 두려우세요?"

나는 고개를 가로저었다.

"아니. 더는 두렵지 않아."

난조 하루토와 다이호 슈메이는 많이 비슷하지만 결정적인 차이도 있다. 자신의 본질마저도 깨부술 것 같은 재능을 어릴 때 만났는지의 여부다. 초등학생 때 다키모토 도코와 만난 하루토는 앞으로 어떤 재능을 마주하더라도 휩쓸려 사라지지는 않을 것이다.

다키모토 도코가 있었기 때문에 지금의 난조 하루토가 있다. 도코도 마찬가지다.

"내가 죽으면 하루토가 도코를 돌봐줬으면 해. 그 애는 서툴러서 혼자서는 살아갈 수도 없으면서 다른 사람을 의지하지도 못하거든. 도코가 인정한 화가는 하루토뿐이야. 그래서 이건 너한테만 부탁할 수 있어. 부디 도코를 버리지 말아줄래?"

어느 정도의 침묵이 흘렀을까.

"4년 전에 누군가가 도코의 캔버스를 찢은 날을 기억하세요?"

너를 그리면
거짓이 된다

무표정한 하루토에게서 대답이 아니라 질문이 돌아왔다.

"당연하지. 그 일을 어떻게 잊겠니."

"선생님은 그 사건의 범인이 누구라고 생각하세요?"

"……하루토라고 생각해."

가슴속에 자리 잡고 있던 대답을 솔직히 꺼냈다.

"그렇다면 이해가 안 돼요. 어떻게 저한테 도코를 부탁하실 수 있어요? 숨어서 캔버스나 찢는 인간인지도 모르는데."

"범인은 도코를 질투했어. 어쩌면 작품과는 상관없이 그냥 도코가 싫었겠지. 생각해 볼 수 있는 이유는 몇 가지 있었지만 그 어느 것도 하루토에게 해당하는 것 같지는 않았어. 그런데 어느 날, 하루토는 그 그림에 어떤 문제가 있어서 찢은 게 아닐까 하는 생각이 문득 떠오르더라."

"문제요?"

"하루토의 눈에는 그 그림이 불완전해 보였던 게 아니니? 나는 몰랐지만 하루토에게는 대충 날려서 그린 부분이라든가 어떤 문제가 보였고, 그걸 용서할 수 없었던 거야. 도코가 불완전한 작품으로 응모하려는 데에 화가 나서 그 그림은 찢은 거지. 아니니?"

하루토의 표정은 변하지 않았다.

이 추리는 틀렸다는 뜻일까.

"생각할 수 있는 가능성은 한 가지 더 있어. 도작 의혹에서 지켜주려고 한 게 아니니? 물론 도코가 도작을 할 리는 없지. 하지만 우연히 기존 작품과 비슷한 그림을 그릴 수도 있거든. 좁은 세계잖아. 한번 붙은 악평은 영원히 남아. 너는 그 위험성을 깨닫고 작품 자체를 못 쓰게 만들었는지도 몰라. 하루토, 솔직히 말해줄래? 나는 어떤 이유로 그랬든 널 이해하고 싶어."

하루토는 내게서 눈을 돌리고 희미하게 쓴웃음을 지었다.

"지금까지 만나온 어른들 중에서 제가 존경하는 사람은 미카 선생님뿐이에요. 진심으로 감사하게 생각하는 분도 선생님뿐일지도 몰라요. 하지만 선생님은 절 모르세요."

"……그래?"

"네. 그러니까 도코를 저한테 맡기려고 하시는 거예요."

"그건 누구보다 하루토가 적임이라고 생각하니까……."

"죄송해요. 이것만큼은 말해둘게요."

하루토의 얼굴에 비애가 번졌다.

"선생님은 저에 대해 아무것도 모르세요."

하루토는 말했다.

그리고 내가 하루토가 한 말의 참뜻을 이해하기도 전에 운명의 밤이 찾아왔다.

11

2016년 9월 9일.

병실 침대 위에서 아침부터 뉴스 속보에 귀를 기울이고 있었다.

전날 밤보다 강렬한 바람이 창문을 때렸고, 새벽녘에는 폭풍 경보도 발령되었다.

오늘은 대부분의 회사와 학교가 쉴 것이다. 틀림없이 이런 날이라도 도코라면 아틀리에로 찾아오겠지만…….

어째서 이런 날일수록 병문안을 오는 손님은 늘어나는 걸까.

안 그래도 어제 병문안을 온 고즈에와 1년 반 만에 재회했는데, 오늘도 역시 의외의 인물이 병실을 찾아왔다.

책을 읽고 있던 오후 세 시가 지나서였다.

도쿄에서 미술 학원을 운영하는 대학교 후배 와타나베 쇼코가 찾아왔다. 며칠 전에 아틀리에 세키네에 전화를 걸었다가 하루토에게서 내 병에 대해 들었다고 한다. 쇼코에게 아픈 모습을 보이고 싶지는 않았지만 마음씀씀이는 순수하게 기뻤다.

"이렇게 폭풍우가 몰아치는 날 어떻게 나왔어?"

"오히려 이런 날이 아니면 학원을 쉴 수도 없잖아요. 병문안 올 수 있어서 다행이었어요."

쇼코도 나와 마찬가지로 독신이다. 상사나 동료 없이 혼자서 운영하는 곳에서는 누구의 눈치도 볼 필요가 없다는 장점이 있지만, 좀처럼 일을 쉬지 못한다는 어려움도 있다.

"예전에 고등학교에서 미술 교사를 하는 사람과 술을 마셨는데 재미있는 말을 하더라고요. 지금 미대와 예대, 전문학교까지 포함해서일까요? 1년 동안 졸업하는 학생이 모두 1만 5천이나 된대요."

"그렇게 많구나. 하긴, 우리가 모르는 학교도 많이 있으니까."

"분모는 큰데 너무 잔혹하죠. 지망하는 사람은 그렇게나 많은데 작품을 팔아서 생활할 수 있는 아티스트는 고작해야 50명 정도잖아요."

아티스트를 어떻게 정의하느냐에 따라서도 달라지겠지만, 현대 미술계에 한해서 본다면 쇼코의 말은 결코 과장스러운 비관이 아닐 것이다.

이 길의 끝에 있는 것은 좁은 문이 아니다. 사실상 닫힌 문이다.

그래도 그 문을 통과할 수 있는 사람이 완전히 없지는 않다.

"선배네 학원은 좋겠어요. 도코는 밀라노에 있는 프로모터에게서 러브콜을 받았다고 들었어요. 우리도 그 애 같은 학생이 들어오길 바랐는데. 아……, 하지만 그런 애랑 오래 같이 지내면 자존심이 엉망이 될까요?"

"도코 같은 수준이면 오히려 마음이 편해. 비교해 봐야 어쩔 수가 없으니까. 차원이 달라."

"그래요?"

"그렇다니까. 가르칠 것도 이미 예전에 바닥났고."

사람들이 아틀리에 세키네의 그룹 전시회를 보러 오는 것은 다키모토 도코와 난조 하루토의 작품이 걸리기 때문이다. 대표는 나지만 주인공은 이미 예전에 바뀌었다. 도코에게는 미술관에서 기획전 초대도 들어오기 시작했다. 그렇다고는 해도 갈 길은 멀었다.

"그 애는 사회성이 떨어지니까, 그런 의미에서는 지금도 스승이 필요할지도 모르지. 그쪽에는 특별한 학생 없어?"

"음, 옛날에는 한 명 있었는데, 그 애는…… 아…….."

"뭔데? 궁금한 부분에서 입을 다물면 어떡하니?"

"……미안해요. 이 얘긴 하지 말라고 입막음을 해서요."

"입막음? 누구한테?"

"그 애 본인한테서요."

무슨 뜻인지 이해가 되지 않았다. 애당초 쇼코의 학원에 다니는 학생과는 만난 적도 없다. 입막음까지 할 일이 있을 리가 없었다.

"의미심장한 얘길 하니까 신경 쓰이잖아. 가르쳐줘. 이런 순간에 할 말은 아니지만, 나는 앞으로 1년 정도밖에 안 남았대. 임종 직전에 오늘 일을 떠올리며 그때 쇼코가 무슨 말을 하려고 했던 걸까 하고 고민하게 만들면 너무 잔인하지 않니?"

"미카 선배, 정말로 이런 순간에 할 말은 아니네요."

"미안해. 하지만 계속 신경이 쓰이는 건 싫은걸. 오늘이 너랑 만나는 마지막 날이라고 해도 이상할 게 없잖아."

비밀은 대부분 본인을 제외한 다른 사람에는 큰 의미가 없다. 인간은 누구나 자신이 생각하는 것보다, 남의 눈에는 아무래도 상관없는 존재기 때문이다. 하지만 그날 쇼코가 말해준 비밀은 이해도 수긍도 소화도 되지 않는 이상한 것이었다.

왜 그랬을까.

왜 그 애는 비밀을 만들려고 했을까.

하나부터 열까지 이해가 되지 않았다.

쇼코가 돌아간 뒤에도 말해준 비밀이 머릿속을 빙글빙글 돌았다.

낮에 들은 비밀이 머리에서 떠나지 않았던 탓일까.

소등 시간이 되어도 잠들지 못하고 이어폰을 끼고 밤에 하는 보도 프로그램을 보고 있었다.

지금도 비바람이 창문을 두드려대고 있었다.

채널마다 태풍 접근으로 인한 각 지역의 피해 상황을 보도하고 있었다.

「……도쿄 도내에서도 맹렬한 폭우가 쏟아지고 있어 산사태와 하천 범람 등에 엄중한 경계가 필요합니다. ……시에서는 범람할 위험성이 매우 높아지는 범람 위험 수위를 넘어서는 등 각지에서 하천이 불어나고 있습니다. 또, 이번 태풍의 영향으로 인한 토사 붕괴로 ……지역에서는 두 사람이 행방불명되어 경찰과 소방 당국이 수색에 나섰습니다.」

아나운서가 읽어 내려가는 내용 중에 내가 사는 마을 이름이 들어 있었다.

그리고 곧이어 시야에 들어온 것은…….

악몽이라도 꾸는 걸까.

붕괴된 경사면과 함께 흘러내린 토사에 휩쓸린 목조 건물이 화면에 비쳤다.

반쯤 허물어졌다고 해서 잘못 볼 리는 없었다. 아틀리에 세키네다.

어째서……. 대체 왜…….

텔레비전 화면은 이미 다른 피해 지역을 비추고 있었다.

토사가 흘러내린 것은 몇 시였을까.

하루토에게서도 도코에게서도 연락은 오지 않았다. 두 사람은 이런 악천후 속에서도 학원 문을 열었던 걸까. 토사가 뒤덮인 순간 학원에는…….

채널을 돌리자 다시 반쯤 무너진 아틀리에가 비치고 있었다.

"……소방 당국에 따르면, 피해를 입은 곳은 세키네 미카 씨가 운영하는 미술 학원으로, 대학생 강사 두 명이 흘러내린 토사에 휩쓸린 것으로 보고 계속해서 수색을 진행하고 있습니다. 현재 연락이 두절된 사람은 도쿄 도내 미술 대학교에 다니는 2학년, 다키모토 도코 씨와 난조 하루토 씨로……."

방금 아나운서가 뭐라고 한 거지?

도코와 하루토의 이름을 말하지 않았나?

각지에서 피해가 발생하고 있을 것이다. 텔레비전 화면은 이내 다른 피해 지역으로 전환되었다.

채널을 돌려봐도 그 외에 토사 붕괴 뉴스를 내보내고 있는 방송국은 없었다.

침대에서 기어 나와 복도로 가서 하루토와 도코의 집으로 전화를 걸었다.

하지만 아무도 받지 않았다. 하루토 어머니의 휴대전화도 연결되지 않았다.

가만히 안정하고 있을 수가 없었다. 이러고 있을 때가 아니었다.

너를 그리면
거짓이 된다

1초라도 빨리 두 사람 곁으로 달려가야 하는데.

어디로 달려가야 좋을지, 누구에게 뭐라고 물어보면 좋을지도 알 수가 없었다.

그때 휴대전화 착신음이 울렸다. 바로 어제 전화번호를 교환한 예전 학생인 '난조 고즈에'의 이름이 표시되어 있었다.

거의 휴대전화를 떨어뜨릴 뻔하면서 전화를 받자,

"선생님! 아틀리에가 토사에 파묻혔대요……."

금방이라도 울 것 같은 고즈에의 목소리가 들려왔다.

"방금 뉴스 봤어. 하루토랑 도코는? 무슨 얘기 들은 거 없니?"

"조금 전에 병원으로 긴급 이송됐다고 아빠한테서 전화가……. 그런데 한 사람은 오른팔을 절단해야 하는 상태로 구출됐다고……."

오른팔 절단……?

갑자기 머리가 어찔해지면서 극심한 기침과 함께 복도에 주저앉았다.

"……그게…… 누군데?"

"저도 몰라요. 얘기가 이랬다저랬다 해서……. 저도 지금 병원으로……."

내 잘못이다.

전화를 끊은 직후에 감당할 수 없을 만큼 크나큰 후회가 가슴으로 파고들었다.

내가 두 사람에게 아르바이트를 부탁하지 않았더라면 이렇게 되지 않았을 것이다.

도코와 하루토 모두 오른손잡이다.

둘 다 천부적인 재능을 가진 애들인데.

단지 그 손을 움직이는 것만으로도 기적도 일으킬 수 있는 사람들인데.

어째서 이렇게…….

기침이 멈추지 않았다.

폐암 선고를 받았을 때도, 남은 수명을 들었을 때도 이 정도로 충격을 받지는 않았다.

극심한 가슴 통증을 억누르며 나는 지금 처음으로 절망의 색깔이 무엇인지 깨달았다.

조르주 브라크

그림은 처음 구상한 것이 사라졌을 때 비로소 완성된다.

제2부

난조 고즈에의 어정쩡하고 평범한 사랑 이야기

1

1997년 난조가의 둘째로 태어난 나, 난조 고즈에의 인생을 이야기하려면 먼저 부모님 이야기부터 시작할 필요가 있다.

아빠 난조 고타로와 엄마 미사키는 어린애의 눈에도 기묘한 부부였다.

꾸미기를 좋아하는 엄마는 외출하지 않는 날에도 꼬박꼬박 화장하고, 아침부터 저녁까지 완벽하게 멋을 부린다. 언제나 자신이 생각하는 이상적인 모습을 유지하지 않으면 성이 차지 않는 성격으로, 가족 앞에서조차 긴장을 늦추지 않는 사람이었다.

엄마는 자식을 자기 뜻대로 휘두르려는 마음이 남들보다 곱절은 강했다. 우리 집의 결정권은 모조리 자신의 손안에 장악하고 있었다.

"아빠가 사줬단 말이야!"

아무리 버텨도 과자는 발견한 순간 빼앗아 갔다.

"왜 텔레비전을 끄는 거야? 아빠가 봐도 된다고 했는데!"

아무리 애원해도 남자아이용 애니메이션이나 히어로물을 보는 것은 허락해 주지 않았다.

너를 그리면
거짓이 된다

어린아이에게도 제대로 이유를 설명한다는 마음은 애당초 없는 듯했다. 논리와는 상관없었다.

"내가 안 된다고 하면 우리 집에선 안 되는 거야."

옛날부터 엄마의 마음먹기에 따라 난조가의 룰 북이 완성되었다.

엄마는 토호쿠 지역에 있는 이름도 들어본 적 없는 대학교를 나왔다. 학교 수준으로 비교하면 아빠한테는 명함도 못 내민다. 공부에 투자해 온 시간과 경험이 비교도 안 될 텐데 자신의 자녀 교육 방침에는 그 누구도 참견하지 못하게 했다.

왜 그렇게 못 이겨서 안달일까. 굳이 나누자면 둥글둥글한 성격인 나는 어릴 때부터 엄마가 전혀 이해되지 않았다.

한편 아빠 고타로는 엄마와는 대조적인 사람이었다.

만화와 애니메이션 보는 것이 취미인 아빠는 촌스럽고 외모도 그저 그렇다. 단, 이른바 일류대학교를 졸업했고, 모르는 사람이 없는 도심 한복판에 있는 기업에 근무한다.

얄팍한 교우 관계를 사방팔방으로 만드는 엄마와 달리, 친구를 꼽아보라고 하면 아빠의 경우에는 한 손으로도 충분할 것이다. 외모도, 성격도, 걸어온 인생도 전혀 달랐다. 두 사람은 부조화가 무엇인지를 그림으로 그린 듯한 부부였다.

이렇게 말하면 실례지만, 솔직히 학창 시절까지라면 아빠 같은 타입의 남자는 엄마의 눈에 차지 않았을 것이다. 하지만 만난 뒤로 적극적으로 대시한 사람은 의외로 엄마였다고 한다. 어디까지나 나의 상상이지만, 당시 20대 후반이었던 엄마는 일단 연애 감정은 덮어두었던 게 아닐까. 연봉, 두뇌, 창창한 미래만 보고 결혼 상대를 찾았고, 그 기준에 아빠가 딱 들어맞았던 것이다.

엄마라면 충분히 가능한 스토리일 것이다.

만난 지 반년 뒤 두 사람은 혼인 신고를 했다.

그리고 하객으로 온 모든 사람이 부러워하는 화려한 결혼식을 올리고, 엄마는 전업주부가 되었다.

결혼 후 바로 오빠 하루토가 태어나고, 1년 뒤에는 나도 태어났다. 엄마가 그리는 미래를 따라가듯 난조가의 가족도가 그려졌다.

아빠의 연봉은 같은 세대 평균보다 세 배는 많은 듯했다.

옛날부터 엄마는 태평한 전업 주부 생활을 하면서 짬짬이 호화로운 점심을 다른 아기 엄마들과 함께 즐겼다. 우리를 남겨두고 친구와 여행을 가는 일도 드물지 않았다.

그래도 그런 아내에게 아빠가 불만을 표시하는 모습은 본 적이 없다. 우아한 생활을 누리면서도 엄마는 무엇보다 육아를 우선시했기 때문이다.

난조 미사키의 인생은 장남을 향한 애정으로 가득 차 있었다.

난조 하루토의 미래가 엄마의 전부였다.

아빠의 두뇌와 엄마의 고운 외모, 좋은 점만 물려받은 오빠는 같은 또래 아이들과 비교해 봐도 확실히 스마트했다.

차분하면서도 똑똑한 아들이 미칠 듯이 자랑스러웠을 것이다. 엄마의 기대는 해가 갈수록 점점 커져가기만 했다.

여섯 살 봄에, 입시를 치르고 오빠는 유명한 사립학교의 초등부에 입학했다.

우수한 오빠의 합격을 의심하는 사람은 없었지만, 이듬해, 내가 같은 초등학교 입시를 볼 때는 모두가 불안을 감추지 못했다.

나를 향한 엄마의 애정은 오빠에게 쏟는 그것과는 크게 달랐다. 그렇다고 해도 어디까지나 온도 차이가 있을 뿐이라, 딸의 교육에도 타협한 적은 없었다.

"고즈에도 꼭 오빠랑 같은 학교에 들어가야 해."

"왜 가르쳐 준 대로 못 하니? 하루토는 이런 건 한번 알려주면 다 기억했는데."

"울어도 안 통해! 끝까지 다 해!"

일단 엄마가 결정을 내리고 나면 그 결정은 아무도 뒤집지 못했다.

공부하기 싫다고 아무리 애원해도 지도의 손길을 늦춰준

적은 없었다.

말해도 입만 아플 뿐이라고 알기 때문일 것이다. 내가 몇 번이나 도움의 손길을 갈구해도 아빠는 쓴웃음만 지을 뿐이었다.

놀지도 못하고 애니메이션도 제대로 못 보고 오로지 책상 앞에 앉아 있어야 하는 나날은 너무 괴로웠다.

엄마의 기대에 부응하지 못했다고 생각만 해도 몸이 사시나무 떨 듯 떨렸다.

2004년 4월.

어마어마한 압박감을 떨쳐내고 오빠와 같은 초등학교에 입학이 확정됐을 때 내가 느낀 것은 이제 엄마에게 혼나지 않아도 된다는 안도감뿐이었다.

아빠는 집안에서 발언권이 거의 없다.

하지만 약 10제곱미터 크기의 서재만큼은 아빠의 성이었다.

아빠는 어릴 때부터 만화가 후지코 후지오를 무척 좋아했다고 한다. 서재에는 오래된 만화책이 잔뜩 꽂혀 있었는데, 그 중에서도 후지코 후지오의 작품이 압도적으로 많았다.

주변 아이들보다도 일찍 글자를 깨우친 나는 초등학생이 되기 전부터 엄마의 눈을 피해 서재에서 만화책을 닥치는 대로 읽었다.

서재에는 절판된 고서도 많았다.

어린애는 무슨 짓을 해도 이상할 것이 없는 생물이다. 수집가의 입장에서는 손때가 묻는다고 싫어해도 이상할 게 없는데, 아무리 귀중한 만화책을 만져도 아빠는 나를 한 번도 혼내지 않았다.

엄마는 아빠의 취미를 이해하지 못했고, 자식이 서재에 들어가는 것을 좋아하지 않았다. 하지만 하지 말라고 하면 그럴수록 더 읽고 싶어지기 마련이다. 만화책이라는 물건은 그런 마력을 가진 존재다. 그래서일까. 아주 자연스럽게, 깨달았을 때에는 스스로도 만화를 그리고 있었다.

이야기를 구상하고, 칸을 나누며 노트를 채워나갔다.

엄마는 친구와 놀지도 않고 집에서 그림만 그리는 딸이 불만인 듯했다. 밖에 나가서 놀라고 매일같이 잔소리도 들었다. 하지만 몸을 움직이는 것보다 펜을 움직일 때가 압도적으로 재미있었다.

읽으면 읽은 만큼, 그리면 그린 만큼 만화가 더욱 좋아졌다.

그러니 그것은 필연이었을 것이다.

커서는 만화가가 되고 싶다.

초등학생이 될 무렵에는 확고한 꿈이 가슴속에 타오르고 있었다.

마치 연애라도 하듯이 나는 만화를 사랑했다.

2

난조 하루토는 어릴 때부터 이해하기 어려운 오빠였다.

여러 가지 맛이 나는 게 싫다며 빵에는 잼이나 마가린을 바르려고 하지 않았고, 같은 이유로 샌드위치는 낱낱이 분해해서 먹었다. 애당초 먹는 것에 관심이 없는지, 먹으라고 하기 전에는 과자에도 손을 대지 않았다. 나는 먹는 것이 정말 좋았기 때문에 오빠의 감각은 옛날부터 도저히 이해할 수 없었다.

지그소 퍼즐을 뒤집어서 맞춰 보거나, 1인 2역을 하면서 오셀로나 장기에 심취하거나, 자기가 직접 스티커를 다시 붙인, 절대로 완성할 수 없는 루빅큐브를 온종일 조몰락대는 등 이해하기 힘든 놀이를 하는 모습도 종종 보았다.

초등학생이 되어 맞이한 첫 번째 황금연휴였다.

어쩐 일로 가족 넷이서 여행을 가게 되었다.

아빠가 희망해서 항공 쇼를 보러 가기로 했다.

개방된 항공 기지는 사람들로 북적북적해서 입장한 지 5분 만에 엄마는 진저리난다는 표정을 지었지만, 단순한 나는 심장까지 닿는 엔진 소리와 스릴 만점의 곡예에 흥분했다.

너를 그리면
거짓이 된다

가슴이 두근두근하며 항공 쇼를 보고 있을 때였다.

"나는 파일럿이 되고 싶다고 생각해 본 적은 없지만, 어릴 때는 버뮤다 삼각지대의 수수께끼를 풀고 싶었지."

아빠가 오빠의 어깨에 손을 올리고 이상한 말을 꺼냈다.

"하루토, 버뮤다 삼각지대는 들어본 적 있니? 옛날부터 대서양에서 비행기나 배가 곧잘 사라지는 악마의 삼각지대가 있거든."

"책에서 읽었어. 허리케인 때문에 조난당하기 쉽다고."

"알고 있었구나. 우리 하루토는 척척박사네. 그 해역에는 메탄 하이드레이드가 대량으로 매장되어 있거든. 방출된 메탄 가스를 엔진이 빨아들여서 불완전연소를 일으키는 게 아닌가 하는 설도 있었어. 나는 도라에몽 세계처럼 타임 슬립이 일어나는 거라면 재미있겠다고 생각했지만."

이 사람들은 왜 화려한 곡예비행을 보면서 추락한 비행기 이야기를 하는 걸까.

"하루토는 커서 뭐가 되고 싶어? 얼마 전에 내 장기판을 가지고 놀았었지? 관심이 있으면 장기 교실에 다녀 볼래?"

"안 다닐래."

"빼지 않아도 돼. 엄마한테는 아빠가 얘기해 놓을게."

오빠는 고개를 가로저었다.

"남이랑 싸우는 건 안 좋아해."

"그래? 그럼 하는 수 없지. 그럼 따로 하고 싶은 건 없니?"

오빠는 조금 고민하더니 대답했다.

"없어."

오빠는 무표정한 얼굴로 단언했다. 아빠는 조금 쓸쓸해 보였지만 더는 뭐라고 하지 않았다.

오빠가 아빠를 생각해서 그랬다고는 보기 힘들다. 아마 오빠는 정말로 하고 싶은 일이 없었을 것이다. 그때 나는 어린 마음에도 그렇게 생각했다.

운동신경도 좋은데 오빠가 무언가에 진심으로 빠진 모습은 본 적이 없다. 성실하고 외모도 괜찮아서 학교에서는 우등생으로 여겨지지만, 집에서의 모습을 매일 보는 내 눈에 오빠는 상당한 괴짜였다.

그래도 그런 개성적인 성격까지 포함해서 엄마는 아들이 귀여워서 어쩔 줄 몰랐다. 오빠는, 아빠를 닮아서 어쩐지 애교 있는 얼굴로 태어난 나와는 외모부터 닮은 구석이 없었다.

얼굴이 잘생기고, 머리가 좋고 엄마의 사랑도 한몸에 받았다. 그런데 어째서일까. 나는 오빠를 보면서 행복해 보인다고 느낀 적이 없었다. 아무런 부족함 없이 살고 있을 텐데 언제나 오빠가 만드는 웃음은 가짜 같은 냄새가 났다.

싸늘하게 식은 눈빛으로 세상을 보는 오빠가 무엇을 추구

너를 그리면
거짓이 된다

하며 사는지, 사실은 마음속에 어떤 충동을 품고 있는지 도
통 알 수 없었다.

그래도 나는 다정한 오빠가 좋았다. 무슨 생각을 하는지는
모르지만 곤란할 때 맨 먼저 의지하는 사람은 엄마도 아빠도
아니고, 역시나 오빠였다.

초등학교 2학년 여름방학이었다.

엄마 아빠에게도 이야기한 적 없는 장래 희망을 오빠에게
의논하자 생각지 못한 조언을 해주었다.

"만화가가 되고 싶으면 그림 공부를 해두는 게 좋아. 피아
니스트나 바이올리니스트가 되려고 하는 아이들은 세 살 때
부터 음악 학원에 다니잖아. 정말로 만화가가 되고 싶으면 미
술 학원에 다녀야 해."

그림 공부를 한다는 생각은 해본 적도 없었다. 하지만 오빠
가 하는 말이니 틀림없이 맞을 것이다.

미술 학원에 다니고 싶다고 하자, 엄마는 처음에는 달가워
하지 않았다. 그럴 여유가 있으면 보습 학원에 다니는 시간을
늘리는 편이 낫다. 엄마는 그런 생각을 가진 사람이었기 때
문이다.

하지만 오빠의 지원사격을 받아 소원은 이루어졌다.

집에서 자동차로 쉽게 다닐 수 있는 거리에 미술 학원이 몇

곳 있었다. 그런데도 개인이 운영하는 미술 학원을 견학하기로 한 것은, 단순히 엄마가 권위에 약한 사람이기 때문일 것이다. 국내 예술 교육의 최고 학부를 졸업하고 국제 공모전인 아트 컴퍼티션에서 입상한 경력이 있는 세키네 미카는 엄마의 눈에 딸의 선생님이 되기에 충분한 경력을 가진 사람으로 비쳤다.

2005년 10월이었다.

나는 견학 간 '아틀리에 세키네'에서 하는 수업에 완전히 반하고 말았다.

오빠의 말이 옳았다. 여기에 다니면 그림을 더 잘 그릴 수 있다. 학교 수업 시간에는 배우지 못하는 기술을 많이 배울 수 있을 것이다.

지금 당장이라도 등록하고 싶었다. 매일 다니고 싶었다. 그랬는데 돌아갈 무렵 나와는 전혀 상관없는 곳에서 어떤 사건이 일어났다.

아틀리에에는 다키모토 도코라는, 나보다 한 살 많은 소녀가 다니고 있었다. 그 재능은 의심할 여지가 없지만 까다로운 문제아인지, 엄마가 말을 걸자 소스라치게 놀라서 팔레트 나이프로 캔버스를 박박 찢어버린 것이다.

소녀의 난폭한 행동은 당연히 엄마의 마음에 제동을 걸었다.

그런데 그때도 역시 오빠가 내 편을 들어주었다.

"그 반대야. 오히려 그런 애를 제어할 수 있는 선생님이 계신 학원에 고즈에를 다니게 해야 해."

평소에 오빠는 묻지 않으면 자신의 의견을 말하지 않는다. 그런 오빠의 말이었기 때문일 것이다. 최종적으로는 바라는 대로 등록을 허락해 주었다.

아틀리에 세키네를 견학하는 동안 오빠는 줄곧 무표정했다. 화장실에 갔다가 돌아오는 길에 본 다키모토 도코의 그림을 한동안 보고 있었나 보지만, 그때 무슨 생각을 했는지는 모른다.

그날 오빠는 왜 나를 아틀리에 세키네에 다니게 해야 한다고 엄마에게 말했을까. 오빠도 그림을 그려보고 싶어졌을까.

오빠와 함께 아틀리에게 다닐 수 있다면 그보다 기쁜 일은 없다. 그렇게 생각했는데, 나중에 기다리고 있었던 것은 진심으로 영문 모를 전개였다.

미술 학원에 다니기 시작한 지 2주일이 지났을 때 갑자기 저녁 식탁에 오빠의 모습이 보이지 않았다.

엄마에게 이유를 물어보았다.

"하루토는 오늘부터 아틀리에게 다니기 시작했어. 고즈에가 다니는 곳이랑은 다르지만."

의미를 이해할 수 없는 대답이 돌아왔다. 그림을 그리고 싶으면 같은 아틀리에에 다니면 된다. 오빠도 미카 선생님을 인정했을 것이다.

그리고 더욱 더 이해할 수 없는 말을 들었다.

"미술 학원 세 곳을 이틀씩 다니기로 했으니까 하루토는 저녁을 따로 먹을 거야."

나와 다른 학원에 다니기 시작했다는 것만으로도 이해가 안 되는데, 왜 여러 학원에 다닐 필요가 있을까.

"오빠는 미카 선생님네 미술 학원에는 안 와?"

"그런가 봐. 오빠는 자기가 다닐 미술 학원을 직접 알아보고 결정했거든."

"엄마는 그걸 허락했어?"

"어쩔 수 있니? 하루토가 자기 입으로 뭔가 하고 싶다고 한 건 처음이잖아."

같은 초등학교에 다니는 한 살 위의 오빠가 학교에서 어떻게 지내는지도 나는 잘 안다.

성적이 좋고 운동신경도 좋은 오빠는 선생님들의 신망도 두텁다. 집에 놀러 오는 친구는 없지만 학교에서 고립되어 있는 모습은 본 적이 없다. 속마음이 보이지 않는 미소를 머금고 어떤 곳에도 능숙하게 스며든다. 난조 하루토는 옛날부터 그런 독기도 가시도 없는 소년이었다. 그런 오빠가 처음으로 자신의 의사를 보였다.

줄곧 말을 하지 않았을 뿐이지 오빠도 그림에 관심이 있었던 걸까.

주중에 오빠는 학교에서 돌아오는 길에 각각 다른 아틀리에에 들렀다가 밤 10시가 지나서 돌아왔다.

주말에는 아침부터 아틀리에와 보습 학원에 다니고, 공휴일에도 자기 방에 틀어박혀 그림을 그렸다.

아들의 마음을 모르기 때문일 것이다. 처음에 엄마는 오빠의 갑작스러운 변화에 당황했다. 하지만 몇 달도 지나기 전에 태도가 바뀌었다. 오빠가 아무것도 모르는 사람의 눈에도 명확하게 보이는 재능을 발휘하기 시작했기 때문이다.

난조 하루토가 그리는 그림은 아주 치밀하고 무서울 만큼 정확했다.

오빠는 사진을 찍은 것처럼 똑같이 선을 그려냈다. 기하학 원근법, 공기 원근법, 명암법 등, 각종 기술을 구사하며 현실감 있게 3차원의 현실을 2차원에 그려나갔다. 그것은 누가 어떻게 보아도 초등학생 수준의 그림은 아니었다.

그 무렵 집으로 걸려온 오빠를 찾는 전화를 받은 적이 있었다.

"여보세요. 아틀리에 발렌시아의 와타나베 쇼코입니다. 하루토 좀 바꿔주시겠어요?"

"오빠는 학원에 갔어요."

"동생이니? 하루토가 몇 시에 집에 오는지 아니?"

"평소에는 10시 정도예요."

"그래? 무척 늦게 오는구나. 그럼 그때 다시 걸게. 오빠한테 잘 전해주렴."

미술 학원 선생님이 오빠에게 무슨 볼일일까.

밤에 돌아온 오빠에게 무슨 일인지 아느냐고 물어보자 선생님이 콩쿠르에 도전해 보라고 설득하는 중이라고 알려주었다.

오빠 정도의 실력이 있으면 콩쿠르에서도 틀림없이 좋은 성적을 거둘 수 있을 것이다. 미술 학원 선생님이 열심히 설득하려는 마음은 나도 이해가 되었다.

엄마의 말로는, 다른 미술 학원 선생님도 콩쿠르에 도전해 보라고 권했다고 한다. 하지만 정작 오빠는 전혀 관심이 없는지 고집스럽게 계속 거부하고 있다고 한다. 그러고 보니 옛날에 항공 쇼를 보러 갔을 때 다른 사람과 싸우고 싶지 않다는 말을 했던 기억이 어렴풋이 났다. 오빠는 남과 경쟁하는 게 싫은 걸까.

"오빠는 왜 미술 학원을 세 곳이나 다녀?"

"다양한 사람들한테 배우고 싶어서야."

돌아온 간단한 대답은 이해는 되지만 수긍은 되지 않았다.

많은 지도자에게 가르침을 받고 싶으면 아틀리에 세키네에도 다니면 된다. 아틀리에 세키네라면 나도 다니고 있으니까

너를 그리면
거짓이 된다

데려다주고 데려오는 것도 한 번만 하면 된다. 일부러 미카 선생님만 피하는 이유를 알 수 없었다.

그리고 우리가 미술 학원에 다니기 시작한 지 2년 반이 지났을 무렵이었다.

오빠가 또다시 움직였다.

3

2008년, 내가 초등학교 5학년이 된 그해 봄이었다.

오빠는 다니던 미술 학원 중 한 곳을 그만두고 아틀리에 세키네에 등록했다.

같은 학원에 다닐 수 있는 것은 단순히 기뻤다. 하지만 갑자기 다니던 학원을 바꾼 이유를 몰라 석연치 않았다. 게다가 궁금한 점을 물어보기도 전에 단호하게 말했다.

"내가 다른 아틀리에에도 다닌다는 건 아무한테도 말하지 마."

점점 더 영문을 알 수 없었다. 오빠는 엄마에게도 입막음을 해두어서, 미카 선생님과 다른 아이들도 오빠가 다른 학원에 다니는 것을 여전히 아무도 몰랐다.

사실 묘사 능력만 보면 오빠는 다키모토 도코보다도 뛰어났다. 오빠가 등록하자 미카 선생님이 들떠서 흥분한 것을 한눈에 알 수 있었고, 실제로 오빠는 학원에 더 자주 나오라는 말을 몇 번이나 들었다.

어차피 데려다주고 데려가는 시간은 여동생인 나와 같다. 학원에 다니는 날짜를 제한할 필요도 없었다.

진실을 모르는 미카 선생님이 자꾸 권하는 것도 당연했지만, 오빠는 주중에 다른 학원에 다녔다. 아틀리에 세키네에 사흘 이상 다니는 것은 물리적으로 불가능했다.

오빠는 아틀리에 세키네에 다니기 시작한 뒤로 콩쿠르에도 출품하게 되었고, 당연히 입상 경력도 쌓아갔다.

옛날에 다른 사람과 싸우고 싶지 않다고 했던 말은 뭐였을까.

아들의 눈부신 활약을 엄마는 자기 일처럼 기뻐했다. 모두가 오빠의 그림을 부러움에 찬 눈빛으로 바라보았고, 미카 선생님도 칭찬을 아끼지 않았다.

그런데도, 오빠를 정말 좋아하는데도 복잡한 심정을 지우기 힘들었다.

나 혼자만 오빠에게 쏟아지는 칭찬에 수긍하지 못했다.

주변 사람들은 누구나 난조 하루토를 '천재'라고 불렀다. 하

너를 그리면
거짓이 된다

지만 오빠는 천재라서 그런 그림을 그릴 수 있는 것이 아니다. 누구보다도 열심히 노력하고 있을 뿐이다. 무언가에 홀린 것처럼 줄기차게 그렸기 때문에 그 정도의 기술을 익힐 수 있었다.

아틀리에 세키네에서 그리는 그림도 다른 미술 학원에서 반복적으로 연습하고 또 연습해서 가다듬었을 뿐이었다. 노력한 양에 따라 평가가 달라지는 것은 아니다. 그 정도의 완성도로 끌어올린 것은 오빠의 실력이다. 하지만 그 노력을 아틀리에 세키네에서만 숨기는 이유를 알 수 없었다.

이듬해에 나는 초등학교 6학년이 되었고, 오빠와 다키모토 도코는 중학생이 되었다.

어떤 사람이든 나이나 환경의 변화와 더불어 조금은 변해 갈 것이다.

초등학교 시절의 다키모토 도코는 미카 선생님 이외에 다른 사람은 거부하는 면이 있었다. 하지만 어느새 그런 벽도 사라져, 또래 여자애들에게는 노골적인 거부 반응을 보이지 않게 되었다. 데생과 크로키 같은 수업에도 얼굴을 내밀게 되었다.

같은 교실에서 작품을 만들다 보면 원하지 않아도 그 기량이 눈에 들어온다.

생각할 시간은 필요도 없는 걸까. 도코는 일단 붓을 쥐기만 하면 멈추지 않았다. 캔버스만 쳐다보며 집중해서 망설임 없이 선을 그려 나갔다.

비범한 천재 다키모토 도코의 존재를 어떻게 받아들이면 좋을까. 아틀리에에 다니는 학생들의 반응은 천차만별이었다.

재능의 격차를 느끼고 만신창이가 되어 그만두는 사람도 있었다.

조금이라도 따라잡으려고 필사적으로 기를 쓰는 사람도 있었다.

내가 후자일 수 있었던 것은 틀림없이 목표하는 지점이 달랐기 때문이다.

백년이 걸려도 도코 같은 그림은 그리지 못한다. 하지만 만화를 그리기 위해 필요한 것은 그림 실력만이 아니다. 다른 차원에서 싸우고 있다는 사실은 당시의 나에게 무엇보다 확실한 구원이었다.

오빠보다 2년도 더 넘게 아틀리에 세키네에 다녔는데 내 존재는 어느새 '천재 소년의 한 살 아래 여동생'으로 인식되었다.

난조 하루토의 여동생이니 틀림없이 훌륭한 그림을 그리겠지. 멋대로 기대를 품고 보러 오는 어른들은 대체로 내 그림을 보면 실망스러운 표정을 지었다. 반쯤 데포르메 된 그림을 보고 마음대로 신나게 비평을 지껄였다.

너를 그리면
거짓이 된다

그래도 미카 선생님만은 언제나 이해해 주었다.

"만화는 잘 모르지만 그리고 싶은 걸 그리면 돼. 그게 가장 행복한 일이니까."

가르쳐 주는 선생님이 그런 사람이라 나는 참을 수 없이 기뻤다.

2010년, 나도 오빠보다 1년 늦게 중학생이 되었다.

그해 여름방학인 8월이었다.

아틀리에에 다니는 중학생과 고등학생이 함께 데생 수업을 받을 기회가 있었다. 미술 학원에서 모델을 부르는 것은 드문 일이 아니다. 단, 그날은 처음으로 오빠와 도코가 동시에 데생에 참여했다.

좋든 싫든 비교 당한다. 비교하게 된다.

아무도 그 이유는 입에 올리지 않았지만 교실 분위기는 아침부터 팽팽하게 긴장되어 있었다.

점심 무렵, 미카 선생님의 구령으로 휴식 시간을 가졌다.

당시 아틀리에 세키네에는 중학교 1학년생이 세 명 다니고 있었다. 나이가 같은 아이들끼리 같이 도시락을 먹고 있을 때였다.

"고즈에는 왼손잡이구나."

옆에 앉아 있던 다카가키 게이스케가 말했다.

그는 작년부터 아틀리에에 다니기 시작한 키가 작은 소년이다. 중학교도 다르고 성별도 달라서 같이 이야기한 적은 거의 없었다.

"하루토 형은 오른손잡이던데."

게이스케의 시선 끄트머리에서는 오빠가 무리에서 조금 떨어져 혼자 도시락을 먹고 있었다.

"오빠도 옛날에는 왼손잡이였어."

"그래?"

"응. 그런데 엄마가 뭐라고 해서 유치원 무렵에 오른손잡이로 고쳤어."

게이스케는 신기한 듯이 고개를 갸웃거렸다.

"진짜? 그럼 넌 왜 여전히 왼손잡이야?"

뒤따르는 필연적인 의문에 말문에 막히고 말았다.

"하루토 형처럼 오른손잡이로 안 고쳤어?"

어중간한 엷은 웃음이 새어나왔다.

"……나한테는 뭐라고 안 했거든."

시선 끝에서 오빠는 변함없는 속도로 젓가락을 움직이고 있었다.

들리지 않는 걸까, 들려도 반응할 생각이 없는 걸까.

"왜?"

"글쎄. 나도 잘 모르겠어."

대답하는 목소리가 작아진 이유는 명백했다.

알고 있다. 알고 싶지 않지만 사실은 똑똑히 이해하고 있었다.

오빠만 오른손잡이로 교정시킨 이유. 그것은 엄마에게 오빠만 특별했기 때문이다.

장래를 생각해서 오빠한테는 고치도록 강요했지만 딸에게는 그러지 않았다. 엄청난 노력을 들이면서까지 어떻게든 해야 한다고는 생각하지 않았다. 그러니까 그냥 그런 것이다.

어릴 때부터 몇 번이고 몇 번이고 뼈저리게 깨달았다.

특별한 오빠와 특별하지 않은 나.

애정을 담뿍 쏟는 오빠와 단순히 들러리에 지나지 않는 나.

나는 아빠도 오빠도 사랑한다.

단, 애정에 우열을 두는 엄마만큼은 아마도 마음속으로 줄곧, 줄곧⋯⋯.

4

다키모토 도코는 중학교 2학년이 돼도 여전히 학교를 자주 빠졌다.

아틀리에에서는 또래 여자애들을 피하지 않게 되었지만 중학교에 친구가 한 명도 없다는 상황은 변함이 없는 듯했다.

도코는 아버지나 미카 선생님에게 보호 받으면서 금지옥엽처럼 자랐다.

하지만 누구든 의무교육 기간이 끝나면 자신의 발로 걸어갈 길을 정해야 한다. 아티스트로서 살아가려면 그림을 사줄 외부 세계와의 교류도 불가피하다.

도코는 중학교를 졸업하기 전에 최소한의 사회성을 익힐 필요가 있었다. 그런 생각에서 나온 기획이었을 것이다.

여름 끝자락에 미카 선생님이 또래 아이들을 데리고 온천 여행을 계획했다. 행선지는 미술관이 곳곳에 자리잡고 있는 하코네였다.

"고즈에한테는 마음을 열고 있는 것 같으니까 여행 기간 동안 도코를 좀 돌봐주지 않을래?"

미카 선생님에게 부탁 받았을 때는 솔직히 마음이 무거웠다. 무슨 생각을 하고 사는지 이해도 안 되는 한 살 많은 언니와 두 밤이나 한 방을 같이 써야 하다니 마음이 울적했다.

도코는 365일 내내 아틀리에에서 살다시피 한다. 나도 일주일에 절반은 아틀리에에 다니지만 인사 정도밖에 나눈 적이 없었다. 그녀가 나를 인식하고 있는 것은 단순히 난조 하루토의 여동생이기 때문일 것이다.

다키모토 도코는 고집쟁이다. 나보다 나이도 많은데 정말

너를 그리면
거짓이 된다

로 제멋대로인 소녀다.

남의 기분은 생각하지 않고, 사양도 절대로 하지 않는다. 하지만 나 역시 그림에 마음이 사로잡힌 사람이라, 처음 만났을 때부터 그녀가 싫지 않았다.

다키모토 도코의 작품을 보고 있으면 가슴이 두근두근했다. 행복이라는 감정이 무슨 색깔인지 알려주는 기분이 들었다.

하코네 여행 때는 첫날부터 상당히 놀랐다.

야외 미술관인 조각의 숲 미술관에 들어가자마자 도코는 신이 난 표정으로 달려가더니 그대로 체력이 다해서 쓰러질 때까지 뛰어다녔다.

도코가 달리는 모습은 손발이 제대로 맞지 않아서 기묘했다. 주의력이 산만하기 때문일 것이다. 땅에 발이 걸려서 넘어지는 바람에 5분 만에 옷이 엉망이 되었다. 깜짝 놀랄 만큼 발이 느렸다. 속도가 나지 않으니 다치지는 않았지만 아마도 노인이었다면 목뼈가 부러져 그대로 저세상으로 갔을 것이다.

그런가 하면 갑자기 멈춰 서서 한 시간도 넘게 물도 마시지 않고 조각상 하나를 뚫어져라 쳐다보기도 했다. 가랑비가 추적추적 내리는 흐린 날이 아니었다면 열사병에 걸렸을 것이다.

내일도 다른 미술관을 가기로 예정되어 있다.

왜 내가 나보다 나이도 많은 언니를 보살펴야 하는 걸까.

첫날부터 머리가 지끈지끈 아팠다.

도코 때문에 고민하는 시간은 온천 여관에 체크인한 뒤로
도 계속되었다.

"목욕은 안 할 거야. 모르는 사람이랑 같이 하기 싫어."

낮에 그렇게 땀을 흘렸는데도 도코는 온천탕에는 들어가지
않겠다고 떼를 쓰기 시작했다. 여행지까지 와서 낯가림 때문
에 사람을 힘들게 하다니 해도 해도 너무한다.

"도코 언니, 몇 번이나 넘어져서 얼굴이랑 머리카락이랑 다
진흙투성이잖아."

"씻었어."

"세면대에서 대충 씻는다고 다 씻기겠어? 온천탕에 가자."

"싫어."

"하코네에서 온천 하는 거 얼마나 기대했는데."

"고즈에 혼자 가면 되잖아."

이런 상황까지 내다보고 선생님은 나에게 도코를 돌봐달라
고 부탁하셨을까.

"어떻게 그래? 자꾸 생떼 부리지 마. 그럼 가족탕은 괜찮
아?"

"그게 뭔데?"

"다른 사람은 못 들어오게 빌려서 쓰는 탕이 있어. 나랑 도

154 너를 그리면
거짓이 된다

코 언니만 쓰면 갈 거야?"

"다른 사람은 아무도 안 들어와?"

"통째로 빌리는 거니까. 아무도 안 와."

"그럼 갈래."

"알았어, 프런트에 가서 예약하고 올 테니까 기다려."

"빨리 가고 싶다."

도코는 태평하게 말하며 다과로 손을 뻗었다.

정말이지, 사람이 어떻게 생겨먹은 걸까. 도코는 다른 사람
이 도와주는 게 당연하다고 생각한다. 그리고 그녀가 원하는
대로 언제나 누군가가 계속해서 손을 내밀어 주었다.

결국 나는 도코와 단둘이 가족탕을 쓰게 되었다.

거기서도 그녀의 성격은 고스란히 드러났다.

몸을 제대로 씻지도 않고 거품이 묻은 채 탕에 들어가려고
하고, 탕에 들어갔다가 5초 만에 나가려고 했다. 자유분방하
기 그지없는 모습에 넌더리가 났다.

그런데 어째서일까. 어째서 가만히 내버려 두지 못하는 걸까.

도코가 나에게 마음을 열고 있다는 미카 선생님의 말은
사실이었다.

몸을 좀 더 구석구석 깨끗이 씻으라고 주의를 줘도, 억지
로 탕으로 끌고 들어와도 도코는 난리를 피우지 않았다. 오
히려 화내는 나를 보며 즐겁게 웃기까지 했다. 행복에 겨운지

웃음이 끊이지 않았다.

다키모토 도코의 세계는 좁다. 그녀는 누구나 인정하는 천재로 무한한 가능성을 품고 있는데도 손이 닿는 범위의 세상 밖에 알지 못했다.

미술관을 몇 곳 돌아본 것도, 우리와 같이 숙박하게 한 것도, 틀림없이 그 모든 것이 그녀의 세계를 넓히기 위한 계획이었을 것이다.

미카 선생님은 이 여행을 통해 도코에게 일본의 전통을 체험시켜 주려고 했다.

다다미가 깔린 복도며 가이세키 요리까지 모든 것이 도코의 눈에는 신선하게 비친 듯했지만, 그녀가 무엇보다 감동한 것은 자신이 직접 고를 수 있는 알록달록한 유카타와 손가방이었다. 평소에는 옷에 신경도 안 쓰는 주제에 눈을 반짝거리며 자신이 입을 유카타를 골랐다.

유카타를 입혀준 것이 어지간히 기뻤나 보다.

방으로 돌아와서도 빙글빙글 돌면서 거울을 몇 번이나 들여다보았다.

……별나긴 하지만 도코도 결국 여자애가 맞기는 한 모양이었다.

예쁜 것을 좋아하고 귀여운 것을 좋아한다. 다만 그 센스와 후각이 극단적으로 예민해서 타협하지 못하고 다른 사람과

너를 그리면
거짓이 된다

충돌하는 것이다.

2박 3일 동안의 하코네 여행을 통해 도코를 조금 이해한 기분이 들었다.

2010년의 하코네 여행을 통해 도코는 점점 더 인간다운 감각을 몸에 익혀갔다. 작품을 제작할 때는 여전히 고고했지만 이따금 우리와 같이 밥을 먹었고, 다른 학생들과 같이 지도를 받는 것도 싫어하지 않게 되었다.

또래 여자애들 중에서도 내가 특별히 마음에 드는지, 이따금 그녀가 먼저 내가 그리는 만화를 보러 오기도 했다. 아무리 그래도 만화를 그리겠다는 말은 꺼내지 않았지만, 내가 엄마 몰래 산 도구들을 흥미롭게 만지작거렸다.

그런 식으로 나는 점점 더 도코와 친해졌지만, 여전히 그녀와 오빠의 관계는 의문에 싸여 있었다.

다키모토 도코의 작품을 볼 때면 오빠의 얼굴에서 표정이 사라졌다. 원래 표정을 겉으로 드러내는 사람이 아니지만, 평소보다도 더 담백한 반응밖에 보이지 않았다. 그 재능에 탄복하는 것처럼 보일 때도 있고, 증오하는 것처럼 보일 때도 있었다.

쌍벽을 이루는 천재라는 말을 오빠는 어떻게 받아들이고 있을까.

그해 가을의 일이었다.

입시철이 시작되어 미카 선생님이 고등학교 3학년과 재수생을 지도하느라 눈코 뜰 새 없이 바쁘던 어느 토요일이었다.

화장실에 갔다가 창밖에 있는 오빠를 발견했다.

그날 오빠는 아침부터 다섯 시간 넘게 꼬박 캔버스 앞에 앉아 있었다. 잠깐 쉬러 바깥 공기를 마시러 나갔을까. 정원 벤치에 앉아 어스레한 하늘을 보고 있었다. 집에서 나올 때 엄마가 전해주라고 한 도시락을 이참에 주어야겠다고 생각했다.

발걸음을 돌리려고 한 그때 의외의 그림자가 눈앞을 가로질렀다. 물감으로 지저분해진 후드점퍼 호주머니에 양손을 찔러 넣은 다키모토 도코가 정원으로 나왔다.

이 시기에는 학생 수도 많다. 난방을 하느라 교실 공기도 탁했다. 그녀도 바깥 공기를 쐬러 나왔나 싶었는데, 곧이어 상상도 못 한 광경이 눈에 들어왔다. 벤치로 곧장 향한 도코가 오빠에게 말을 걸었다.

이 아틀리에에 다닌 지 5년이 지났지만 도코가 남자에게 말을 거는 모습은 한 번도 본 적이 없었다. 다른 학생이나 선생님이 말을 걸어서 난리를 부린 적은 있어도 그녀가 먼저 나서서 이성과 교류하는 광경은 생각할 수 없는 일이었다.

도코는 옆구리에 스케치북을 끼고 있었고, 오빠 옆에 앉자 펼친 면을 웃으며 보여주었다.

너를 그리면
거짓이 된다

내가 혹시 꿈이라도 꾸고 있는 걸까.

낯가림의 화신 같은 저 다키모토 도코가 웃음을 짓고 있다.

게다가 상대는 내 오빠로, 무표정하지만 오빠도 그녀와 대화를 나누었다. 그녀가 페이지를 넘길 때마다 두 사람은 스케치북을 쳐다보며 계속 이야기를 나누었다.

눈을 벅벅 비벼보았지만 멀리서 보이는 광경은 달라지지 않았다. 마치 숨 쉬듯이 당연하게 타인을 거부하는 도코와, 다른 사람에게 무관심한 오빠가 어째서…….

두 사람은 성별은 물론이고 성격과 가정환경도 완전히 다르다. 도코는 언제나 지저분한 옷을 걸치고 있었다. 머리만 닿으면 어디서나 자는 성격인지, 여름에는 마룻바닥 위에서 쓰러져서 자는 모습도 이따금 보았다.

한편 오빠는 언제나 옷차림이 깔끔했다. 물감이 묻은 옷은 엄마가 무조건 버리는 탓도 있어서 대부분 언제나 새 것이나 다름없는 옷을 입고 있다. 사교적인 성격은 아니지만 누구에게나 예의 바르고, 행동거지에는 품위가 깃들어 있었다.

두 사람은 정반대라고 해도 좋을 만큼 대조적이었다.

그때 본 광경은 어쩌면 처음 있는 일이 아니었는지도 모른다. 그 뒤로 오빠의 거동을 주의 깊게 관찰하게 된 나는 두 사람이 이따금 대화를 나눈다는 것을 깨달았다.

아무도 없는 정원에서 휴식하는 오빠와 문득 그리로 찾아가는 다키모토 도코.

두 사람은 대체 무슨 이야기를 나누는 걸까.

어느 날, 몰래 등 뒤로 다가가 두 사람의 대화에 귀를 기울여 보았다.

예상과 다르지 않았다고 해야 할까, 두 사람의 대화는 온통 그림과 관련된 것이었다. 스케치북에 그린 그림에 대해 도코가 두서없이 이야기하면 오빠는 단조로운 목소리로 맞장구를 쳤다.

의외로 말하는 사람은 거의 도코였다.

발음은 자꾸 씹고, 맥락도 없고 앞뒤도 안 맞았지만 도코는 즐겁게 수다를 떨었고, 오빠는 무표정하게 귀를 기울였다.

도코는 그렇다 치더라도, 오빠가 대화를 즐기는 것처럼은 보이지 않았다. 오히려 성가시다고 느낄 가능성도 있어 보였다.

"오빠, 이따금 정원에서 도코 언니랑 이야기하지?"

호기심을 억누르지 못하고 어느 날 저녁에 집에서 물어보았다.

"알아."

담백한 대답이 돌아왔다.

"알다니 뭘?"

"네가 우릴 보고 있는 거."

"도쿄 언니 혼자 얘기하더라? 오빠는 왜 말 안 해?"

그렇게 묻자 오빠의 표정에 작은 변화가 생겼다.

"한 번이라도 거짓말을 하면 망가지기 때문이야."

이해가 되지 않았다. 망가지다니 뭐가? 거짓말을 한다는 게 무슨 뜻이야?

궁금한 것이 꼬리를 물었지만 그 이상은 아무리 물어도 대답해 주지 않았다.

결국 특별한 사람들끼리 서로를 이해한다는 정도의 이야기일까.

다른 학생들은 거들떠보지도 않았는데 다키모토 도쿄의 눈은 난조 하루토를 포착했다.

유일하게 오빠만이 그녀에게 특별한 존재로 인식되었다.

오빠의 '특별'에는 비밀이 있지만 설령 그렇다 하더라도 사실 자체는 변하지 않는다. 그토록 끊임없이 노력할 수 있는 사람도, 그간의 노력을 확실하게 실력으로 바꿔나갈 수 있는 사람도 오빠 외에는 아무도 없다.

종류는 달라도 언제나 두 사람만큼은 다른 누군가와도 달랐다.

5

　방에 틀어박혀 나오지 않는 오빠를, 엄마의 잔소리를 못 이기고 부르러 간 2011년 초여름의 어느 일요일이었다.

　몇 년 만에 들어가 본 오빠의 방에서 기묘한 광경을 보았다.

　어릴 때부터 오빠는 물건에 집착하지 않는 사람이었다.

　부모님에게 무언가를 조르는 모습은 한 번도 본 적이 없다. 오히려 필요 없어진 순간 어떤 물건이든 망설임 없이 버리는 사람이다. 옛날에는 학교 문집과 졸업 앨범까지도 가지고 돌아와서 바로 쓰레기통에 버리는 바람에 놀란 엄마가 허둥지둥 다시 꺼낸 적도 있었다.

　살풍경한 방을 상상하며 문을 열었는데 벽이 보이지 않을 만큼 캔버스가 겹겹이 늘어서 있었다. 모든 캔버스마다 남색 나비가 그려져 있어서, 초여름인데도 방 안은 어째서인지 썰렁해 보였다.

　그 그림들을 보았을 때 머리에 떠오른 것은 고흐의 '해바라기'였다. 꽃병에 꽂혀 있는 해바라기를 그린 여러 장의 명화. 언젠가 도쿄에 있는 미술관에서 오빠와 함께 실물을 본 적이 있다. 틀림없이 고흐를 흉내내어 하나의 모티프에 집착하는 것이다.

세 살 버릇 여든까지 간다더니. 옛날부터 독특한 고집이 있는 사람이긴 하지만, 비슷한 그림만 그리면서 질리지 않는 걸까. 습작이라고 하기에는 도가 지나치다고 생각했다.

"오빠, 저녁 먹으래."

오빠를 부르자 앞치마를 두른 오빠가 캔버스 너머에서 고개를 내밀었다. 손에 든 붓에는 푸른색 물감이 배어 있었다. 또 같은 나비 그림을 그리고 있는 것이다.

"일단락되면 내려갈게."

"내가 엄마한테 혼나니까 빨리 내려와."

일종의, 이상하다고 할 수 있는 방 안의 상황에 깨달은 것은 그때였다.

보아하니 오빠는 고흐를 흉내내는 것이 아닌 듯했다. 캔버스에 그려진 것은 동일한 주제의 그림이 아니었다. 모든 그림이 완벽하게 똑같은 구도와 똑같은 색조로 그려져 있었다. 문제점을 보강하고 있는 것도 아니었다. 오빠는 완전히 똑같은 그림을 몇십 장이나 되풀이해서 그리고 있었다.

식은땀 같은 것이 목덜미를 타고 흐르며 등줄기로 뚝뚝 떨어졌다.

왜, 무슨 목적으로, 아무에게도 보여주지 않고 이런 일을 하고 있는 걸까.

무수한 파란 나비는 오빠가 끌어안고 있는 어둠을 구현한 것 같았다.

그해 연말에 오빠는 내부 진학의 길을 버리고 같은 학교 법인에 속한 예술 고등학교에 진학했다. 그리고 놀랍게도 도코도 역시 같은 고등학교에 진학했다.

처음 보았을 때의 도코는 제대로 학교에 다니지도 않았다. 미술 시간을 포함해 공부는 질색이었던 모양이니, 내신점수도 거의 바닥에 가까웠을 것이다.

그래도 미술에 특화된 재능 덕에 그녀는 특기 장학생으로서 그 고등학교에 들어갈 수 있었다. 눈부신 수상 경력을 감안하면 고등학교 측에서 그녀를 받아들인 이유는 이해할 수 있다. 하지만 무엇보다 놀라운 것은 그녀에게 고등학교에 다니려는 의사가 있었다는 점이다.

오빠와 도코의 고등학교 입학과 때를 같이 하여 나도 중학교 3학년이 되었다.

수험생이 되면서 좋든 싫든 현실을 마주할 필요가 있기 때문일 것이다. 초봄부터 예술 고등학교 진학을 희망하는 동급생이 몇 명이나 학원에 새로 들어왔지만, 지난 몇 달 사이에 마찬가지로 비슷한 숫자가 아틀리에를 떠났다. 내가 왼손잡이라는 사실을 알아챈 게이스케도 그 중 한 명이었다.

너를 그리면
거짓이 된다

바로 옆에 다키모토 도코와 난조 하루토가 있는 바람에 자신의 한계를 맞닥뜨리기도 전에 붓을 내려놓고 만다. 이 아틀리에에는 그런 아이들이 정기적으로 나타났다.

나는 만화가가 되겠다는 꿈을 아직 엄마에게는 말하지 않았다.

부모님이 싸울 때는 아빠가 비싼 고서 만화를 사올 때뿐이었다. 엄마는 만화라는 문화를 인정하지 않았다. 만화를 회화와는 다른 저속한 오락이라고 생각했고, 아빠의 서재에 즐비한 가치 있는 고서조차도 허락만 하면 당장이라도 처분할 사람이었다.

엄마는 오빠의 재능을 인정했으므로 미술과가 있는 고등학교로 진로를 변경해도 두말없이 찬성했다. 하지만 내 경우는 어떨까.

드물게 가족 넷이 저녁 식탁을 에워싼 여름방학의 어느 저녁이었다.

오빠와 같은 고등학교에 가고 싶다고 말을 꺼내자 엄마가 득달같이 일축했다.

그림을 계속 배우는 것은 괜찮지만 미술계 고등학교와 대학교에 진학하는 것은 허락할 수 없다. 너 정도의 재능으로는 그림으로 먹고살 수 없다. 그렇게 딱 잘라 말했다.

분하지만 엄마의 말은 타당했다.

내가 그리는 그림은 어디까지나 만화다. 중학생이 된 뒤로는 한 번도 콩쿠르에서 입상한 적이 없다. 실력에 대해서는 반박할 말이 없었다.

엄마를 설득하려면 사실대로 말할 필요가 있었다. 만화가가 되고 싶어서 아틀리에에서 그림 공부를 하고 있다고 솔직하게 말해야 한다. 하지만 내 속마음을 엄마에게 고백하는 것은 나에게는 세상에서 가장 어려운 도전 중 하나였다.

오빠와 도코와 비교당하고 재능이 없다고 딱 잘라 말해도 진심으로 상처받지는 않는다. 정말로 만신창이가 되는 때가 있다면, 그것은 만화를 부정당했을 때다. 그 순간만큼이 지금도, 옛날에도 오직 한결같이 두려웠다.

말붙일 엄두도 안 나는 엄마에게 아빠나 오빠가 의견을 말하며 편들어 주는 일은 끝까지 없었다.

아틀리에에 다니는 것까지는 엄마도 허락해 주었다.

여기서 사실대로 이야기하고 모조리 부정당할 정도라면 얌전히 내부 진학을 하는 편이 현명할지도 모른다. 고등학교와 대학교까지 평범하게 학교를 다니며 충분히 엄마의 마음을 만족시켜준 뒤 만화가를 목표로 하는 것이 좋을지도 모른다.

결국, 마지막까지 본심을 꺼내지 못한 채 나는 엄마의 뜻을 따르게 되었다.

어느 날 도망치듯 선택한 그 길이 옳았는지 아니면 잘못이었는지 금방은 알 수 없었다.

고등부 반 친구들은 모두 내부 진학생이다. 건물만 바뀔 뿐, 동급생들의 얼굴은 달라지지 않았다. 새로 친구를 사귈 필요도 없었고, 환경 변화에 따른 스트레스도 거의 느끼지 않았다.

그래도 미술과가 있는 고등학교에 진학하지 못한 것은 내가 생각했던 이상으로 충격적인 일이었나 보다.

어느새 더 이상 숨길 수 없는 구멍이 마음속에 뻥 뚫려 있었다.

내부 진학을 하는 동시에 나는 미대 입시라는 목표도 잃었다.

진학할 학교는 본질적으로는 만화가가 되겠다는 꿈과 무관하다. 그런데도 실망과 울분을 떨쳐내지 못했다. 마지막까지 진심을 털어놓지 못한 자신이 참을 수 없이 미웠다.

자랑스러울 만큼 만화를 정말 사랑하는데.

나를 행복하게 해주는 건 만화밖에 없는데.

그렇게 알고 있다고 생각했는데.

엄마가 무서워서, 엄마에게 부정당하고 싶지 않아서 가장 중요한 말을 도저히 할 수 없었다.

고등학생이 되면서 행동 범위가 넓어진 것도 영향을 주었을까.

스스로에 대한 실망과 반비례하듯 친구들과 노는 것이 점점 재미있어졌다.

그 전까지는 미술 학원을 빠진 적은 한 번도 없었다. 열이 나도 아픈 것을 숨기고 아틀리에에 다니던 사람이었다. 그랬는데…….

정기 시험이 끝난 뒤의 해방감을 구실로 아틀리에에 가지 않고 노래방에 가서 신나게 놀아보았다.

방과 후에는 전철을 갈아타고 쇼핑을 하러 가보았다.

젊은 신인 배우가 주연인 알맹이 없는 연애 영화를 보고 친구들과 함께 수다도 떨어보았다.

멋을 부리고 화장을 배우고 조금씩 방종한 청춘에 물들어 갔다.

여고생 신분이라는 것이, 당연한 것처럼 경박한 고등학교 생활이 의미도 없이 즐거웠다.

그리고 다행인지 불행인지, 그런 나의 변화를 깨달은 사람은 주변에 아무도 없었다.

오빠가 미술 학원을 빼먹었다면 엄마와 미카 선생님이 가만히 있지 않았을 것이다. 하지만 내 경우는 다르다. 기대 받지 못한다는 것은 그런 것이다.

내부 진학이 정해진 노선이라고 해도 대학교까지 올라가려면 일정 수준 이상의 성적이 요구된다.

3학년으로 올라가기 직전에 나는 엄마의 명에 따라 아틀리에를 그만두었다.

반박할 여지는 주어지지 않았다. 안 그래도 공부를 잘하지 못하는데 친구들과 놀러 다니는 시간이 늘어난 탓에 성적이 쭉쭉 떨어지고 있었다. 변변찮은 성적표를 눈앞에 들이민 시점에서 엄마를 설득하기는 불가능했다.

공부할 시간을 확보하기 위해 아틀리에에는 못 다니게 되었지만, 내부 진학은 대학교 입시와 비교하면 압도적으로 편했다.

일반적인 고등학교 3학년처럼 죽기 살기로 공부할 필요는 없었다. 아틀리에를 그만둠으로써 생긴 것은 그저 방대한 빈 시간이었다.

그런데 어째서인지 손이 움직이지 않았다. 수업 시간에도 몰래 그릴 만큼 만화가 좋아서 참을 수 없었는데 어째서인지 백지를 눈앞에 펼쳐도 그릴 마음이 들지 않았다.

언제부터 그리지 않았을까. 벌써 몇 달째 만화를 읽지 않았을까.

초등학교 때는 내가 그린 만화를 친구들에게 보여주기도 했다.

하지만 언제부턴가 아틀리에 친구들 외에는 만화를 그린다는 사실을 숨기게 되었다. 고등부에서 만난 친구들 중에는 내가 그림을 배웠다는 사실조차 모르는 아이들도 많았다.

만화를 경멸하는 엄마의 표정이 어른거리는 탓에, 만화가가 되고 싶다고 말하는 것을 어느새 부끄러운 일이라고 생각하게 된 것이다.

아무리 절실한 마음도 말로 표현하지 않으면 전해지지 않는다.

드러내지 않은 본심이 생판 남에게 닿을 리가 없다.

열여덟 살이 된 지금, 난조 고즈에를 야단치는 사람은 엄마를 제외하면 아무도 없었다.

그리고 그 엄마가 내 진짜 마음을 이해하는 일도 역시 절대로 없었다.

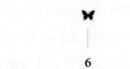

6

2016년 4월.

대학생이 되어 도쿄에서 혼자 살기 시작했다.

아직 1학년이라서일까, 아니면 인문계라서일까. 과제도 별

너를 그리면
거짓이 된다

로 없고, 공부는 오히려 고등학교 때가 훨씬 더 힘들었다. 용돈은 충분히 넉넉하게 받았으므로 아르바이트를 할 필요도 없었다.

여전히 만화를 그릴 마음은 들지 않았고, 남아도는 시간을 주체하지 못한 나는 친구의 권유로 경음악 서클에 들어갔다.

악기는 연주할 줄 몰랐다. 그렇다고 노래를 잘하는 것도 아니었다. 애당초 음악에 보통 이상의 관심을 가져본 적도 없었다. 고등학교 때 친구가 CD를 몇 장 빌려주었지만 모두 친구가 좋아하는, 이른바 남자 아이돌 그룹의 노래였고, 록 음악에 대해서는 거의 몰랐다.

처음에는 기타와 베이스의 소리도 구분하지 못했고, 모두가 열을 올리며 이야기하는 밴드나 명반이라고 꼽히는 앨범도 이름조차 들어본 적이 없었다. 그래도 음향기기 사용법을 배우고 PA로서 서클 활동을 하느라 바빴다.

서클이라는 느슨한 커뮤니티 안에서는 여자라는 것만으로도 떠받들어 주었다.

내부 진학생이어서 그랬는지 처음부터 공주님 대접을 받았고, 선배들은 물론이고 방금 만난 동급생들도 환영해 주었다.

너무나 자유롭고 의미 없는 하루하루가 즐거웠다.

화장이 진해지고 몸에 두르는 옷과 가방의 가격이 비싸졌다.

조금씩 서서히 바보가 되어간다고 느꼈다.

당연한 것처럼, 필연적으로 끝도 없이 어리석어졌다.

나는 만화를 그릴 터였다. 어른이 되면 매일 아침부터 밤까지 만화를 그릴 생각이었는데 이미 얼마나 오랫동안 펜을 잡지 않았을까.

대학 생활이 시작되고 두 달이 지났을 무렵, 생각지 못한 곳에서 전환기가 찾아왔다.

여름방학 전에 경음악 관련 서클이 합동으로 라이브 이벤트를 연다. 그 이벤트에 쓸 포스터를 만드는데, 마찬가지로 내부 진학생인 친구가 내 그림 실력을 선배에게 이야기한 것이다. 악기를 연주하지 못하는 점에 미안함을 느끼기도 해서 경솔하게 떠맡은 일이었지만, 심심풀이 삼아 그린 포스터는 생각지 못한 극찬을 받았다. 게다가 소문이 소문을 불러, 라이브 운영위원이 본부에 세울 입간판까지 만들어 달라고 부탁했다.

아마추어라도 악기 연주를 잘하는지 못하는지 정도는 안다. 선배들과 동급생들도 존경했지만 악기를 연주하지 못하는 나에게 그들은 어쩐지 멀리 있는 사람들이었다. 차원이 다르다고 생각했던 사람들에게 인정받을 수 있는 기회가 있다면 거절할 이유가 없었다.

오랜만에 맡아보는 유화 물감 냄새에 야릇한 감상에 젖으며 주어진 미션을 완수했다. 세로 3미터, 가로 2미터의 거대한 입간판에 수많은 악기를 겹쳐 그린 사실화를 그렸다.

갑작스러운 의뢰였기 때문에 불과 나흘 만에 완성해야 했지만 그 입간판이, 없는 것보다는 나은 처지였던 내 위치를 바꾸었다.

보는 사람마다 아낌없는 찬사를 남겨주었고, 이벤트 자체를 넘어 유화가 극찬을 받았다. 운영팀은 내년 이후에도 쓰게 해달라고 부탁했다.

칭찬 받으면 기쁘다. 선배들에게 인정받고, 서클 내에서 내 자리를 발견한 것도 기뻤다.

하지만 가슴 깊은 곳에 똬리 틀고 있는 꺼끌꺼끌한 감정을 날려버리지는 못했다.

초등학교 2학년 때부터 10년 동안 두 천재와 비교당하며, 몇 번이고 분한 마음을 삭히며 날마다 진지하게 그림을 그려 왔다. 생무지인 사람과 비교하면 잘 그리는 게 당연했다.

하지만 솔직히 말하면, 나는 마감 기한을 의식하며 그린 그 그림이 마음에 차지 않았다. 그런 그림이 칭찬받자 당황스러움을 감추지 못했다.

나는 뭘 하고 있는 걸까. 지금이 즐거우면 그만이다. 바보 같은 감각에 빠져, 자기혐오를 깨닫지 못한 척하며, 정말로 무얼 하고 있는 걸까.

심심풀이로 그린 그림이 극찬 받는다고 그 정도로 만족할
수 있을 리가 없었다.

설령 칭찬한 사람들이 진심이었다고 하더라도 '천재'라는
말은 고막에서 조롱으로밖에 들리지 않았다. 왜냐하면 나는
'진짜'를 알고 있기 때문이다.

새로운 생활에 익숙해져도 막연한 공허함은 채워지지 않았
다. 대학생이 되고 부모 밑에서 벗어나 염원하던 자유를 얻었
는데 지난 몇 달 동안 무엇 하나 이루지 못했다.

적당히 과제를 해치우고, 친구와 시내에서 놀고, 좋은지 나
쁜지도 모르는 노래에 심취했다.

바보 같다. 정말로 한심하기 짝이 없었다.

혼자 있는 방 안에서 후회의 눈물이 새하얀 켄트지를 적셔
나갔다.

이럴 리가 없었다. 내가 원했던 미래는 이런 하루하루가 아
니었다.

왜, 어째서……!

"언제든지 놀러 오렴."

아틀리에를 그만두었을 때 미카 선생님이 해준 말은 절대
로 인사차 하는 빈말이 아니었다. 선생님은 내가 만화를 그리
는 것을 줄곧 응원해 주었다. 그날도 진심으로 말했을 것이
다. 그런데 미술 학원을 그만둔 뒤로 아틀리에에는 찾아가지

않았다. 생각해 보면 혼자 살기 시작한 뒤로는 본가에도 한 번도 돌아간 적이 없었다.

전철로 쉽게 갈 수 있는 거리인데 발길이 향하지 않는 이유는 안다.

그 집으로 돌아가면 어떻게 해도 아버지의 서재와 마주하게 된다.

그 방을 들여다보면 틀림없이 아주 비참한 기분이 들 것이다.

여름방학은 9월 중순까지 이어진다.

8월 말에 도서관에서 집어든 신문에서 우연히 아는 사람의 이름을 발견했다.

유럽 미술 클럽이 주최하는 국제 공모전 미술상 수상전에서 도코가 입상한 모양이었다. 그녀는 올봄에 장르가 다른 판화 콩쿠르에서도 그랑프리를 땄고, 현재 여러 해외 아트 프로모터의 러브콜을 받고 있다고 기사에 나와 있었다. 스스로를 포장할 능력이 전무한 그녀에게는 좋은 소식일 것이다.

의도치 않게 쓴웃음이 새어나왔다.

그 소녀는 여전히 평범한 사람은 상상도 하기 어려운 길을 걸어가고 있는 듯했다.

나보다 1년 먼저 고등학교를 졸업한 오빠와 도코는 같은 미술 대학교로 진학했다.

집에서 다닐 수 있는 거리이기도 해서 오빠는 따로 나와 살지 않았다. 도코도 그렇다고 들었다. 대학생이 된 뒤로도 두 사람은 아틀리에에 다녔는데, 2학년이 된 지금도 그 생활은 달라지지 않았을까.

휴대전화의 사진 폴더를 열고 이벤트용으로 그린 유화를 보았다.

이 그림을 보고 모두가 아낌없이 칭찬해 주었다.

동급생과 선배들도 빈말이 아니라 진심으로 놀랐다.

하지만 새삼스럽게 살펴보는 그 그림의 퀄리티는 참담한 수준이었다.

세부적인 원근법이 엉망이었고 해칭도 어긋난 곳이 있었다. 물감이 부족해서 적당한 색으로 대충 뭉갠 곳도 있었다. 아무도 알아채지 못했지만, 미카 선생님이나 오빠라면 대번에 알아볼 게 틀림없었다. 만약 아틀리에에서 이 그림을 그렸다면 콩쿠르에는 출품하게 해주지 않았을 것이다. 이것은 어차피 그 정도의 그림이다.

"형태를 볼 때는 그 소리를 듣는 것처럼 봐."

데생 수업 때 미카 선생님은 때때로 그런 말을 했다. 세르주 폴리아코프라는 화가의 말인 듯한데, 어른이 된 지금도 나는 그 의미가 잘 이해되지 않는다. 석고 덩어리를 아무리 뚫어지게 보아도 소리가 들려온 적은 한 번도 없었다.

하지만 그런 조언도 도코나 오빠는 이해했을까.

신문지에 인쇄된 거친 흑백 화질로도 알 수 있었다. 그녀의 그림과 내 그림의 차이는 확연했다.

상대가 되지 않는다. 같은 회화로서 비교하는 것조차 허락되지 않는다. 알고는 있다. 그녀는 진짜배기라 노력도 제대로 못하는 어중간한 나와는 하나부터 열까지 모든 것이 다르다. 그런데…….

머리로는 이해하고 있을 텐데 어째서 이렇게 분할까.

대체 왜 이를 악물고 참지 않으면 눈물이 날 것 같을까.

까닭 없이 미카 선생님과 아틀리에 친구들이 보고 싶었다.

여름방학 정도는 집으로 돌아오라고 엄마가 몇 번이나 말했다.

이제 곧 올해 최대급의 태풍이 올라온다고 한다.

집에 간다면 공공 교통 기관이 멈추기 전에 움직이는 편이 나을 것 같았다.

무거운 발걸음으로 집에 돌아가 보니 오빠는 없었다.

미카 선생님의 부탁으로 오빠는 작년부터 아틀리에에서 강사로 일하고 있었다.

이유도 모를 망설임을 억누르며 오랜만에 찾아간 아틀리에에는 상상도 못했던 변화가 나타나 있었다. 오빠뿐만 아니라

도쿄까지 강사가 되어 있었다.

재주꾼인 오빠는 그렇다 치고, 도쿄가 강사를 하다니 세상 참 많이 변했다고 느꼈다. 하지만 아틀리에는 그녀보다 더 충격적인 변화가 기다리고 있었다.

어릴 때부터 줄곧 신세를 진 은사가 폐암에 걸려 입원해 있었다.

집에서는 만화를 그리지 못했던 나에게 아틀리에 세키네는 오아시스 같은 곳이었다. 여기서는 얼마든지 만화를 그릴 수 있었고, 온갖 기술도 배울 수 있었다.

이곳을 정말 좋아했는데 나는 마치 도망치듯 거리를 두었다.

나이도 목적도 다른 학생들을 각각의 교실에서 오빠가 지도하고 있었다.

주인인 미카 선생님을 잃고도 미술 학원에는 변함없는 시간이 흐르고 있었다. 하지만 어딘가 석연치 않았다. 미카 선생님의 모습이 보이지 않으니 쓸쓸함이 몰려왔다.

한 차례 교실을 둘러보고 오빠와 함께 상담실로 갔다.

"아빠가 자주 타주던 '부자 코코아'구나."

오빠가 타준 코코아는 그리운 맛이 났다.

"응. 만드는 법을 배웠어."

"도쿄 언니가 안 보이던데 오늘은 쉬는 날이야?"

"아니, 미카 선생님 방에서 뭔가 만들고 있을 거야."

너를 그리면
거짓이 된다

"지금은 도코 언니도 강사 아냐? 혹시 이름만이야?"

"본인은 지극히 진지하게 강사 일을 하고 있다고 생각해. 작품이 완성되면 각 교실을 돌면서 전문 분야가 다른 학생에게까지 보여주거든. 자기 딴에는 견본을 보여준다고 생각하는 거겠지."

"아니, 도코 언니의 작품은 참고가 전혀 안 되잖아. 자신감만 잃을 뿐이라니까. 역시 사실상 강사는 오빠 혼자구나. 힘들겠네."

측은해 하는 말에 오빠는 모호하게 미소 지을 뿐이었다.

이렇게 잡담하는 것도 어쩐지 무척 오랜만인 기분이 들었다.

"예전부터 줄곧 오빠한테 물어보고 싶었던 거랑 하고 싶은 말이 있었어. 왜 그 대학교에 진학했어? 오빠라면 더 좋은 미대에도 갈 수 있었잖아?"

"집에서 다니기 편하니까."

"오빠가 그렇게 집을 좋아했던가? 정말로 떠나기 싫었던 건 이 아틀리에가 아니고? 여기라면……."

그때 오빠가 내 머리 위에 손을 가볍게 올렸다. 미소를 짓고 있는데도 웃는 것처럼 보이지 않는, 평소의 오빠의 눈이 나를 보고 있었다.

"내 마음속을 들여다봐도 좋을 건 하나도 없어."

다정한 말투로, 하지만 단호하게 대답을 거부했다. 그것이 느껴졌다.

"딱히…… 그냥 조금 신기했을 뿐이야."

"하고 싶은 말이란 건 뭐야?"

나는 오빠에게 딱 한 가지 비밀을 숨기고 있다. 사실은 훨씬 빨리, 이미 오래전에 말했어야 했는데 도저히 입이 떨어지지 않았다.

"……역시 됐어. 이제 와서 말한들 의미도 없으니까."

"그래?"

얘기해 달라고 조른다면 말했을지도 모르는데, 오빠는 그이상 캐묻지 않았다. 옛날부터 오빠는 물건에도 말에도 다른 사람에게도 가족에게도 집착하지 않았다.

"아, 도쿄 언니가 스페인 미술상 수상전에서 입상했다며? 요전에 신문에서 봤어. 여전히 엄청나구나. 언니는 좌절 같은 건 해본 적도 없겠지."

"글쎄. 올해 둘이서 도쿄 인피니티 아트 어워드에 응모했어. 도쿄는 어쩐 일로 입상도 못 했어. 게다가 시상식에서는 심사위원에게 혹평을 받았고. 아무래도 상관없다는 얼굴로 듣고 있었지만 사실은 화를 참기 힘들었을 거야. 내년에 본때를 보여주겠다며 요즘에는 계속 유화만 그리고 있어."

"도쿄 언니가 상에 집착하다니 별일이네. 오빠의 결과는 어땠어?"

너를 그리면
거짓이 된다

"좋지도 나쁘지도 않았어."

그 말은 무슨 뜻일까. 나중에 올해 결과를 조사해 볼까.

"도코도 보고 갈 거지? 또 점심도 안 챙겨먹은 거 같으니까 혼 좀 내줘."

"달라진 게 없네. 여전히 그러고 사는구나."

무심코 웃음이 나왔다. 오빠도 먹는 것에 관심이 없는 사람이기는 하지만 적어도 식사를 깜빡하는 바람에 쓰러지지는 않는다. 두 사람의 음식에 대한 태도는 언뜻 비슷해 보이면서도 달랐다.

"이걸 좀 전해줘. 다 먹을 때까지 감시해 주면 더 고맙고."

냉장고에서 꺼낸 도시락을 내밀었다.

"어쩐지 완전히 보호자가 다 됐구나."

"미카 선생님이 안 계시니까 어쩔 수 없지."

오빠는 피곤한 얼굴로 한숨을 내쉬며 말했다.

"……있지, 결국 오빠는 도코 언니를 어떻게 생각해?"

되도록 자연스러운 말투를 가장해 물어보았다.

"비겁한 녀석이라고 생각해."

오빠는 망설임도 없이 그렇게 대답했다.

……무슨 뜻일까. 오빠는 도코가 싫은 걸까.

갑자기 먼 과거의 기억이 되살아났다.

두 사람이 고등학교 1학년이었던 여름방학. 콩쿠르에 출품하기 위해 액자까지 해서 넣었던 도코의 캔버스가 박박 찢긴 적이 있었다. 게다가 현장에는 '범인은 난조 하루토'라는 메모가 남겨져 있었다. 흐지부지하게 끝난 사건이었는데, 결국 미카 선생님은 최종적으로 범인을 찾아냈을까.

오빠가 남의 캔버스를 찢을 리가 없다. 나는 줄곧 그렇게 믿어왔다. 다정한 오빠를 의심하다니 있을 수 없는 일이었다. 하지만 만약, 혹시 정말로 오빠가 도코를 싫어했다면…….

강사 대기실로 가자 도코가 자신의 작품에 열을 올리고 있었다.

그녀 나름대로 강사 일을 하고 있다고 믿고 있는 거겠지. 미카 선생님의 앞치마를 두르고, 우스꽝스럽게도 가슴 호주머니에 돋보기안경까지 끼우고 있었다. 아무리 겉모양을 따라한들 소양이 없으면 강사가 될 수 없다. 애당초 스무 살인 그녀에게 돋보기안경은 필요도 없을 것이다.

어릴 때부터 도코는 그림 실력이 출중했고, 소름끼치게도 그녀의 성장세는 어른이 된 지금도 멈추지 않았다. 고등학생까지는 적어도 사실화라면 오빠가 더 잘 그렸다. 하지만 지금 눈앞에서 그리고 있는 그림은 어떤가.

너를 그리면
거짓이 된다

그녀의 그림을 보고 있으면 가슴이 떨린다.

하늘이 선택했다는 것이 어떤 뜻인지 알게 된다.

"어, 고즈에?"

줄곧 그 뒷모습을 보고 있었는데 그녀가 나를 알아챈 것은 꼬박 30분이 더 지난 뒤였다. 여전히 집중하고 있으면 주변이 보이지 않는 모양이었다.

"뺨에 물감 묻었어."

강사 대기실에서 나온 그녀의 얼굴로 손을 뻗자 대뜸 손목을 잡았다. 그대로 손가락 끝을 뚫어지게 보았다.

"고즈에, 왜 그래?"

"왜 그러냐니, 뭐가?"

"그림 안 그리지?"

"그걸 도코 언니가 어떻게 알아?"

"알아. 고즈에는 언제나 손에 물감이 묻어 있었으니까. 이건 고즈에의 손이 아니야. 왜 안 그려?"

그 목소리에는 감정이 거의 깃들어 있지 않았지만 비난하고 있다는 것은 알 수 있었다.

"……마음이 안 내켜. 그럴 때도 있잖아?"

"없어."

"나한테는 있어. 그리고 싶어도 그리지 못하는 때가 있어. 도코 언니는 평범한 일반인의 마음은 이해하지 못하겠지만."

정면으로 반박 당하자 그녀는 입술을 깨물었다.

그러더니 조금 긴 침묵 뒤에 도코는 내 눈을 똑바로 보고 말했다.

"그릴 뿐이야. 그냥 그릴 뿐이야."

7

밤에 오빠와 함께 집으로 돌아가자 아빠가 기쁜 얼굴로 맞아주었다.

식탁에는 기념일처럼 음식이 가득 차려져 있었다.

"일주일 정도는 있다 갈 거지? 내일도 맛있는 거 많이 사올게."

오랜만에 딸이 돌아와서 신이 난 걸까. 아빠가 퇴근길에 지갑을 털어 사온 듯했다.

"내일부터 나도 이틀 연휴거든. 온천이라도 하러 가서 자고 올까?"

"뉴스에서 태풍이 접근하는 중이라던데."

"자동차로 가면 문제없어. 옛날에 하코네 여행 갔을 때 온천에 감동했었잖아?"

"하코네는 재미있었지만 아빠랑 단둘이 여행 가는 건 사양할래. 그런 건 엄마랑 둘이서 가."

"엄마는 뭔가 배우러 다니느라 바쁘거든. 하루토도 매일 아틀리에에서 아르바이트하고."

듣고 있는지 아닌지, 엄마는 부엌에서 분주하게 움직이고 있었다.

"아빠, 혹시 외로워?"

"네가 안 돌아오면 외롭지. 말상대가 없잖아."

옛날부터 우리 집은 단란한 가족이라는 말과는 거리가 먼 집이었다.

마지막으로 가족 여행을 간 게 언제였을까.

오빠는 집에 있어도 밥 먹는 시간 외에는 자기 방에서 나오지 않는다. 식탁 앞에 앉아서도 입을 열지 않는다. 엄마가 아빠에게 말을 걸 때는 부탁할 일이 있을 때뿐이다. 내가 없으면 말상대가 없다는 말도 완전히 농담은 아닐 것이다.

이튿날, 점심을 먹은 뒤 아빠가 서재로 불렀다.

"새 만화책이 늘어났어. 이것 좀 봐. 70년대 초반의 초판이야."

"와. 세월이 느껴지네. 어디서 찾았어?"

"옥션에서."

"비쌌지? 엄마한테 혼 안 났어?"

"택배를 영업소에 맡겨놨거든. 집으로 보내지만 않으면 안 들켜. 요즘에야 겨우 그걸 깨달았다니까."

"그렇게까지 했구나."

"더는 책을 늘리지 말라고 했거든. 엄마한테는 비밀이다?"

20년이 채 안 되는 인생에서 나 역시 남자를 좋아했던 경험이 없지는 않다.

용기가 없어서 고백한 적도, 고백을 받아본 적도 없지만 남들처럼 좋아하는 마음을 품어본 적은 있었다. 그리고 스스로도 그런 감정을 알아버렸기 때문에 생각할수록 의아했다.

"아빠, 옛날부터 궁금했는데."

"응? 뭔데?"

"왜 엄마 같은 사람이랑 결혼했어?"

어릴 때부터 나는 부모님 사이에서 애정다운 애정을 느껴본 적이 없다.

쉰이 거의 다 돼가는 지금도 엄마는 예쁘다. 하지만 어차피 그게 전부인 사람이다.

좀 더 나이에 맞는 모습이나 생활을 하면 될 텐데 안티에이징에 열을 올리며 막대한 돈과 시간을 미용과 옷에 쏟아붓는다. 그런 삶을, 적어도 나는 아름답다고 느끼지 않고, 엄마 같은 삶을 갈망한 적도 없다.

"엄마는 타산적인 사람이니까 아빠를 결혼상대로 고른 건 이해해. 하지만 아빠처럼 스펙이 좋은 사람은 훨씬 더 괜찮은 상대가 있지 않았어? 일부러 소중한 취미를 한심하게 여기는 사람을 고르지 않더라도……."

"딱히 내 취미를 이해해 줄 필요는 없으니까."

심각한 질문을 했다고 생각했는데 아빠는 태평하게 대답했다.

"엄마가 만화를 싫어해도 내가 좋아하면 충분하지 않겠니?"

그 말로 내 질문에 충분히 대답했다고 생각하는 걸까.

오빠도 그렇지만 남자들은 말이 절대적으로 부족한데 그걸 자각하지 못하니 얄밉다.

아빠가 나가고 혼자 남은 서재에서 눈을 감고 생각했다.

어릴 때는 여기 있는 시간이 가장 행복했다.

엄마의 눈을 피해 몰래 숨어들어 몇십 권, 몇백 권이나 정신없이 읽었다.

엄마가 혼내기 시작한 뒤로는 책꽂이에서 몰래 빼와서 내 방에 숨어서 읽었다.

그리고 그런 딸의 행동을 알아도 아빠는 말없이 웃기만 했다.

한없이 행복했던 하루하루였다.

정말로, 정말로 만화를 보는 순간이 가장 즐거웠다. 행복했다.

어느새 스스로도 만화를 그리기 시작했고.

기술이 받쳐주지 않아서 서툰 그림에 풀죽고.

발버둥치고 괴로워하고 부끄러운 기분도 느끼고.

끊임없이 몸부림쳤지만 그 시절이 가장 충만했던 것 같다.

대학생이 되어 뜻하지 않은 자유도 얻고.

친구가 많이 생기고 멋을 부리고 다양한 곳에 가보고.

매일이 즐거울 텐데, 그런 매일에 만족하고 싶은데, 마음속에는 언제나 구멍이 뻥 뚫려 있었다. 시커먼 그 구멍은 날이 갈수록 점점 커져갔다.

정신을 차리고 보니 택시에 타고 있었다.

오빠에게 들은 주소를 말하고 머릿속이 엉망인 채로 종합병원에 도착했다.

북향 병실에서 1년 반 만에 재회한 미카 선생님은 마음이 저며올 만큼 깡말라 있었다.

정말 좋아했던 선생님, 인생에서 유일한 진짜 은사님이 지금…….

"어머, 고즈에? 오랜만이네. 하루토한테 내 얘기 들었구나."

"선생님, 저는……."

"만화는 잘 돼가니? 신인상에 도전하는 중이지?"

병실에서 재회했으니 그보다 훨씬 중요한 이야기가 있을 텐데도, 어째서 이 사람들은 이렇게나 그림 이야기만 할까.

나는 1년 반 전에 아틀리에를 그만두었다. 그런데도 도코는 내가 그림을 계속 그릴 것이라고 믿었다. 선생님도 내가 그림에서 손을 뗐으리라고는 꿈에도 생각하지 않았다.

무엇을 그릴지 고민하기는 해도 그릴지 말지를 두고 고민하지는 않는다. 틀림없이 이 사람들은 그런 인종이다.

"……만화요? 이미 안 그린 지 오래 됐어요."

"그래? 그럼 괴롭겠구나. 그림을 안 그리고는 살아갈 수 없는 애를 나는 지금까지 딱 두 명 만났거든. 그림을 계속 그리지 않으면 숨이 쉬어지질 않는 거야. 나도 그런 애였기 때문에 잘 알아."

"도코 언니랑 오빠요?"

내가 두 사람의 이름을 대자 선생님은 웃었다.

"아니야. 도코랑 고즈에야."

……나?

"처음 만났을 때부터 하루도 안 빠지고 몇 시간이든 쉬지 않고 그림을 그린 건 너희 둘뿐이었어. 만화는 잘 몰라서 고즈에한테는 조언을 많이 못해줬지만 난 네가 진짜배기란 걸 알아."

"오빠랑 착각하신 거 아니에요? 죄송하지만 병 때문에 기억이……."

"착각하지 않았어. 암세포가 퍼진 건 폐지 머리가 아니거든."

"그럼 미카 선생님은 오빠를 어떻게 생각하세요?"

"지금까지 지도해온 아이들 중에서 유일하게 이해가 안 되는 제자일까."

선생님은 쓸쓸한 얼굴로 말했다.

"고즈에한테 하루토는 어떤 오빠야?"

"다정한 오빠예요. 좀 독특한 부분도 많지만, 든든하고 정말 좋아해요. 다만……."

"다만?"

"나는 줄곧 오빠한테 비밀로 숨기고 있는 게 있거든요. 사실은 이미 오래전에 사과했어야 했는데 줄곧 입이 떨어지지 않았어요. ……그래서일까요."

어릴 때는 괴로울 때나 슬플 때면 언제나 맨 먼저 오빠한테 달려갔는데.

"이미 오랫동안 오빠한테 어리광부리지 못한 것 같아요. 의논하고 싶은 일이며 도움 받고 싶은 일이 틀림없이 잔뜩 있었는데."

양심에 찔려서 나는 오랫동안 본심을 털어놓지 못했다.

열아홉 살이 되어서야 간신히 그것을 깨닫다니 한심하기

너를 그리면
거짓이 된다

짝이 없다.

태풍이 직격하는 날은 내일이라고 하지만 이미 날씨는 잔뜩 흐려져 있었다.

"대중교통이 멈추기 전에 돌아갈게요."

"아, 잠깐만 기다려. 모처럼 만났으니까 부탁이 하나 있어."

"네. 뭔데요? 선생님의 부탁이라면 뭐든, 어떤 거라도 들어드릴게요."

진지한 표정으로 돌아서자 선생님은 쓴웃음을 지었다.

"그렇게 거창한 건 아니야. 좀 수고스럽긴 하지만. 고즈에가 아니면 부탁하기 힘든 일이라 그래."

병원에서 돌아오는 길이었다.

전철의 불규칙한 리듬에 몸을 싣고 빗방울을 쳐다보며 오빠에 대해 생각했다.

어릴 때 아빠가 소장한 만화의 영향으로 나는 언제나 낙서만 하고 놀았다.

한편, 오빠는 엄마의 말을 철석같이 지키며 만화에는 손도 대지 않았고, 그림을 그리는 데에도 관심을 보이지 않았다. 그런데 초등학교 3학년 가을부터 일주일에 6일이나 미술 학원에 다니기 시작하더니 하루도 쉬지 않고 그림을 그렸다.

시기적으로 추측해 보면 오빠가 그림에 눈뜬 계기는 아틀리에 세키네를 견학했기 때문일 것이다. 거기서 본 무언가가 오빠를 바꾸었다.

도코에게 영향을 받아서일 거라는 짐작이 맨 먼저 떠오르지만 확신은 들지 않는다.

2년 반 뒤, 오빠는 아틀리에 세키네에도 등록했지만, 도코에 대한 마음은 역시 잘 이해하기 힘들었다. 그녀를 인정하는 것처럼 보일 때도 있고, 미워하는 것처럼 느껴질 때도 있었다. 실제로 어제 점심 때 오빠는 도코를 '비겁한 녀석'이라고 단언했다.

가장 가까이에 있었지만 유일하게 오빠만은 오랫동안 이해할 수 없었다.

그런데 이제야 간신히 아주 조금 알 것 같은 기분이 든다.

미카 선생님에게서 전혀 예상 밖의 부탁을 받고 태어나서 처음으로 오빠의 마음이 보인 듯한 기분이었다.

나이도 아직 어린 소년이 어느 날 갑자기 모든 시간을 그림에 쏟게 된 이유.

그것은 아마도…….

8

2016년 9월 9일.

1년 반 만에 미카 선생님과 만난 날의 이튿날, 도쿄 도내에
는 아침부터 세찬 폭풍우가 쏟아졌다.

공공교통기관도 일제히 운행이 정지되었지만, 폭풍의 최고
조는 일몰 후라고 한다.

본가에 남아 있었더라면 외출도 못하고 거북한 엄마와 온
종일 얼굴을 마주해야 했었을 것이다. 어제 미리 돌아오길 잘
했다.

다행히 미리 사 두었던 냉동식품이 아직 남아 있었다.

오늘은 집에서 한 발자국도 나가지 않을 생각이다.

낮잠이라고 하기에는 시간이 너무 늦었을까.

배가 고파서 잠에서 깬 시계를 보니 밤 열한 시가 다 되어
가고 있었다.

잠을 깨려고 욕실로 가서 욕조에 몸을 담갔지만 요란한 바
람이 미친 듯이 창문을 두드려대는 통에 마음이 진정되지 않
았다. 혹시 정전이라도 되면 어떡하지. 덜컥 불안해져 얼른

욕실에서 나가기로 했다.

젖은 머리카락을 닦으며 다른 한 손으로 텔레비전 리모컨 버튼을 눌렀다.

화면에 저녁 보도 방송이 나왔다.

태풍 피해가 보도되고 있었고, 본가 근처의 익숙한 지명이 귓가에 튀어 들어왔다.

아나운서가 토사가 흘러내려 가옥이 무너지는 사고에 대학생이 휘말렸다는 뉴스를 읽어 내렸다.

어떤 불행이든 강 건너 불이라면 가슴이 미어지지는 않는다.

하지만 그것이 소중한 사람에게 닥친 일이라면 비보는 가차 없이 몸의 심지까지 푹 박힌다.

「……미술 학원으로, 대학생 강사 두 명이 토사에 휩쓸린 것으로 보고 수색을 계속하고 있습니다. 현재 연락이 되지 않는 사람은 도쿄 도내 미술대학교에 다니는 2학년 다키모토 도코 씨와 난조 하루토 씨로…….」

환청이 아니었다.

자막에 도코와 오빠의 이름이 한 글자도 틀리지 않고 표시되었다.

화면은 바로 다른 피해 지역으로 바뀌었지만 토사에 파묻혀 무너져 내린 아틀리에의 모습이 망막에서 떠나질 않고 머릿속이 새하얘졌다.

너를 그리면
거짓이 된다

휴대전화 착신음이 울려 전화를 받자 반쯤 패닉에 빠진 엄마의 목소리가 들렸다.

엄마는 울먹이느라 무슨 말을 하는지 거의 알아들을 수도 없었다.

"엄마, 좀 진정해. 제발 알아듣게 말해 봐."

"……고즈에니? 아빠다."

"아빠? 대체 어떻게 된 거야?"

"미안하구나. 우리도 아직 상황을 잘 몰라."

"뉴스에서 봤어. 오빠랑 도코 언니가 연락이 안 된다고?"

"아니, 그건 이제 괜찮아. 소방대원이 둘 다 구출했거든. 그런데……."

"그런데?"

"한 사람은 오른팔을 절단해야 하는 상태로 구출된 모양이야. 둘 다 아직 의식이 없고 중태래."

"잠깐만. 오른팔 절단이라니 그럼……."

"자세한 것까지는 아직 몰라. 정보가 뒤죽박죽이라, 벽인가 뭔가에 깔려 있었다고 하는데 누가 그런지도 아직 몰라. 지금 병원에 확인하러 갈 거야. 고즈에도 와줄래?"

"응. 그야 당연히 가는데, 그런데 오른팔이라니…… 어떡해……."

차례차례 날아오는 비보에 단순히 비유가 아니라 정말로

현기증이 났다.

누구도 대신할 수 없다. 두 사람 모두 그런 특별한 존재였
는데…….

아빠와 이야기를 마치고 나는 바로 미카 선생님에게 전화
를 걸었다.

선생님도 나와 마찬가지로 재해 보도를 봤을지도 모른다.
자세한 내용은 아무것도 모르지만 선생님에게만큼은 알려두
어야 한다는 느낌이 들었다.

미카 선생님과 통화를 마친 뒤 서둘러 옷을 갈아입고 화장
도 하지 않고 집에서 달려 나갔다.

빗발은 조금씩 약해지고 있었다.

하지만 이미 그런 것들은 아무런 소용도 없었다.

택시에 흔들리는 시간이 영원처럼 길게 느껴졌다.

그저께 '좋지도 나쁘지도 않았다'고 했던 콩쿠르에서 오빠
는 우수상을 거머쥐었다. 그 덕인지 갤러리에서도 러브콜이
오기 시작했다고 미카 선생님이 이야기해 주었다.

언제까지나 일본 국내에 머물러 있어봐야 소용이 없다. 새
로운 자극이 필요하면 졸업까지 기다리지 말고 해외로 나가
도 된다. 학력 지상주의인 엄마까지도 그렇게 말했는데…….

도쿄는 국제 공모전 미술상 수상전에서 입상하고, 여러 해
외 아트 프로모터의 러브콜을 받고 있다.

너를 그리면
거짓이 된다

병원에 도착해 안내 받은 병실로 들어가자 엄마가 침대 옆에 매달려 울고 있었다.

수액과 산소 튜브를 단 오빠와 도코가 잠들어 있었다. 아니, 잠든 게 아니라 아직 의식이 돌아오지 않은 것이다.

두 사람의 머리에 칭칭 감겨 있는 붕대에 엷게 피가 배어 있었다.

그리고 나는 그것을 보았다.

오른쪽 침대에 누워 있는 다키모토 도코의 오른팔이 붕대에 둘둘 감겨 있고, 있어야 할 부위의 끝부분이 보이지 않았다.

"도코가 하루토를 감싸듯이 벽에 깔려 있었대. 그래서……."

떨리는 목소리로 엄마가 말했지만 그 뒷부분은 이미 귀에 들어오지도 않았다.

아무 말도 못 하고 몇십 분째 두 사람을 보고만 있었을까.

이윽고 지저분한 작업복 차림의 다키모토 슈지가 도착했다. 그리고 결손 부위를 알아본 다음 순간 그는 딸의 이름을 부르며 그 자리에 허물어져 내렸다.

비명에 가까운 소리에 깼는지 오빠가 천천히 눈을 떴다.

하지만 깨어난 오빠의 눈동자는 나도, 부모님도 보지 않았다.

고개를 살짝 기울인 오빠는 바로 옆 침대에서 잠들어 있는 다키모토 도코를 보았다.

그저 한결같이, 표정을 짓는 것도, 눈을 깜빡이는 것도 잊고.

오빠는 손목 밑이 사라진 도코의 오른팔을 보고 있었다.

그렇게나 좋아하는 오빠가 지금 무슨 생각을 하는지, 무얼 느끼고 있는지.

나는 역시 알 수가 없었다.

너를 그리면
거짓이 된다

콘스탄틴 브랑쿠시
숨 쉬듯 창조할 수 있다면 그것이 진짜 행복일 것이다.

제3부
다카가키 게이스케의
불합리하고 명예롭지 않은 모험

무엇 하나 내 마음대로 되지 않는 세상이 어릴 때부터 정말 싫었다.

아무것도 아닌 자신이 언제나 죽이고 싶어질 만큼 증오스러웠다.

유리창 너머에서 그것을 발견했을 때 나는 어떤 얼굴을 하고 있었을까.

이 아틀리에를 운영하는 세키네 미카의 개인실이기도 한 강사 대기실에서 캔버스가 엉망으로 난도질되어 있었다.

미카 선생님이 이 방을 써도 된다고 허락한 학생은 다키모토 도코 단 한 명이었다. 찢어진 것은 콩쿠르 출품용으로 그녀가 이제 막 완성시킨 그림이었다.

한 살 위인 다키모토 도코는 미술에 관심이 전혀 없는 사람도 한눈에 알 수 있는, 말이 필요 없는 '괴물'이었다. 아직 고등학교 1학년인데 저명한 아트 공모전에서 그랑프리를 수두룩하게 수상했다. 그것도 그녀의 특기 분야인 서양화에서만이 아니었다. 회화의 범주를 넘어 판화와 조각에서도 재능을 유감없이 발휘했다.

그녀와 자신을 비교하고 자신의 비루한 재능에 절망하며 아틀리에를 떠난 사람도 드물지 않았다. 이 미술 학원에서 다키모토 도코는 그런 식으로 수많은 어린 새싹을 짓밟아 왔다.

다키모토 도코에게 원한을 품고 있는 사람이 많은 것은 틀림없는 사실이다. 물론 그것은 그녀의 잘못이 아니다. 하지만 질투심은 이성으로 제어할 수 있는 것이 아니다. 다키모토 도코의 작품을 망가뜨린 범인을 동기부터 파헤쳐서 찾아내기란 어려울 것이다.

"게이스케, 왜 그러니?"

수업 중인 교실로 달려가자 미카 선생님이 의아한 눈으로 보았다.

"선생님. 도코 누나의 작품이······."

아무튼 현장을 보여주는 수밖에 없다. 수업을 멈추게 하고 강사 대기실로 돌아가자 유리창 너머로 안을 들여다본 선생님이 숨을 삼켰다.

"누가 이런 짓을······."

눈앞에 펼쳐진 악의의 표출에 충격을 받은 선생님은 아직 그것을 알아채지 못했다.

"왼쪽 아래를 보세요."

찢어진 캔버스 옆에 종이가 한 장 떨어져 있었다. 거기에는 지렁이가 기어가는 글자로 '범인은 난조 하루토'라고 적혀 있었다.

난조 하루토. 그것은 다키모토 도코와 마찬가지로 존재하는 것만으로도 아틀리에에 다니는 학생들을 괴롭히는 또 다른 '괴물'의 이름이다.

나는 두 사람이 죽도록 싫었다.

2

어릴 때부터 도망치는 것만큼은 자신이 있었다.

닥쳐오는 위기를 느끼면 상대할 수 있을지 어떤지 생각해보기도 전에 줄행랑부터 친다. 그것이 뭘 해도 평균 미달인 다카가키 게이스케의 명예롭지 않은 인생이었다.

3월에 태어난 빠른 년생이기도 한 탓에, 초등학교에 입학했을 때는 주위의 아이들보다 몸집도 훨씬 작았다. 운동도 공부도 잘 못했고, 6년 동안 친구 하나도 제대로 사귀지 못했다.

그래도 유일하게 그림만큼은 잘 그렸다. 학교에서 가장 잘

그리지는 않아도 선생님이 멈춰 서서 한참 들여다볼 정도로
는 미술 성적도 좋았다.

손꼽을 부분이 달리 없었기 때문일 것이다. 담임 선생님이
바뀌어도 가정방문 때 칭찬해 주는 부분은 언제나 그림이었다.

2009년 초등학교 6학년 가을이었다.

선생님의 권유를 곧이들은 엄마의 손에 이끌려 미술 학원
을 견학하러 갔다.

세키네 미카라는 이름의 선생님이 혼자서 꾸려나가는 그
아틀리에에는 압도적인 재능을 타고난 소년과 소녀가 다니고
있었다.

한 살 위인 두 사람, 난조 하루토와 다키모토 도코의 작품
에 감격한 엄마는 그날 당장 아들의 등록 절차를 마쳤다.

"빨리 그 애들처럼 그릴 수 있게 열심히 다녀야 한다?"

어떻게 봐도 불가능한 엄마의 기대에는 소름이 끼쳤지만
아틀리에에 다니는 것은 싫지 않았다. 당시의 나에게는 목표
가 하나 있었기 때문이다.

우리 집 뒤에는 커다란 공립 도서관이 있다. 1년 정도 전부
터 학교를 마치면 도서관으로 가서 대출 불가 도서인 명작
만화를 읽는 것이 일과였다.

테즈카 오사무, 후지코 후지오, 이시노모리 쇼타로, 아카츠

카 후지오, 요코야마 미츠테루, 하기오 모토.

도서관에 다니며 소장되어 있는 만화를 정신없이 탐독했다.

운동도 공부도 잘 못하지만 만화 속에서는 무엇이든 될 수 있다.

때로 상처 입고 때로 패배하더라도 주인공들은 앞으로 나아간다. 물론 언제나 아름다운 성공만 그려져 있지는 않았다. 슬픈 결말, 받아들이기 힘든 결말을 맞닥뜨리는 경우도 있지만, 그런 냉엄함도 포함해서 만화가 정말 좋았다.

월초에는 받은 용돈을 꼭 쥐고 집 근처의 서점으로 달려갔다. 도서관에서는 읽을 수 없는 최신 만화책을 사기 위해서였다. 한 권씩 신중하게 골라서 사온 만화책 페이지를 넘기는 순간이 한 달 중에 가장 행복했다.

그런 주기로 하루하루를 살아온 결과, 어느새 만화가가 되어 서점에 내가 그린 만화를 진열하고 싶다는 꿈이 생겼다.

중학생이 되자, 동아리에 들어가지 않은 나는 엄마에게 부탁해 일주일에 한 번씩 다니던 아틀리에를 세 번으로 늘리기로 했다. 이대로 그림 공부를 계속해 미술과가 있는 예술 고등학교에 진학하고 싶다. 그 무렵에는 그런 목표도 생겼다.

미술 학원에 다니는 날을 늘렸기 때문일 것이다.

어느 날, 나와 나이가 같은 소녀가 자유 작품 시간에 만화를 그리는 것을 알았다.

난조 고즈에. 오빠인 하루토와 다키모토 도코의 그늘에 가려 학원에서는 눈에 띄지 않지만 그녀도 또래 중에서는 독보적으로 잘 그리는 학생이었다. 물어보니 초등학교 2학년 때부터 아틀리에에 다녔다고 했다.

고즈에는 데생과 크로키 같은 기초 수업에는 평범하게 출석했다. 그런 탓에 작년까지는 만화를 그린다는 사실을 알아채지 못했는데, 막상 관찰하기 시작하자 그녀는 그 외의 수업 시간에는 언제나 혼자서 만화를 그리고 있었다.

언젠가 만화가가 되어 내가 그린 책을 서점에 진열할 것이다.

명확한 꿈을 안고 있었으면서도 나는 만화다운 만화를 그려본 적이 없었다. 좋아하는 캐릭터를 따라 그려보거나, 어딘가에서 본 그림만 그려보거나, 낙서 수준의 그림은 곧잘 그렸지만 실제로 스토리를 짜서 만화를 그려본 적은 없었다.

하지만 고즈에는 달랐다. 무지 노트에 칸을 나누어 만화를 그리고 있었다.

곁눈으로 슬쩍 들여다본 정도로는 거기에 어떤 이야기가 그려져 있는지 알 수 없었다. 재미있는지 재미없는지도 판단하기 어려웠다. 다만, 적어도 그녀가 그리는 만화는 내 낙서와는 차원이 다른 것이었다.

엄마는 아들이 용돈을 만화책 사는 데에 쏟아 붓는 것을 좋아하지 않았다. 만화가가 되고 싶다고 말할 수 있을 리도 없었다. 그래도 엄마의 눈을 피해 집에서도 그림을 그렸고, 지금까지는 스스로도 만화를 그리고 있다고 생각했었다. 하지만 그것은 어리석은 착각에 지나지 않았다.

만화가가 되고 싶으면 낙서가 아니라 만화를 그려야 한다. 칸을 나누고 스토리를 끌고 나가야 한다.

간신히 그 사실을 깨달았는데 막상 노트를 앞에 펼치자 아무것도 떠오르지 않았다.

나 자신이 지극히 시시한 인간이기 때문일까. 아무리 머리를 짜내도 스토리가 떠오르지 않았다. 겨우겨우 어디선가 들어본 적 있는 듯한 이야기를 짜내기는 했지만 그것을 제대로 그림으로 표현할 수가 없었다.

정면을 보는 얼굴밖에 그릴 수 없었다. 손가락 다섯 개를 마음에 들게 그릴 수 없었다. 데생 수업을 몇 번이나 들었는데 인체가 어떤 식으로 움직이는지도 몰랐다.

만화를 좋아하는 것만으로는 만화가가 될 수 없는 걸까.

누구보다도 많이 만화를 읽어왔는데. 이렇게나 좋아하는데.

단 하나의 꿈 앞에서 마음은 벌써 주특기인 도망칠 준비를 하고 있었다.

3

　난조 고즈에와 처음 이야기해 본 것은 중학교 1학년 여름 방학 때였다.

　평일에 아틀리에 세키네는 오후 한 시에 연다.

　여름방학 동안 아이들은 일주일에 며칠이든 다녀도 되었기 때문에 아틀리에에서 살다시피 한 결과, 매일 얼굴을 내밀던 그녀와도 자연스럽게 인사를 나누는 사이가 되었다.

　그런 8월의 어느 날이었다. 미카 선생님이 아틀리에로 모델을 불렀고, 난조 하루토와 다키모토 도코가 처음으로 동시에 데생 수업에 참가하게 되었다.

　두 사람의 실력을 모르는 학생은 아틀리에 세키네에는 아무도 없었다. 같은 공간에서, 같은 포즈를 취하는 모델을 데생하면 좋든 싫든 괴물들과 자신을 비교하게 된다. 앞으로 마주하게 될 현실을 떠올리고 아침부터 교실 분위기는 팽팽하게 날이 서 있었다.

　"선입관을 버리고 순수한 눈으로 대상을 봐."

　미카 선생님은 학생들에게 이따금 그런 말을 했다.

　"태어나서 처음 대상을 본 아기처럼 순수하게, 직접적으로 대상을 바라보고 연필을 움직이는 거야."

선생님의 말을 오랫동안 이해하지 못했는데, 다키모토 도코의 데생을 본 그날 간신히 그 의미를 깨달은 기분이었다.

사진과도 거울에 비친 모습과도 달랐다. 포즈조차도 모델의 그것과는 달라 보이는데, 그녀가 도화지에 그린 윤곽은 데생이라고밖에 표현할 방법이 없는 것이었다. 이것이 순수한 눈으로 대상을 본다는 것일까.

그녀는 평범한 사람은 백년 걸려도 도달할 수 없는 곳에서 그림을 그리고 있는 것 같았다.

그날 수업에는 고등학생도 참가했다.

점심 휴식 시간이었다. 나이 많은 고등학생들을 피하듯이 중학생끼리 모여 있을 때 우연히 고즈에가 옆에 앉아서 도시락을 펼쳤다.

그녀가 만화를 그린다는 것을 알게 된 날부터 언젠가 제대로 이야기해 보고 싶다고 생각했다.

어떤 만화를 읽는지, 어떤 만화를 그리는지 물어보고 싶었다.

여자애에게 말을 걸어보고 싶어지는 것은 태어나서 처음 해보는 경험이었다.

그녀가 무릎 위에 펼친 도시락 통에는 알록달록한 반찬이 예쁘장하게 담겨 있었다. 유명한 사립 중학교에 다니는 고즈에는 언제나 예쁜 옷을 입고 있었는데 먹는 것까지 주변 아이들과는 다른 모양이었다. 나는 본 적도 없는 채소가 도시락 통에서 고개를 비죽 내밀고 있었다.

학교 등급으로 보면 나는 맨 밑바닥이다. 나 같은 애가 말을 걸면 그것만으로도 그녀는 기분이 언짢을지도 모른다. 그런 불안을 안고 겨우겨우 용기를 냈다.

"고즈에는 왼손잡이구나. 하루토 형은 오른손잡이던데."

간신히 쥐어짜낸 목소리가 떨렸다.

"오빠도 옛날에는 왼손잡이였어."

예상과 달리 고즈에는 아무렇지 않게 대답해 주었다.

"그런데 엄마가 뭐라고 해서 유치원 무렵에 오른손잡이로 고쳤어."

"진짜? 그럼 넌 왜 여전히 왼손잡이야? 하루토 형처럼 오른손잡이로 안 고쳤어?"

그렇게 물어보자 고즈에의 얼굴에 아리송한 엷은 웃음이 떠올랐다.

"……나한테는 뭐라고 안 했거든."

"왜?"

"글쎄. 나도 잘 모르겠어."

그 이상 질문을 이어가지 못하고 대화는 어중간하게 끝나고 말았지만, 마음은 둥실둥실 떠올랐다. 드디어 그녀와 말할 수 있었다. 만화 이야기는 못 했지만 그녀와 이야기했다는 사실만으로도 마음이 들썽들썽했다.

말을 걸었을 때 고즈에는 싫은 내색을 하지 않았다. 오히려 웃어주기까지 했다. 나 같은 놈이 말을 걸면 싫어할지도 모른다고 생각했는데, 그것은 평소의 비굴하고 독단적인 착각에 지나지 않았나 보다.

고즈에와 이야기하면서 이상한 용기가 생겼나 보다.

나는 그로부터 나흘 뒤, 하루토에게도 말을 걸어보기로 했다.

그와 친구가 되면 고즈에와 훨씬 더 친해질 수 있을지도 모른다. 그런 꿍꿍이가 있었던 것도 사실이다. 하지만 말을 걸어보려고 했던 가장 큰 이유는 마음속 어딘가에서 하루토의 그림을 동경했기 때문이다. 다키모토 도코도 독보적으로 잘 그리지만 솔직히 나는 그녀의 그림을 이해하지 못했다. 그것은 그녀가 여자라서 그런지도 모르고, 어쩌면 내 수준이 너무 낮아서인지도 모른다. 이유는 모르지만 아무튼 이런 식으로 그릴 수 있으면 좋겠다고 부러운 마음이 드는 사람은 하루토 쪽이었다.

그날은 일요일로, 낮부터 스케치 수업이 이루어지고 있었다.

휴식 시간에 마음을 단단히 먹고 내 스케치북을 들고 그의 옆에 섰다.

"저기…… 저번 수업 시간에 하루토 형이 그린 데생을 선생님이 보여주셨거든. 선생님이 하루토 형이랑 도코 누나의 그림을 칭찬하셨잖아? 그래서 신경이 쓰여서."

고개를 든 하루토와 눈이 마주쳤다.

아틀리에에 다니는 모든 남자애들 중에서, 아니, 여자애들도 포함해서일까. 하루토는 누구보다도 얼굴 생김새가 예쁘장했다. 하지만 표정이 별로 없어서 무슨 생각을 하는지 전혀 알 수가 없었다. 그런데도 단지 쳐다보는 것만으로도 모든 것을 꿰뚫어보는 것 같은 기분이 든다.

"두 사람의 데생을 다 보여줬는데 나는 도코 누나보다 하루토 형이 더 잘 그리는 것 같더라. 하루토 형은 도코 누나의 그림을 어떻게 생각해?"

대답이 돌아오기까지 5초 정도 걸렸을까.

"별 생각 없어."

하루토는 무뚝뚝하게 말했다.

"그게…… 무슨 말이야?"

"도코가 어떤 그림을 그리든 나랑은 상관없어."

하나로 묶지 말라는 뜻이었을까.

다키모토 도코와 난조 하루토는 두말할 여지없는 괴물이다. 미카 선생님을 포함해 모두가 두 사람을 특별하다고 생각한다.

하지만 하루토는 그런 상황이 정말로 싫었는지도 모른다. 다키모토 도코와 나란히 칭찬 받는 것이 슬슬 지긋지긋했는지도 모른다.

어째선지 하루토의 표정이 어두워진 것처럼 보였다.

듣기 싫은 질문을 한 거면 어떡하지. 고즈에의 오빠인 하루토에게는 절대로 미움 받고 싶지 않은데.

"저기…… 어떻게 하면 하루토 형처럼 그릴 수 있어?"

정신이 들고 보니 나는 떨리는 목소리로 그렇게 묻고 있었다.

오해하지 말았으면 좋겠다. 나는 하루토를 다키모토 도코보다도 못하다고 보지 않는다. 오히려 평가라는 의미에서는 반대다. 존경하고, 솔직히 동경하고 있다.

"나는 하루토 형처럼 그리고 싶거든. 그래서 뭐든 조언을 들을 수 있을까 싶어서."

들고 있던 스케치북을 펼치자 그가 내 그림으로 눈길을 돌렸다.

이 아틀리에에 다닌 뒤로 이제 곧 1년이 되지만 하루토가 특정한 누군가와 친하게 지내는 모습은 한 번도 본 적이 없다.

조언을 듣고, 그 조언을 반영한 그림을 다시 보여주고, 그러고 나서 또 조언을 청하고, 그런 식으로 되풀이해 나가면 아틀리에에서 유일한 친구가 될 수 있을지도 모른다.

"나처럼 그리는 게 무슨 의미가 있어?"

너를 그리면
거짓이 된다

전혀 예상치 못한 대답이 돌아왔다.

"다른 사람이랑 똑같이 그리는 건 시간 낭비잖아."

그의 온화한 표정은 바뀌지 않았다. 단, 그의 눈은 전혀 웃지 않은 것처럼 보였다.

"그래도 하루토 형처럼 잘 그리고 싶어서……."

"잘 그리고 싶으면 왜 안 그려?"

무슨 뜻인지 이해가 되지 않았다.

하루토도 스케치북의 그림을 보았을 것이다.

"무슨 뜻이야?"

"잘 그리고 싶으면 왜 잘 그릴 때까지 그리지 않아?"

"그리고 있어. 그리고 있는데 잘 안 돼서……."

"아니야. 잘될 때까지 그리지 않는 것뿐이야. 그냥 그런 거야."

기가 차다는 투로 말하고 하루토는 자리에서 일어나 교실을 나갔다.

용기를 내서 말을 걸었는데.

가능하다면 친구가 되고 싶었는데.

평범한 사람을 상대하는 건 시간 낭비라는 뜻일까. 말 붙일 엄두도 나지 않았다. 나 같은 인간은 난조 하루토의 시야 안에 들 가치조차 없는지도 모른다.

4

여름방학이 끝나고, 다니던 중학교에서 지독한 왕따를 당
하게 되었다.

1학기 때부터 넷이서 몰려다니던 불량해 보이는 패거리가
본격적으로 아이들을 괴롭히기 시작했는데, 맨 먼저 나를 먹
잇감으로 점찍었다. 운동도 못하고, 몸집도 작고, 수업 중에
그림만 그리는 음침한 녀석은 딱 좋은 표적이었을 것이다. 그
들의 공격은 점점 더 심해지는데, 담임 선생님을 포함해 교실
에는 내 편이 아무도 없었다.

아무리 싫은 사람이 눈앞에 있어도 나는 그 사람을 때리고
싶다는 생각은 들지 않는다. 하지만 세상에는 다른 사람의
아픔을 느끼지 못하는 사람도 있나 보다.

힘 센 녀석들의 괴롭힘의 표적이 되면서 그 뒤로 중학교 생
활은 모든 시간이 추악한 감정으로 덧칠되었다.

그해 9월 이후로 암흑시대라고밖에 형용할 수 없는 학교생
활을 보냈기 때문일 것이다.

중학교 시절을 돌아볼 때 구원처럼 떠오르는 기억은 1학년

여름방학에 아틀리에 아이들끼리 간 하코네 온천 여행이었다.

그 여행에는 평소에 미카 선생님 외에 다른 사람과는 거의 말도 하지 않는 다키모토 도코도 참가했다. 들어보니, 여행은 애당초 그녀를 위해 계획된 것이었다고 한다. 커뮤니케이션 능력이 결여된 채 커가는 그녀를 걱정한 선생님이 또래 아이들과 어울릴 기회를 만들어준 것이다.

친구가 제대로 없는 것은 나도 마찬가지였다. 하지만 나의 그런 개인적인 부분을 미카 선생님이 걱정해준 기억은 없다. 비슷한 문제를 안고 있어도 천재에게는 자연스럽게 도움의 손길을 내주지만, 평범한 사람은 아무도 깨닫지 못한다.

언제나 현실은 나에게만 잔혹했다.

하코네 여행에서 가장 좋았던 추억은 하코네로 가는 열차 안에서 고즈에와 만화 이야기를 나눈 것이다.

그녀도 옛날 만화를 많이 읽어서 이야기는 놀랄 만큼 끝도 없이 이어졌다.

『블랙 잭』과 『불새』에서 가장 좋아하는 에피소드를 이야기 하거나, 그녀가 가장 좋아한다는 후지코 후지오의 작품 이야기를 들었다. 어쩌면 살면서 가장 행복했던 순간이었는지도 모른다.

나도 만화를 그린다는 이야기는 그날도 결국 끝까지 하지 못했지만, 꿈같은 시간은 순식간에 지나갔다.

난조 고즈에와 이야기할 때만 심장 고동이 빨라진다.

그녀와 만날 수 있다고 생각만 해도 아틀리에로 향하는 발걸음이 가벼워졌다.

끔찍하기만 한 중학교 시절에는 그 미술 학원만이 유일한 안식처였다.

가을이 되어, 크로키 수업 때 고즈에가 옆으로 옮겨온 적이 있다.

다른 중학교에 다니는 그녀는 내가 학교에서 왕따를 당한다는 사실을 모른다. 평소에는 역겹다고 욕먹는 비참한 존재라고는 짐작도 못 한다.

내 옆에서 그림을 그리고 싶어서 일부러 자리를 옮겼을까. 거의 망상 수준의 바보 같은 기대를 품으며 옮겨온 이유를 물어보았다.

"왼쪽을 보는 그림을 그리고 싶어서."

돌아온 대답은 상상과는 전혀 다른 것이었다.

"무슨 뜻이야?"

"게이스케는 오른손잡이니까 왼쪽을 보는 얼굴이 더 그리기 쉽지?"

너를 그리면
거짓이 된다

듣고 보니 그런 느낌이 들었다.

"나는 왼손잡이라 오른쪽을 보는 그림이 더 그리기 쉽거든. 하지만 만화는 이야기가 왼쪽으로 진행되잖아? 그래서 잘 못해도 왼쪽을 보는 그림을 그릴 수 있어야 하거든."

그녀는 내 옆에 앉고 싶었던 것이 아니었다. 당연하다고 하면 당연하지만, 그런 생각은 털끝만큼도 없었다.

난조 고즈에의 시야에는 그날도 만화밖에 보이지 않았다.

5

중학교 2학년으로 올라가도 학교에서의 위치나 상황은 계속 악화되기만 했다.

반이 바뀌면서 그 네 명과는 다른 반이 되었는데도 내 뭐가 그렇게 마음에 안 드는지 이번에는 야구부 집단의 괴롭힘을 당하게 되었다. 게다가 그들의 괴롭힘에는 분명한 폭력이 따랐다.

교실에서 그냥 얌전히 앉아있었을 뿐인데.

그들 사이에서 살이 겉으로 보이지 않는 곳을 노려서 공을 던지는 놀이가 시작되었다. 쉬는 시간이 될 때마다 멍이 늘어났다. 제대로 맞았는지 확인한다며 억지로 옷을 벗기는 바람에 셔츠가 찢어진 적도 있었다.

한편으로는 포기하고 있었기 때문일 것이다. 상대가 폭력을 휘두르고 외모를 비웃어도 분하다는 생각은 들지 않았다. 내가 이런 인간으로 태어난 게 잘못이다. 이런 자학적인 생각으로 아픔을 얼버무리려고 했다.

그런데 내 노트를 빼앗아서는, 간신히 착수한 만화를 반 아이들 전원 앞에서 놀림거리로 삼았을 때 태어나서 처음으로 살의가 무엇인지 이해할 것 같았다. 머릿속이 새하얘지더니, 정신이 들었을 때는 내가 달려들어 주먹을 휘두르고 있었다.

하지만 만화 주인공처럼 생각만으로 강해질 수는 없으니 도리어 처참할 만큼 흠씬 두들겨 맞았다.

게다가 그 이후로 그들의 폭력은 한층 심해졌다.

이러다 죽는 게 아닌가 하는 생각이 든 적도 한두 번이 아니었다.

그리고 다수파 집단의 악의에 물들어 야구부가 아닌 남자, 여자애들까지 왕따에 끼어들게 되면서 내 학교생활은 완전히 죽었다. 교실이라는 폐쇄적인 집단 안에서 인기인의 화풀이 대상이 된 인간에게 더 이상 구원은 일어나지 않는다. 그냥 얌전히 당하는 수밖에 없었다.

꾀병을 부려 학교를 쉬면 아틀리에에도 가지 못한다. 그게

너를 그리면
거짓이 된다

싫어서 이를 악물고 계속 등교했지만 아픔과 절망은 점점 커지기만 했다.

악순환은 계속되었다.

아틀리에 세키네에 다니는 아이들에게는 벗어날 수 없는 하나의 주박이 있다.

누구나 언젠가는 자신과 다키모토 도코, 난조 하루토를 비교하고 깨닫게 된다. 이 세상에는 '예술'이라고밖에 형용할 수 없는 무언가에 선택받은 사람이 분명히 존재하고, 자신은 그런 사람이 아니라는 것을 싫어도 통감하게 된다.

코앞에 들이민 현실에 갈팡질팡하고 분노하고 실망하고, 계속할지 달아날지 선택의 기로에 몰린다.

평범한 사람이 그 사실을 자각하면서도 계속 노력하기는 정말로 어렵다.

중학교 3학년이 될 무렵에는 안식처였던 아틀리에에서도 고뇌가 시작되었다.

두 사람처럼 될 수 없다는 사실은 처음부터 알고 있었다. 하지만 애당초 내가 목표한 것은 화가가 아니었다. 만화가다. 두 사람에게 미치지 못하더라도 상관없다. 그렇게 생각했다. 그렇게 믿으면 계속해 나갈 수 있을 터였다. 그런데 3학년 초여름에 어떤 사건이 일어났다.

그것은 다른 학생들에게는 대수롭지 않은 일이었는지도 모른다. 하지만 나에게는 사건이라고밖에 표현할 수 없는 종류의 것이었다.

긴소매 아래에는, 체육 시간에 걸어차여 쓰러지면서 삔 손목이 부어올라 있었다.

통증을 참으며 참가한 자유 작화 시간이었다.

정신을 차리고 보니 고즈에의 주변에 스케치북을 든 여자애들이 모여 있었다.

궁금해서 아무렇지 않은 얼굴로 들여다보자, 여자애들은 다 같이 말 그림을 그리고 있었다.

고즈에가 그리는 만화에 말을 탄 전국시대 무사가 등장하는데, 캐릭터 디자인을 시작해 보니 정작 중요한 질주하는 말이 잘 그려지지 않았던 모양이다. 생각해 보면 나도 말은 그려본 적은 없었다.

켄트지를 받아들고 권하는 대로 그들 사이에 끼어들었다.

휴대전화가 있는 애도 있으니 검색한 사진을 보면서 그리면 될 텐데 어째서인지 머릿속에 있는 말을 그려낸다는 규칙이 만들어져, 그 자리에서 참고 사진을 보는 것은 누구에게도 허용되지 않았다.

다들 나름대로 그리기는 하는데 아무래도 약동감이 부족했다. 기본적인 신체 구조를 모르는 탓에 달리는 자세 하나도 만족스럽게 나오지 않았다.

미켈란젤로는 해부술을 배우고 뼈, 근육, 힘줄, 혈관의 원리와 각각의 결합을 이해하기 위해 인간의 피부까지 벗겼다고 한다. 레오나르도 다 빈치도 르네상스기에 적극적으로 인체 해부에 몰두했다고, 예전에 수업 시간에 미카 선생님이 설명해 주었다. 골격과 근육이 잡히는 형태를 파악하지 못하고 묘사하는 것은 지도도 없이 처음 가보는 마을을 무작정 산책하는 것이나 다름없다.

아무도 정답이라고 할 수 있는 말을 그리지 못한 채 30분이 지났을 무렵이었다.

"오빠, 달리는 말을 잘 못 그리겠어. 오빠가 한번 그려봐."

갑자기 고즈에가 교실 안에서 다른 과제를 하고 있던 하루토를 불렀다.

순간 여자애들 사이에 긴장감이 흘렀다.

하루토는 사람을 대하는 태도도 부드럽고, 말을 걸어오면 상대가 누구든 평범하게 대화한다. 하지만 틀림없이 마음속으로는 우리를 얕보고 있다. 2년 전에 말을 걸었다가 매몰차게 무시당한 적이 있는 나는 하루토에 대해 줄곧 그렇게 생각해 왔다.

……아니, 얕본다면, 하다못해 얕보기라도 한다면 그나마 다행일까.

그는 아틀리에에 다니는 그 누구의 작품에도 거의 관심을 보이지 않았다.

얼굴이 잘생겼을 뿐 본질적으로는 아주 냉정한 사람이라고 생각한다. 초등학교 때부터 여기에 다니면서 친구다운 친구가 한 사람도 없다는 점도 그 사실을 증명한다. 그에게 우리는 눈길을 줄 가치도 없는 존재다.

아틀리에에 다니는 아이들이라면 누구나 비슷한 감정을 느낄 것이다. 그래서 고즈에가 오빠를 부른 순간 미묘한 공기가 흐른 것이다.

여동생이 조르자 하루토는 불과 몇 분 만에 켄트지 위에 그것을 그려냈다.

감탄이 절로 나올 만큼 약동감이 넘치는 말과 무장을 그려냈다.

다양한 분야에서 재능을 발휘하는 다키모토 도코와는 대조적으로, 하루토의 특기 분야는 회화에 한정되어 있다. 누구보다도 정확하고 섬세한 선을 그릴 수 있지만 그의 재능은 사실 묘사 능력에 집약되어 있다. 적어도 오늘까지는 그렇게 생각했다.

그런데 모두가 지켜보는 가운데 그가 몇 분 만에 그려낸 그림은 어떤가.

분할된 칸을 연결하듯이 데포르메된 말이 초원을 달리고

있었다.

골격도, 근육도, 코와 눈 같은 세부적인 부분까지 제대로 통제되어 있었다. 게다가 사실화와는 거리가 멀었다. 바로 이것이 고즈에가 원했던 정답이 틀림없었다.

"······혹시 하루토 형도 만화 그려?"

목구멍 안쪽에서 짜낸 목소리가 가늘게 떨렸다.

고즈에가 만화를 그린다는 것을 알았을 때는 무작정 기뻤는데.

지금 등줄기에 달라붙어 있는 것은 정체 모를 공포 같은 감각이었다.

"아니, 만화는 처음 그려봤어."

내 기분은 꿈에도 모르고 하루토는 쓴웃음을 지었다.

"오빠, 말 그려본 적 있었어?"

"기억 안 나. 아마 처음일 거야."

"뭐? 거짓말."

"거짓말을 뭐 하러 해?"

"하긴, 그건 그래."

고즈에는 '만화는 처음 그려본다'는 말에는 토를 달지 않았다. 다시 말해 정말로 이것이 그가 그린 첫 번째 만화일 것이다. 그런데도, 불과 몇 분 만에 이런 것을 그릴 수 있다니.

재능이 다르다. 타고난 능력이 다르다.

어차피 진짜 천재 앞에서 노력은 아무런 의미도 없다.

모여 있던 여자애들은 입을 모아 하루토의 그림을 칭찬했지만, 나는 그저 그의 그림에 무겁게 짓눌려 있었다.

"뭐 그려?"

그때 웬일로 교실에 다키모토 도코가 들어왔다.

미카 선생님을 찾으러 왔을까.

"도코 언니도 만화 그려볼래? 이거 오빠가 그렸어."

하루토가 그린 그림을 흘긋 본 그녀는 곧바로 책상 앞에 앉았다. G펜과 켄트지를 받아들고 한눈도 팔지 않고 오른손을 움직였다.

그리고 10분도 되기 전에……

"다 됐다."

믿을 수 없을 만큼 꽉 채워진 그림이 완성되었다.

하루토가 그린 장면을 그녀 나름대로 진화시켰는지, 나란히 달리는 말 위에서 두 사람의 무사가 칼을 맞대고 있었다.

평소에 만화를 보지 않기 때문일 것이다. 칸 나누기는 없는 것이나 마찬가지였고, 터치는 만화라기보다는 스케치에 가까웠다. 그래도 이 정도의 그림을 밑그림도 없이 G펜으로 단숨에 그려냈다.

"도코 언니, 선이 너무 많아."

"그래?"

"더 단순하게 그래도 돼. 이렇게 많이 그리면 연재를 어떻게 하겠어? 도코 언니처럼 손이 빠르면 괜찮을지도 모르지만."

"잘 모르겠어. 하지만 만화 그리는 건 재미있구나."

웃기지 말라고 생각했다. 이것은, 이런 것은 만화가 아니다.

만화가 뭔지도 모르면서. 스토리를 짜고, 거기에 어울리는 화면을 구성하고, 컷을 채워나가는 것이 얼마나 힘든지 전혀 모르면서. 가볍게 재미있다고 떠들어대다니.

아틀리에에 처음 다니기 시작했을 때는 단지 그림을 잘 그리고 싶다는 마음뿐이었다. 나중에 나보다 나이가 많은 학생들을 보면서 나도 그림 공부를 할 수 있는 고등학교와 대학교에 진학하고 싶다고 생각하게 되었다.

그렇게 해서 언젠가는 만화가가 돼서 내 책을 서점에 진열하고 싶었는데.

성공해서, 나를 괴롭힌 놈들 앞에 보란 듯이 나서고 싶었는데.

소중히 여겨온 마음이 단숨에 시들었다.

그림을 그리기 위해 필요한 재능은 그림 실력만이 아니다. 난조 하루토와 다키모토 도코가 특별한 이유는, 자신이 그려야 할 것, 그리지 않으면 안 되는 것을 정확하게 판단할 줄 알기 때문이다.

나는 언제나 갈팡질팡하기만 했다. 사생 수업에서도 무엇을 그릴지 정하는 데만도 시간이 걸렸다. 고민 고민해서 겨우 정한 소재도 그리기 시작하고 얼마 안 돼서 금방 후회한 적이 몇 번이나 있었다.

무얼 해도 상대가 안 되었다. 두 사람을 이길 수 있는 분야를 무엇 하나 찾을 수 없었다.

노력한 양이 다르니까. 그게 이유라면 그래도 수긍할 수 있다. 하지만 사실은 다르다. 나와 저들의 차이는 태어났을 때부터 정해져 있었다. 너무 불공평하잖아. 이 녀석들만 재능을 타고나다니, 단단히 잘못된 거야.

언젠가 이 녀석들의 오른손이 잘려나가면 좋을 텐데. 그렇게 생각했다. 그렇게 빌었다.

오른손을 잃고 그림을 그리지 못한다는 사실에 영원히 고통 받았으면 좋겠다. 그 정도의 미래가 이들을 기다리고 있지 않으면 계산이 맞지 않는다. 안 그러면 실컷 고통만 받은 나도, 패배자가 되어 아틀리에를 떠난 다른 모든 아이들도 보상받지 못한다.

그날 하루의 사건으로 스스로를 단념한 것은 아니다.

실망도, 분노도, 불안도, 의문도, 마음속에서 오랫동안 똬리를 틀고 있었다.

너를 그리면
거짓이 된다

계속 살살 달래며 살아왔는데, 겹겹이 쌓인 감정이 터져 나온 그날 나는 마침내 나를 단념했다.

그러므로 그것은 화풀이였다.

다키모토 도코가 콩쿠르 출품용으로 그린 유채화를 박박 찢어주었다.

🦋

6

아무도 없는 강사 대기실에 놓여 있는 다키모토 도코의 유화를 발견하자, 생각하기도 전에 옆에 있던 팔레트 나이프를 집어 들고 있었다.

캔버스를 마구잡이로 찢고 나서야 제정신으로 돌아왔다.

이런 모습을 다른 사람에게 들키면 끝장이다. 경멸당하는 정도로는 끝나지 않는다.

지문을 거칠게 닦아내고 방에서 뛰쳐나와 그대로 화장실로 달려갔다.

문을 걸어 잠그고 쓰러지듯 벽에 등을 기댔다.

머릿속이 새하얬다.

내가 무슨 짓을 한 거지.

이런 짓을 하고 용서받을 수 있을 리가 없다. 사과해도 돌이키지 못한다.

얼마나 오랜 시간을 자기혐오에 빠져 있었을까.

세면대에서 차가운 물로 세수를 하고 스스로를 벌하듯이 양손으로 뺨을 철썩 때렸다.

범행은 아무에게도 들키지 않았다. 중간에 마주친 사람도 없었다.

오늘도 아틀리에는 스무 명 가까운 학생이 모여 있다. 내가 그랬다고 단정할 수는 없을 것이다.

교실로 돌아가기 전에 강사 대기실을 들여다보았다.

역시 꿈이 아니었다. 다키모토 도코의 그림은 틀림없이 박박 찢겨 있었다.

……그런데 저건 뭐지?

캔버스 옆에 메모지가 떨어져 있었다.

저런 것은 조금 전까지는 없었다.

이대로 교실로 돌아가는 게 낫다. 그걸 알면서도 확인하지 않고는 견딜 수 없었다. 그리고 메모지를 집어 들고 거기에 적힌 글자를 보자 더 큰 혼란에 빠졌다.

내가 화장실에 틀어박혀 있던 시간은 고작해야 10분 정도였다. 그 사이에 누군가가 이 참상을 알아채고 메모를 남겼

너를 그리면
거짓이 된다

다. 거기까지는 알겠다. 하지만 메모지에 적혀 있는 것은······.

이번에야말로 정말로 어떡해야 좋을지 알 수 없었다.

시침 뚝 떼고 내 교실로 돌아갈 생각이었는데, 정신을 차리고 보니 나는 미카 선생님을 부르러 가고 있었다.

선생님이 수업을 중단하고 교실을 나갔기 때문인지 다른 학생들도 사태를 깨닫고 모여들면서 현장이 소란스러워졌다.

액자까지 해 넣은 자신의 작품이 엉망으로 찢겨 있는데도 뒤늦게 나타난 다키모토 도코는 반응다운 반응을 보이지 않았다. 상황을 이해하지 못하는지, 아니면 정말로 관심이 없는지, 이내 강사 대기실에 놓여 있던 그리다 만 캔버스를 이어서 작업하기 시작했다.

현장에 남겨져 있던 메모에는 '범인은 난조 하루토'라고 적혀 있었다.

하지만 미카 선생님은 고발문의 진실성에 의문을 품었다. 당연했다. 하루토는 그런 짓을 할 이유가 없었다.

하지만 그렇다면 누가 무슨 목적으로 이런 메모를 남겼을까.

분을 못 이기고 다키모토 도코의 그림을 찢은 사람은 나다.

하지만 누명을 씌우려고 꾸미지는 않았다.

그런데 미카 선생님이 메모를 보여주며 짚이는 곳이 있느냐고 묻자 하루토는 "누가 보고 있었나 보네요" 하고 감정 없는 목소리로 대답했다.

"왜 아니라고 안 해? 오빠가 그런 짓을 할 리가 없잖아!"

1초도 기다리지 않고 고즈에가 목소리를 높였다.

그녀는 화를 숨기지도 않고 오빠를 노려보았다.

"이상해. 왜 그런 거짓말을 해?"

"여기에 내가 범인이라고 적혀 있잖아. 누군가가 현장을 봤겠지."

"그런 거라면 미카 선생님한테 직접 말하면 되잖아. 왜 메모를 남겨? 거짓말이라서 선생님한테 말하지 못한 게 틀림없잖아. 오빠, 이상해. 왜 저지르지도 않은 잘못을 뒤집어쓰려고 해?"

고즈에의 말은 지당했다.

메모를 남긴 사람은 명백히 필적을 속이려고 했다. 정체를 숨기려는 것은 고발 내용이 거짓말이기 때문이다. 하지만 그렇다면 하루토가 무죄를 주장하지 않는 것은 어째서일까.

그는 한숨을 쉬어 보일 뿐, 그 이상 아무 말도 하지 않았다.

미카 선생님 역시 모여든 학생들을 떨떠름한 얼굴로 둘러보며 할 말을 찾지 못해 당황스러운 듯했다. 그때였다.

"미카 선생님."

무거운 공기를 깨고 다키모토 도코가 마침내 목소리를 냈다.

그녀는 이 상황을 이해하지 못한 게 아닐까 싶을 만큼 천

너를 그리면
거짓이 된다

진난만한 목소리로 말했다.

"이래서는 콩쿠르에 출품하지 못하니까 한 장 더 그려도 되죠? 새 캔버스 주세요."

그녀는 장난감 가게에 간 아이처럼 신나는 표정을 짓고 있었다.

나는 이 소녀에게 상처를 주고 싶었다.

창작밖에 할 줄 모르는 주제에.

관심 없는 것은 아무것도 하지 않으려고 하면서.

주변 사람들이 받들어주고, 자유를 누리고, 태평하게 살아가는 이 여자를 용서할 수 없었다.

세상은 훨씬 지저분하다. 노력 따위는 의미가 없고, 생각대로 안 되는 일뿐이고, 추하고, 괴롭고, 그런, 그런……

그래서 악의를 보여주고 싶었다.

노력이 물거품이 되는 경우도 있다고 깨닫게 해줄 생각이었는데.

다키모토 도코는 오늘도 웃었다.

오히려 그림을 한 장 더 그릴 수 있다고 기뻐하기까지 했다.

하루토가 의혹을 부정하지 않는 이유도 하나밖에 떠오르지 않았다.

결국 그는 자신의 평가 따위는 아무래도 좋은 것이다. 우리들 따위는 근처에 굴러다니는 돌멩이 정도로밖에 생각하지 않기 때문에 어떻게 여기든 상관없는 것이다. 비록 누명이라 도 자신이 인정함으로써 이 시시한 시간이 끝난다면 그는 그 걸로 충분한 것이다.

다키모토 도코를 상처주려고 한 내 악의도, 현장을 가장 먼저 발견하고 하루토에게 누명을 씌우려고 한 다른 누군가 의 악의도 모두 아무런 의미가 없었다.

다키모토 도코는 지나간 일에 구애받지 않는다.

난조 하루토는 다른 사람에게 얽매이지 않는다.

그릇도 차원도 다르다.

정말로 어떻게 해볼 도리가 없을 만큼 이 두 사람은 나와 는 다르다.

선생님이 새하얀 캔버스를 내주자 다키모토 도코는 쓰러져 있던 이젤에 그것을 세우고 재빨리 자신의 유화 물감을 팔레 트에 짜기 시작했다.

무엇 하나 해결되지 않았는데 그녀 안에서는 이미 다 끝나 있었다. 새 캔버스를 한 장 더 받았다. 그 정도의 이야기로 정 리되었다.

"정말 어떻게 된 거야? 뭔가 아는 사람 있으면 솔직히 얘기 해 봐."

학생들을 둘러보고 난감한 얼굴로 미카 선생님이 말했지만 목소리를 내는 사람은 아무도 없었다.

너를 그리면
거짓이 된다

"제가 범인이라고 적혀 있잖아요? 그걸로 이 이야기는 끝난 거 아니에요?"

"어떻게 그렇게 끝내니? 아무런 의미도 없는 거짓말은 그만해. 하루토한테는 나중에 천천히 이야기를 들어볼 거야."

뒤에서 주고받는 대화는 이미 귀에 들어오지도 않는지 다키모토 도코는 새 캔버스에 벌써 붓을 움직이기 시작했다.

결국 어떤 진실도 명확하게 밝혀지지 않은 채 그날은 그대로 해산했다.

그 뒤로 미카 선생님은 그 사건을 어떻게 결론 내렸을까.

다키모토 도코의 새 작품은 콩쿠르에 맞춰 낼 수 있었을까.

의문의 메모를 남긴 사람은 그 사건으로 무엇을 얻었을까.

지금까지도 나는 그 해답을 전혀 알지 못한다. 왜냐하면 그 사건이 있은 지 사흘 뒤에 아틀리에를 그만두었기 때문이다.

그리고 그날부터 졸업식날까지 나는 다시는 중학교에도 가지 않았다.

쌓아 올릴 때는 그렇게나 힘들었는데.

부수는 것도, 추락하는 것도 우스울 만큼 간단했다.

중학교 3학년 후반에는 단 하루도 학교에 가지 않았다.

중간과 기말 시험도 보지 않았다.

미술학과가 있는 고등학교에 입시를 볼 수 있을 리도 없었고, 간신히 원서를 낼 수 있었던 학교는 해마다 정원 미달로 고민하는 집에서 먼 공립 고등학교였다.

악몽 같은 중학교 시절이 끝나고 간신히 새로운 나날이 시작됐지만 역시 고등학교에서도 친구는 사귀지 못했다. 게다가 나태한 수업 태도가 문제였는지 이내 공부도 쫓아가지 못하게 되었다.

모르기 때문에 의미를 찾지 못하는 걸까. 의미를 찾아내지 못하기 때문에 이해하려는 마음조차 들지 않는 걸까. 목적의식을 잃고 지각과 결석을 되풀이한 결과, 2학년 여름방학을 앞두고 유급이 결정되었다.

그래봐야 와 닿지도 않는 말에 마음을 고쳐먹을 리 없다.

거의 고민하지도 않고 고등학교 중퇴를 결정했다. 쏟아지는 아버지와 어머니의 온갖 욕설은 오른쪽 귀에서 왼쪽 귀로 머물지도 않고 쑥 빠져나갔다.

밤낮을 가리지 않고 쏟아지는 잔소리는 정말이지 지긋지긋했다.

집에 있고 싶지 않아서 아르바이트를 시작해 봤지만 뭘 해도 일주일도 가지 않았다. 가볍게 주의를 듣기만 해도, 당연한 지도를 받는 것만으로도 신물이 나서 다 내던져버렸다. 나이를 아무리 먹어도 타고난 성격까지는 바꾸지 못했다.

친구가 없어서 아무것도 안 되는지도 모른다.

그런 생각이 들자 소속감을 느끼고 싶어서 소셜 게임을 시작해 봤지만 채팅창에서 말썽을 일으켜 일주일 만에 내던지고 말았다.

뭘 해도 잘 되지 않았다.

어디로 도망가도 발붙일 곳이 없었다.

그렇게 좋아했는데 요즘에는 만화를 보기만 해도 기분이 나빠졌다.

어째서, 항상 나만 이렇게 안 풀리는 걸까.

2015년 봄, 열일곱 살 생일이었다.

정말 좋아했던 만화 신간이 오랜만에 발매된다고 해서 서점에 갔다가 깨달았다.

자신이 그린 만화를 서점에 진열하는 것이 꿈이었다.

하지만 그런 날은 오지 않는다. 절대로 실현되지 않는다.

세상 어디에도 쓸모없는 자신을 알아봐 주는 사람은 없다.

재능도 없다. 노력도 하지 못한다. 패배자. 겁쟁이. 도망자.

정말로, 정말로 쓰레기 같은 인간이다. 나는 그런 열일곱 살이 되었다.

지난 달, 국제 판화전에서 다키모토 도코가 수상했다고 한다. 궁금하지도 않은데 엄마가 굳이 신문 기사를 오려서 보여 주었다.

아는 사람이 활약하는 소식은 들어도 기분만 나빠질 뿐이다.

너는 왜 이렇게 못하느냐고 잔소리를 들었지만 웃기지 말라고밖에 받아칠 말이 없었다. 다키모토 도코의 전공은 판화가 아니다. 그냥 심심풀이로 만들어도 재능을 발휘하는 괴물과 아들을 비교하다니, 애당초 말이 안 된다.

이제 곧 동급생들은 고등학교 3학년이 된다. 이미 수험공부를 시작한 애들도 있을 것이다. 그런데 나는 반쯤 은둔형 외톨이 같은 생활을 하면서 부모님 등골이나 빼먹고 있다.

스스로를 단념한 그날부터 무엇을 해도 즐겁지 않았다.

무얼 읽어도, 무얼 보아도, 무얼 들어도 마음이 동하지 않았다.

너를 그리면
거짓이 된다

나태한 생활 끝에 최후통첩을 받은 것은 그해 가을이었다.

"열여덟 살이 되면 집에서 나가. 어떤 변명도 소용없어. 네 어리광은 더는 못 받아줘. 절대로 이 집에서는 살지 못하게 할 거야."

이번만큼은 부모님도 진심이라고 표정으로 알 수 있었다.

선언한 대로 부모님은 반년 후에는 나를 쫓아낼 것이다.

나 역시 두 사람의 얼굴은 꼴도 보기 싫다. 집을 나가는 것은 나도 바라는 바였지만 문제는 돈이 없다는 점이었다.

일하는 수밖에 없다. 뭐든 상관없으니 일해서 돈을 모으는 수밖에 없었다.

하지만 중졸인 나에게 제대로 된 일자리가 있으리라고는 생각되지 않았다.

분수에 맞는 아르바이트를 찾으려고 해도 반사적으로 수많은 불쾌한 기억들만 떠올랐다.

고등학교 중퇴 후 아르바이트로 근무했던 곳에는 어디나 똑같이 고압적인 사람이 꼭 있었다. 키가 작아서인지 중졸이라는 학력 때문인지, 억누르고 휘두르기 좋아하는 사람에게 꼭 찍혔다. 언제나 그런 사람들은 귀신같이 날 찾아냈다.

무시당하는 생활로 돌아가고 싶지 않았다. 밑바닥 취급은 두 번 다시 당하고 싶지 않았다.

나보다 약하고 불쌍한 사람, 그런 사람들에게 둘러싸인 직장이 아니면 틀림없이 일하지 못한다. 계속하지 못한다. 그렇게 생각했다.

한 달여의 갈등과 고민 끝에 내린 결론은 병원에서 일하는 것이었다.

병에 걸린 사람, 다친 사람이라면 정신적으로 우위에 설 수 있을 것이다.

의사는 되지 못해도 간호사라면 될 수 있을지도 모른다.

"고등학교 검정고시를 보게 학원에 보내주세요."

마음을 굳게 먹고 머리를 숙였는데 부모님은 내 간청을 단박에 거절했다.

고등학교도 제대로 졸업 못하는 놈이 간호사 같은 책임이 무거운 일을 어떻게 하느냐. 더 이상 너 같은 놈한테 줄 돈은 없다. 학원에 다니고 싶으면 직접 학비를 벌어서 알아서 다녀라. 그렇게 매몰차게 내쳐졌다.

변명할 말도 없었다. 하나부터 열까지 사실이라 반박할 수 없었다.

그래도 병원에서 일하고 싶다는 마음은 사라지지 않았다.

단순한 변덕으로 떠올린 길이 아니다. 쓰레기 같은 인간이라고 자각하고, 현실을 인정한 다음에 내린 결론이다.

나보다 약한 사람들을 상대하는 직장이 아니면 틀림없이

일을 계속해나갈 수 없다. 자신의 인간성을 제대로 이해하고 있기 때문에 절대로 타협할 수 없었다.

그리고 다가오는 기한에 초조해하던 어느 날, 어떤 직업을 발견했다.

2016년 3월.

사이버 강좌로 자격증을 따고 간호 보조로서 병원에서 일하게 되었다.

종합병원에서 일하는 사람은 의사나 간호사만이 아니다.

방사선 기사, 임상검사 기사, 간병사 등 수많은 직종이 존재하지만, 병원이라는 곳은 기본적으로 의사를 정점으로 한 수직적 조직이다. 그런 피라미드 형태의 조직 안에서 간호 보조는 보기에 따라서는 하급 직종인지도 모른다.

힘들고 더러운 일도 많은데 수입은 아르바이트 벌이와 별반 다르지 않다.

괴로워하는 환자의 등을 쓸어주는 것조차 책임을 지지 못하니 해서는 안 된다.

하지만 간호 보조는 내가 처음으로 오래 버틴 일이었다.

의사 앞에서는 비위나 맞추는 재주밖에 없는 간호사일수록 마치 화풀이하듯이 짓밟는다. 이건 타고난 숙명일까. 옛날부터 다른 사람을 공격하지 않고는 가만히 있지 못하는 성향의 인간이 자꾸 꼬인다.

하루에 몇 번이나 욕지거리를 듣지만 되받아치지도 못하고 필사적으로 분노를 억누르며 업무에 종사했다. 몇 번이나 그만두려고 생각했지만 마음속으로 환자와 자신을 비교함으로써 어떻게든 겨우겨우 마음을 붙잡아매고 있었다.

절대로 낫지 않는 부상을 당한 환자.

죽음만 기다리는 환자와 절망에서 벗어나지 못하는 가족.

그들과 비교하면 사지가 멀쩡한 만큼 자신이 더 낫다고 생각할 수 있었다.

간호 보조가 할 수 있는 일은 빤했지만 병원 안은 언제나 격무에 시달렸기 때문에 존재 자체는 귀하게 여겨주었다.

"다카가키, 수고 많았어."

어느 날 일이 끝나고 40대 간호사 가네코 씨가 인사를 건넸다.

직원이 많은 종합병원에서는 다양한 사람들이 일한다. 가네코 씨는 내가 일하다 실수해도 싫은 내색 한번 하지 않고 도와주는 베테랑 간호사였다.

"다카가키는 나이도 젊은데 매일 열심이네."

"뭘요. 누구나 다 그렇잖아요."

"안 그래. 우리 아들은 전문학교에 다니는데 집에서는 늘어져서 게임만 하는걸."

혹시 잡담을 시작하려는 걸까. 빨리 집에 가고 싶은데.

"이대로 간호 보조 일을 계속할 거야? 혹시나 해서 말하자면, 홈 헬퍼 자격을 따면 목욕이나 식사도 도울 수 있게 되니까 업무 폭이 넓어질 거야."

"그런 건 생각해 본 적도 없어요."

"매일 열심히 일하는데 좀 아까웠어. 넌 열심히 노력하는 사람이니까 더 많은 일을 할 수 있을 거야. 할 수 있는 일이 많아지면 보람도 커져. 나도 처음에는 준간호사였어. 하지만 큰 병원에서 일하고 싶어서 나중에 정간호사 자격증을 땄거든. 다카가키도 자격증을 따는 방법을 생각해 보면 좋을 거야."

일에서 보람을 찾을 생각은 없었다. 이 직업을 선택한 이유도 남에게는 말 못하는 추악한 심리에서 시작되었다. 공부는 싫고, 노력은 더 하기 싫다.

하지만 자격증을 따보라고 권하는 것은 이곳에서 인정받은 증거라고 생각한다. 나를 싫어하는 간호사도 있지만 가네코 씨처럼 조금은 알아봐 주는 사람도 있었다.

왜소한 내 모습은 여전히 받아들이기 힘들다. 가치 있는 일을 하고 있다고도 생각하지 않았다.

하지만 간호 보조가 된 뒤의 날들은 계속 도망치기만 했던 인생에 비하면 그나마 괜찮았던 것 같다.

그리고 병원에서 일한 지 반년이 되어가던 여름 끝 무렵.
예기치 못한 형태로 그 괴물들이 다시 눈앞에 나타났다.

🦋
:

8

2016년 9월 9일, 금요일. 자정에 가까워가는 한밤중이었다.
　수도권 남부를 강타한 호우로 인한 토사 붕괴에 휩쓸려 대
학생이 된 다키모토 도코와 난조 하루토가 의식 불명의 중태
로 병원에 실려 왔다고 한다.
　이튿날 근무에 투입되어 실로 4년 만에 재회했고, 나는 한
눈에 두 사람을 알아보았다.
　잊을 수 있을 리가 없었다. 어린 시절의 꿈과 희망이 저주
받은 것은 이 두 사람 때문이다. 설령 부모님 얼굴을 기억 못
하는 날이 와도 이 두 사람은 잊지 못할 것이다.
　하루토는 어젯밤에 깨어났고 의식도 또렷하다고 했다. 하지
만 청소하러 병실에 들어간 내가 시야에 잡혀도 그는 아무런
반응조차 보이지 않았다. 내 얼굴은 기억조차 못하는 것이다.

너를 그리면
거짓이 된다

마찬가지로 의식 불명의 중태였던 다키모토 도코는 입원한 지 사흘이 지나서야 깨어났다. 그녀도 나를 보고 반응을 보이지는 않았다.

두 사람에게 다카가키 게이스케라는 사람은 길가의 돌멩이다 다름없었다.

알고는 있었지만 몸이 뒤틀릴 만큼 분했다. 두 사람 때문에 인생이 망가질 대로 망가졌는데 그들에게 나는 말 그대로 아무것도 아니었다.

병원에 실려 온 시점에서 이미 타키노토 도코는 오른손 손목이 절단되어 있었다. 벽에 깔린 그녀를 구출하기 위해 어쩔 수 없는 처치였다고 한다.

언제나 지저분한 작업복을 입고 있는 그녀의 아버지는 매일 아침 병원에 왔다가 바로 돌아갔다. 딸의 병실을 떠나는 그는 눈물 때문에 눈이 빨갰고, 오히려 당사자보다도 초췌해 보였다.

소녀 시절의 다키모토 도코는 좋은 쪽으로도 나쁜 쪽으로도 자유분방하고 감정적인 소녀였다.

아틀리에에서는 자기가 하고 싶은 대로 다 했는데, 유일무이한 재능을 이유로 아무리 버릇이 없어도 다 용서받았다. 미카 선생님의 개인실이기도 한 강사 대기실을 이용해도 된다고 허락받은 학생도 다키모토 도코가 유일했다.

그녀는 먹고 싶을 때 먹고 자고 싶을 때 자고 학교에도 가지 않고 때로는 집에도 돌아가지 않고 본능이 이끄는 대로 오른손을 움직여 왔다. 그런 사람이었다. 그랬는데…….

소중한 오른손과 함께 감정도 잃었는지, 사흘 동안의 혼수상태에서 깨어나 자신의 몸에 일어난 재앙을 보고도 그녀는 패닉에 빠지지 않았다. 그저 사라진 오른팔 끄트머리를 가만히 쳐다볼 뿐, 울지도 원망하지도 않았다.

괜찮은 척하고 있을 뿐이다. 괴롭지 않을 리가 없다. 분하지 않을 리가 없다.

나는 어쩌면 이렇게 추악할까. 변명의 여지조차 없었다.

아무리 그래도 예전에 알던 사람인데 그녀에게 연민조차 느끼지 않았다.

솔직히 속이 후련했다. 꼴좋다는 생각밖에 들지 않았다.

다키모토 도코는 진짜 괴물이다. 하지만 오른손이 없으면 평범한 사람이다. 이제는 예전처럼 제멋대로 살 수 없다.

앞으로는 그녀도 이 세상에 만연한 잔혹한 현실을 깨닫게 될 것이다.

"불쌍해서 어떡해. 다키모토라는 환자, 전도유망한 화가 지망생이었대."

대기실에서 가네코 씨가 다른 간호사와 잡담하고 있었다.

"어지간히 충격이었나 봐. 거의 입도 열지 않아."

"내가 갔을 때도 그랬어. 말을 걸어도 들리지 않는 것 같더라."

"역시 현실을 받아들이기 힘든 걸까? 오른손이 없으니 더는 그릴 수 없잖아. 그림에 인생을 걸었을 텐데."

아틀리에를 그만두기 직전에 화풀이하듯 바랐던 적이 있다.

언젠가 이 인간들의 오른손이 망가지면 좋겠다.

오른손을 잃고 그림을 그리지 못해서 영원히 고통 받았으면 좋겠다.

나에게 재능이 없는 것도, 끈기가 없는 것도 이 두 사람과는 상관이 없다. 이 두 사람에게는 아무런 책임이 없다.

그런데도 갈 곳 잃은 울분을 토해내듯이, 나는 그렇게 기도했다.

그날 내가 저주한 탓에 다키모토 도코는 오른손을 잃게 되었을까.

그 사고는, 이 현실은, 정말로 단순한 우연일까.

다키모토 도코가 입원한 지 일주일 뒤, 몸이 떨리는 재회를 경험하게 되었다.

그녀를 보러 하루토의 여동생 난조 고즈에가 병문안을 온 것이다. 큰 외상이 없었던 하루토는 사흘 전에 퇴원했다. 이런 타이밍에 고즈에와 다시 만나다니 꿈에도 생각하지 못했다.

고즈에는 아틀리에에서 다키모토 도코가 말을 거는 몇 안 되는 사람 중 하나였다. 상식이 결여된 소녀가 자신을 유난히 따르는 것을 성가셔하는 느낌도 있었지만 진심으로 싫어하는 것처럼은 보이지 않았다.

고즈에는 한눈에 나를 알아보았는데, 그녀는 멀리서도 알 수 있을 만큼 다크 서클이 진하게 드리워져 있고 딱 봐도 초췌해 보였다. 친오빠도 같이 휩쓸렸던 이번 토사 붕괴 사고가 큰 충격이었을 것이다.

바로 며칠 전에만 해도 꼴좋다는 잔인한 생각을 했는데, 고즈에와 만난 순간 가슴 아픈 표정을 지으며 비극에 대한 분노를 쏟아냈다. 나라는 인간은 정말로 구역질이 날 만큼 비겁한 놈이었다.

다른 사람의 속마음을 아무도 알 수 없다. 고즈에는 한때 아틀리에에서 같이 그림을 그렸던 동급생과의 재회를 단순히 반가워하는 것 같았다. 내 마음에 똬리 튼 시커먼 감정은 짐작도 못 했다.

고즈에가 돌아가기 전에 한 번 더 얼굴을 보고 싶었다.

휴식 시간에 병실을 살펴보러 가자 마침 그녀가 돌아가려고 나오는 중이었다.

단지 만난 것만으로도 충분히 만족스러웠는데 그때 생각지
도 못한 제안까지 받았다.

고즈에는 서서 이야기하긴 좀 그렇다며 병원 안에 있는 카
페로 가자고 했다.

예기치 못한 전개에 당혹스러움을 숨기지 못한 채 그녀의
뒤를 따라갔다.

새삼 마주 앉아보니 난조 고즈에는 지난 4년의 세월을 몸
에 제대로 새기고 있었다.

멋스러운 옷을 입고 있는 것은 옛날과 다름없었지만, 엷게
화장도 하고 있었다.

"벌써 일을 하다니 게이스케는 정말 대단하구나. 난 틀렸
어. 인문대 대학생은 세상에서 가장 한가한 게 아닌가 하는
생각이 들 때도 있다니까."

마주보고 앉아 있는 것만으로도 심장 소리가 점점 빨라졌다.

"고즈에는 지금도 계속 아틀리에에 다녀?"

이야기가 일단락되어 궁금하던 것을 물어보자 어중간한 눈
빛으로 나를 물끄러미 보았다. 그러더니 가방에서 커다란 봉
투를 꺼냈다.

"있잖아. 게이스케를 불러낸 건 부탁하고 싶은 게 있어서
야."

말하기 껄끄러운 내용인지 우물거렸다.

눈앞에 놓여 있는 것은 큰 사이즈의 무지 봉투였다. 내용물이 뭔지는 모른다.

다단계나 사이비 종교라도 권유하려는 걸까. 자기주장이 희박한 남자는 딱 좋은 먹잇감인지도 모른다. 머릿속으로 최악의 경우를 상상하고 스스로를 지키기 위해 방어선을 치고 있을 때였다.

"이건 내가 그렸어."

봉투에서 꺼낸 것은 만화 원고였다.

"돌아가는 길에 집에 들렀다 갈 거라 오빠한테 조언을 받고 싶어서 가져왔거든. 하지만 너도 만화 좋아했잖아? 좀 전에 그게 떠올라서. 한번 읽어봐 주지 않으려나 싶어서."

"……네가 그렸어?"

손을 뻗지 않고 확인할 수 있는 것은 표지인 첫 장뿐이었다.

"여전히 잘 그리는구나."

"잘 모르겠어. 일주일 만에 그린 원고거든."

"이걸 일주일 만에? 30페이지는 되는 거 같은데? 혹시 지금은 벌써 프로로 데뷔했어?"

물어보는 목소리가 뒤집어졌기 때문일까.

"아니야."

그녀는 조금 웃고는 대답했다.

"나는 엄마가 미대 입시를 허락해 주지 않아서 고등학교 3학년이 되기 전에 아틀리에도 그만뒀어. 스스로도 내가 평범한 사람이란 건 자각하고 있었고, 엄마의 말에도 수긍은 했지만, 그래도 역시 너무 분했어."

기억에 남아 있는 그녀의 엄마는 여배우처럼 아름답고 엄한 사람이었다.

"아틀리에를 그만둬도 만화는 그릴 수 있는데 말이야. 자유로운 시간이 늘어나면 늘어날수록 만화를 그리지 못하게 됐어. 그리고 싶은 게 떠오르지 않는다는 둥 지금은 아직 그릴때가 아니라는 둥 변명만 늘어놓으면서 도망 다녔어. 누구한테 털어놓지도 못하고 혼자 땅만 팠지. 너도 그림 그리는 사람이니까 그게 어떤 기분인지 이해하지?"

"……글쎄. 그림은 이미 몇 년째 안 그렸어."

"그럴 수도 있지."

고즈에는 경멸하지도 낙담하지도 않고 맞장구를 쳤다.

"정말 한심해. 도코 언니의 손이 그 지경이 될 때까지 깨닫지 못했어. 그림을 그릴 수 있다는 게 얼마나 행복한 일인지 전혀 몰랐던 거야. 하지만 그날 밤에 깨달았어. 떠올랐어. 그 뒤로는 손이 멈추지 않더라. 눈 밑에 다크 서클이 엄청나지? 브레이크가 망가진 것 같아. 지난 일주일 동안 잠도 거의 안자고 그림만 그렸어. 점점 발동이 걸리는 게 스스로도 느껴지더라. 완성할 때까지 멈추지 못했어."

생각난다.

두 괴물이 있었기 때문에 두드러지지 않았지만 아틀리에 세키네에서 그녀 또한 특별한 정열을 품은 소녀였다. 나 같은 놈과는 명백히 다른 인종이었다. 휴일에도, 여름방학에도, 겨울방학에도 혼자 몇 시간씩 줄곧 만화만 그렸다.

"대단해. 나아갈 길을 찾아내는 건 아마도 진짜 어려운 일이야. 나는 아틀리에에 다니던 무렵이나 지금이나 똑같이 이도저도 아니야. 어디로 가야 할지도 모르겠어."

"넌 훌륭하게 일하고 있잖아. 이도저도 아니었던 건 오히려 나야. 하지만 이제 알았어. 괴로웠던 건 도망쳤기 때문이야. 만화를 그리지 않았기 때문이야. 정말로 단지 그것뿐이었어. 그릴 수 있는 것만으로도 충분히 좋았어. 이제야 간신히 그걸 머리와 몸으로 이해했어."

하고 싶은 말은 이해하지만 공감은 되지 않았다. 그림에서 손을 놓아도 나는 괴롭거나 하지 않았다. 스스로에게 선을 그은 그날부터 현실의 쓴맛을 제대로 맛보았지만 다시 한번 펜을 쥘 생각은 들지 않았다.

그녀는 자신을 '평범한 사람'이라고 단언했다. 하지만 내 입장에서 보면 그녀 역시 특별한 사람이다. 아무것도 되지 못한 나와는 결정적으로 다르다.

신기했다. 원래 질투가 많은 성격인데 난조 고즈에의 앞에
서는 마음속의 가시가 사라진다. 만화가가 되겠다는 그녀의
꿈을 응원하고 싶어진다. 그렇게 순순히 생각하게 된다.

"읽어보고 싶어. 읽어보게 해줘."

"부탁할게. 아, 어땠는지 솔직하게 있는 그대로 감상을 말해
줘도 돼."

"응. 알았어."

말로는 그렇게 대답했지만 한때 동경했던 그녀에게 기탄없
이 의견을 말할 수 있을 것 같지는 않았다. 그러니 이것은 단
지 내가 즐기기 위한 독서다. 그래도……

최선을 다해, 평정을 가장한 표정을 지으면서 페이지를 넘
기기로 했다.

9

토사가 흘러내린 것은 아틀리에 세키네에서 마지막 학생이
집으로 돌아간 직후였다.

그날 밤 학원에 남아 있던 사람은 강사인 다키모토 도코와
난조 하루토 두 사람 뿐이었다. 벽이 무너져 내리는 것을 먼

저 알아챈 그녀가 순간적으로 하루토를 감싼 듯했다.

하지만 하루토 역시 머리를 세게 부딪쳐 병원에 실려 왔을 때는 혼수상태였다. 그래도 뇌진탕 이외에는 상처가 가벼웠기 때문에 하루토는 몇 시간 뒤에는 의식을 되찾았고 사흘 동안 입원했다가 한 걸음 먼저 퇴원했다.

한편, 오른쪽 손목을 절단한 다키모토 도코는 의식을 회복한 직후부터 발열과 원인 불명의 구토를 되풀이했다. 2주일이 지난 지금도 퇴원할 가망은 보이지 않았다.

주로 쓰는 손을 잃은 상태로 살아가는 데에 익숙해지도록 재활 프로그램도 마련되었지만 그쪽도 여전히 시작도 못하고 있었다.

다키모토 도코와 난조 하루토는 옛날부터 기묘한 사이였다.

독보적인 재능을 타고난 그들은 비슷하지만 다른 방향을 향하고 있었다. 다만 겉보기에는 비슷하다고 해도 좋을 인생을 살아가는 것처럼 보였다.

하루토는 유명한 사립 중학교에 다녔는데, 열다섯 살 봄에 내부 진학이 아니라 미술과가 있는 예술 고등학교로 진로를 변경했다. 다키모토 도코도 같은 학교에 진학했고, 듣자하니 지금도 같은 미술 대학교에 다닌다고 한다. 초등학생 무렵부터 같은 아틀리에에 다녔고, 현재는 그곳에서 함께 강사를 하고 있다. 싫어도 눈에 들어오는 서로를 의식하지 않을 리가 없다.

하지만 퇴원 후 하루토는 한 번도 다키모토 도코의 병문안을 오지 않았다.

경과를 관찰하러 진료를 받으러 왔을 때도 그녀의 병실에는 얼굴을 비추지 않았다.

오른손을 잃은 다키모토 도코에게는 더 이상 흥미가 없는 걸까. 아니면 어릴 때부터 단지 같은 공간을 공유했을 뿐인 건조한 관계였던 걸까.

난조 하루토는 원래 그런 사람이라고 하면 그뿐이지만, 그녀가 쓰는 손을 잃은 경위를 생각하면 너무나도 매정했다.

이렁저렁하다 보니 토사 붕괴로부터 한 달이 지나 있었다.

그녀는 예후가 좋지 않아서 여전히 퇴원할 전망조차 서지 않은 상태였다.

이미 외상은 거의 아물었다. 지병이 있는 것도 아니었다. 다키모토 도코의 몸에 나타나는 발열과 구토는 정신적인 문제에서 기인했다. 오른손을 잃고 그림을 빼앗기자 몸이 비명을 지르고 있는 것이다.

다키모토 도코는 볼 때마다 얼굴색이 점점 나빠졌다. 금방이라도 숨이 넘어가진 않을까 싶을 만큼 앙상하게 마른 그녀를 똑바로 보기 힘들었다.

'이 녀석들의 오른손이 잘려나가면 좋을 텐데.'

그날 나는 왜 그런 끔찍한 소원을 빌었을까.

그림이 없으면 살아갈 수 없는 사람들이 있다는 것을 알고 있었을 텐데 어째서 꼴좋다고 생각을 할 수 있었을까.

이제 와서 아무리 후회한들 이미 늦었지만, 이루어진다면 다시 한번 소원을 빌고 싶다.

오른손을 잃었어야 하는 사람은 오히려 나였다.

누구에게도 도움이 되지 않는 나 같은 사람이야말로 쓰는 손을 잃어 마땅했다.

제대로 싸워보지도 않고 안전한 바깥으로 도망쳐서는 다른 사람이 실패하기만을 바랐다.

언제나 비겁했던 자신이 참을 수 없이 부끄러웠다.

고열 때문에 연기되었던 재활 치료가 사흘 만에 재개될 예정이었던 날이었다.

정오가 지나서 재활치료실에서 연락이 왔다. 약속한 시간이 지났는데 다키모토 도코가 오지 않았다고 한다.

원래 다른 사람이 짜놓은 일정에는 구애받지 않는 사람이다. 재활 치료는 까맣게 잊고 있을 게 틀림없었다. 그렇게 생각했는데 그녀는 병실에도 없었다.

하는 수 없이 병동을 찾아다니다 이윽고 휴게실에서 뒷모

너를 그리면
거짓이 된다

습을 발견했다. 앙상해진 그녀의 옆에 한 남자가 앉아 있었다. 아버지인가 싶었는데 다시 보니 3주 전에 퇴원한 하루토였다.

어중간하게 거리를 두고 긴 의자에 앉은 두 사람은 창밖의 먼 풍경을 쳐다보고 있었다.

지금까지 한 번도 병문안을 오지 않았으면서 이제 와서 무슨 생각일까. 재활 치료를 받을 시간이라고 말을 걸어도 될까. 두 사람의 바로 뒤에 서서 머뭇거리고 있는데…….

"유화, 그리고 있어?"

다키모토 도코가 먼저 입을 열었다.

청소와 잡일로 하루에 몇 번이나 얼굴을 보지만, 지난 한 달 동안 그녀가 먼저 말을 하는 모습은 본 적이 없었다.

의사나 간호사의 물음에는 최소한의 대답은 하는 듯했지만 그것을 제외하면 희망적인 말도 원망하는 말도 전혀 하지 않는다고 한다.

고즈에가 병문안을 왔을 때는 어떤 반응을 보였을까.

"응. 그리고 있어."

"다행이다."

"언제나 그리고 있었잖아. 아무것도 달라지지 않았어."

하루토는 어쩐지 밀어내는 말투로 대답했다.

"상을 받고 싶다고 처음으로 생각했는데. 인피니티, 따고 싶었는데."

인피니티? 도쿄 인피니티 아트 어워드를 말하는 걸까? 그
것은 일본에서 손꼽히는 아트 콩쿠르다. 응모하는 사람도 많
고, 상금 규모도 크다. 아무리 나라도 그랑프리를 수상하고
유명해진 화가를 몇 명이나 꼽을 수 있다. 신진 화가의 등용
문으로서는 사실상 일본에서 최고의 권위를 자랑하는 콩쿠
르다.

"이렇게 됐으니 난 이제 틀렸어."

그녀는 자신의 팔을 눈높이까지 올리고 오른손이 있었던
공간을 보았다.

"하루토가 있어서 다행이야. 내년에 나 대신 그랑프리를 따
줘. 그러면……."

"싫어."

그녀 쪽은 돌아보지도 않고 하루토는 퉁명스럽게 말했다.

"내년에는 응모하지 않을 거야. 애당초 관심도 없고. 올해는
너한테 맞춰줬을 뿐이야."

"무슨 뜻이야?"

물어보는 그녀의 목소리가 떨렸다.

"미카 선생님은 이제 사실 날이 얼마 안 남았잖아."

뭐……? 선생님이 돌아가신다고?

"내년이 마지막 기회일지도 모르는데 하루토가 응모하지

않으면 아무도……."

"관심 없다고 했잖아."

그녀의 바람을 딱 달라냈다.

"선생님한테 매 트로피를 선물하고 싶으면 네가 그랑프리를 따면 되잖아."

하루토는 지독하게 매몰찬 말을 그녀에게 내뱉었다.

"왜 그런 심술궂은 말을 해?"

다키모토 도코는 왼손을 뻗어 감정적으로 하루토의 소매를 움켜잡았다.

"난 이미 오른손이 없어. 그러니까 하루토한테 부탁하는 거잖아. 이런 부탁을 할 수 있는 사람은 하루토밖에 없으니까……."

"네 사정은 내가 알 바 아냐. 빨리 퇴원해서 직접 어떻게든 하면 되잖아."

"그게 안 되니까 부탁하는 거잖아!"

갑자기 버럭 소리를 지르자 주변 사람들이 돌아보았지만 두 사람은 전혀 개의치 않았다.

"미카 선생님한테 은혜를 갚고 싶어! 선생님은 이제 곧 돌아가시잖아! 선생님은……!"

몇 년 만에 보는 다키모토 도코의 발작이었다.

"제발 그려줘. 하루토밖에 부탁할 사람이 없단 말이야."

마지막 말은 거의 꺼져 들어가는 듯했다.

그녀가 몸을 숙이며 기도하듯 애원하는데…….

"너한테 실망했어."

하루토는 차갑게 쏘아내고 일어났다.

그대로 그녀의 왼손을 떨쳐내고 휴게실을 떠났다.

나는 다키모토 도코가 싫다. 나에게 없는 것을 모두 가진 그녀가 사실은 죽도록 싫다. 하지만 아무리 그래도 너무했다.

전 재산인 오른손을 잃고도 아버지나 의사에게도 우는소리 한번 하지 않은 그녀가 온 힘을 쥐어짜서 기댔다. 유일하게 도와주길 바란 상대였다.

하지만 하루토는 오른손을 잃은 다키모토 도코를 거들떠보지도 않았다.

그녀는 다정한 말 한마디조차 듣지 못했다.

정신을 차리고 보니 나는 그의 뒤를 쫓고 있었다.

"하루토 형!"

비상계단을 달려 내려가 1층 로비에서 따라잡았다.

"형! 저는 옛날에 아틀리에 세키네에 다녔던 학생인데요……."

나를 본 그의 얼굴에 의아한 눈빛이 떠올랐다.

"알아. 다카가키 게이스케지?"

나를 기억하고 있었나? 틀림없이 잊었을 줄 알았는데.

"하루토 형한테 줄곧 물어보고 싶은 게 있었어요."

"뭔데?"

"중학교 3학년 때…… 아, 하루토 형은 고등학교 1학년이었나? 도코 누나의 캔버스를 누가 찢었던 사건 기억해요?"

하루토는 순간 눈이 가늘어지더니 말없이 끄덕였다.

"그때 형은 왜 범인을 감쌌어요?"

떨리는 목소리로 물어보았다.

"……그렇게 물어보는 걸 보니 네가 범인이었구나?"

하루토는 담담한 말투로 말했다.

진짜 범인의 정체를 알았는데 화가 나지 않는 걸까. 나를 보는 그의 눈빛은 전혀 변화가 없었다. 진짜 범인에게 화를 내지 않는다는 것은 어쩌면…….

"그날 메시지를 남긴 사람은 형이에요?"

"대답하기 전에 내가 먼저 물어봐도 될까? 왜 도코의 그림을 망가뜨렸어?"

이미 거의 다 고백한 것이나 마찬가지다. 숨겨봐야 의미도 없을 것이다.

"시시한 이유예요. 화가 났거든요. 분했어요. 그게 다예요."

"도코가 싫었다는 뜻이야?"

"도코 누나뿐이 아니에요. ……하루토 형도 진짜 싫었어요."

무심코 본심이 튀어나왔다.

"두 사람을 보고 있으면 나는 그냥 평범한 사람이라고 깨닫게 돼요. 그래서 어느 쪽이든 상관없었던 것 같아요. 아무도 없는 강사 대기실에 놓여 있었던 게 우연히 도코 누나의 그림이었기 때문에 그냥 찢었을 뿐이에요."

모든 사람이 재능을 타고나지는 않는다. 짓밟히고 땅바닥에 처박힐 수밖에 없는 사람도 세상에는 있다. 그래서 태평하게 그림이나 그리는 다키모토 도코를 용서할 수 없었다. 이 세상은 마음먹은 대로 되지 않는다는 사실을 깨닫게 해주고 싶었다.

"그랬는데, 그걸로 마음이 풀릴 줄 알았는데, 도코 누나는 전혀 신경도 안 썼어요. 아무런 의미도 없는 어리석은 짓이었어요."

"도코를 화나게 하고 싶었으면 그리고 있는 중간에 방해하면 됐을 텐데."

비난도 아닌 엉뚱한 조언이 되돌아왔다.

"내 물음에도 대답해 주세요. 그 메시지를 남긴 사람은 하루토 형이에요?"

그는 무표정한 채로 끄덕였다.

"왜요? 왜 범인을 감싸준 거예요?"

"딱히 범인을 감싼 건 아니었어. 도코에게 미움 받고 싶었을 뿐이지."

도통 의미가 이해되지 않았다.

그는 다키모토 도코를 싫어했던 걸까? 그런데 왜?

애당초 그녀에게 미움 받고 싶으면 달리 방법은 얼마든지 있었을 것이다.

하루토는 말문이 막힌 나를 흘긋 보고는 그대로 떠나갔다.

그는 돌아보지 않았고, 그 뒤로 다시는 병문안을 오지도 않았다.

그리고 그로부터 2주일이 지났을 때였다.

간신히 다키모토 도코의 퇴원이 결정되었다.

10

입원 생활이 한 달이 넘어가도 다키모토 도코는 여전히 발열과 구토를 되풀이했다. 그래도 사람의 몸에는 원래 신비로운 힘이 있는지, 시간이 흐를수록 착실하게 회복세로 돌아섰다.

2016년 10월 31일 일요일이었다.

오후 근무 중에 상사인 간호사에게 호출 받고 휴게실로 가자 난조 고즈에가 나를 기다리고 있었다.

오늘은 다키모토 도코가 퇴원하는 날이기도 하다. 일을 빠지지 못하는 아버지를 대신해 데리러 왔다고 했다.

고즈에는 학생 때도 곧잘 그녀를 돌봐주는 역할을 했었다. 사람은 착하면 손해다.

"일하는데 미안해. 괜찮았어?"

내 얼굴을 보자마자 그녀가 사과했다.

"환자 친구가 불러내는 건 괜찮아. 도코 누나를 데리러 온 거지?"

"응. 그리고 돌아가기 전에 너한테 보여주고 싶은 것도 있고."

어깨에 멘 가방에서 두툼한 순정만화 잡지를 꺼냈다.

"지난달에 보여줬던 만화가 신인상을 받았어."

포스트잇이 붙어 있는 페이지를 펼치자 거기에 본 적이 있는 그림이 실려 있었다. 작가 난에는 '난조 고즈에'라는 이름이 적혀 있었다.

"상을 받았다고 해도 가작이지만. 상금도 겨우 10만 엔이야. 그래도 담당 편집자가 배정돼서 앞으로 데뷔를 목표로 작품을 만들어 가면 된대."

"대단해. 순식간이구나……."

그녀의 얼굴에 쓴웃음이 떠올랐다.

"한심하지? 스스로 움직이기만 하면 세계가 바뀌는데 나는 도코 언니의 손이 그렇게 될 때까지 아무것도 못했어. 이렇게 간단한 일이었는데."

"간단한 일이 아니야. 넌 어릴 때부터 누구보다도 열심히 노력했고, 재능도 있었어. 그래서 도달한 거지 누구나 너처럼 될 수 있는 건 아니야."

우수한 오빠를 둔 탓에 그녀는 자신을 평범하다고 믿고 있다. 하지만 내가 볼 때는 지독한 겸손이다. 그녀 역시 어디로 보나 특별한 사람이고, 실제로 평범한 나와는 전혀 다르다.

"……응원해도 돼? 고즈에의 만화가 실리면 책 살 테니까 괜찮으면 나한테도 알려줘."

"그러려면 아직 멀었어."

"그럴지도 모르지만 시간문제일 뿐이야."

확신이 있었다.

예감도 들었다.

"나는 고즈에에 대해선 잘 모르지만 네 그림만큼은 잘 알거든."

그것이 거짓 없는 본심이었다.

"고즈에."

복도에서 목소리가 들려서 돌아보니 다키모토 도코가 서 있었다.

고열이 나는 일은 없어졌지만 지금도 이따금 구토를 한다. 퇴원하는 오늘도 얼굴색은 여전히 좋지 않았다.

"그럼 우린 이만 갈게."

"그래. 잘 지내. 도코 누나도 몸조심하고요."

들리는 걸까, 마는 걸까. 다키모토 도코는 반응을 전혀 보이지 않고 단지 창밖을 보며 작게 몸을 흔들고 있었다.

"아, 그렇지. 게이스케는 이제 안 그려?"

"나 같은 건 그림을 그려도 의미가 없으니까."

깊이 생각하지도 않고 비굴하게 대답했다.

"미카 선생님 기억하지? 선생님은 폐암에 걸려서 앞으로 얼마 남지 않으셨거든. 그래서 지금은 오빠가 아틀리에에서 강사 일을 하고 있어."

"그래? 토사가 흘러내려서 건물이 반쯤 무너졌다고 들었는데."

"들어둔 자연재해 보험으로 새 건물을 빌리셨나봐. 수험생도 많은데 이 시기에 문을 닫을 수는 없다며. 의미 없는 그림이 그리고 싶어지면 게이스케도 한번 찾아가봐."

"내가 가면 하루토 형이 난감해질 뿐이야."

"그럴까? 나는 네 그림 좋았는데."

그런 말을 마지막으로 남기고 고즈에는 다키모토 도코와 함께 떠나갔다.

사람은 누구나 상처 받고 소모되고, 그럼에도 여전히 앞으로 나아간다.

미래만 보며, 값어치가 있는지 어떨지도 모르는 길에서 필사적으로 싸우고 있다. 그렇게 해서 자신의 마음을 지켜나간다.

나는 만화에는 도전할 수 없다. 어차피 이루어지지 않는다고 알고 있는 꿈은 쫓아갈 수 없다. 의미 없는 그림을 그리고 싶어지는 날은 앞으로도 틀림없이 오지 않는다. 하지만……

대기실로 돌아가자 무의식적으로 선반에 놓여 있던 자격증 시험 팸플릿을 들고 있었다.

나보다 비참한 사람이 있다고 생각하면 일을 계속할 수 있을지도 모른다. 나는 한심할 정도로 이기적인 동기를 품고 간호 보조가 되었다. 그런 끔찍한 인간인데 왜 팸플릿을 들고 있는 걸까. 왜 부끄러운 줄도 모르고 내가 할 수 있는 일이 더 있지 않을까 하고 생각하는 걸까.

고즈에의 성공을 보고 기대가 생긴 걸까. 아니면 나도 모르는 사이에 병원 일에서 특별한 무언가를 느끼게 된 걸까.

"어? 다카가키, 헬퍼 자격 따려고?"

돌아보자 가네코 씨가 웃으며 내 손 쪽을 보고 있었다.

"응원할게. 아, 하지만 아직 젊으니까 간호사를 목표로 해도 좋지 않을까? 남자 간호사가 더 좋다는 선생님도 많잖아."

대답할 말을 찾지 못하고 어정쩡하게 웃었다.

앞으로 어떻게 살아가고 싶은지, 어떻게 해야 하는지, 본인의 일인데도 전혀 알지 못했다. 하지만 정답을 몰라도 앞으로 나아갈 수는 있을 것이다.

미래는 언제나 자신의 손안에 있다.

그 너머를 그리는 사람도, 짓이기는 사람도 언제나 본인밖에 없다.

파블로 피카소
나는 다른 사람들이 자서전을 쓰듯이 그림을 그린다.

제4부
어느 연애 없는 사랑 이야기

1

아빠가 좋다.
돌아가셨지만 엄마도 좋다.

아틀리에는 좋다.
그림은 즐겁다.
조각은 두근두근한다.
도예는 콩닥콩닥한다.

학교는 싫다.
반 아이들도 싫다.
공부는 질색이다.

고즈에는 좋다.
미카 선생님은 정말 좋다.

아빠는 나를 좋아한다.
엄마도 나를 좋아한다.

너를 그리면
거짓이 된다

미카 선생님도 나를 좋아한다.
고즈에도 나를 좋아한다.

하루토는 나를 좋아하나?
나는 하루토를 좋아하나?

하루토의 그림은 예쁘다.
하루토의 그림은 신기하다.
하루토의 그림을 보면 가슴이 두근두근한다.
하루토가 내 그림을 보면 심장이 술렁술렁한다.

오늘은 하루토를 보지 못했다.
내일은 하루토를 볼 수 있을까.

볼 수 있으면 좋겠다.

2

"도쿄 인피니티 아트 어워드는 최근에는 신진기예 아티스트를 아시아에서 배출하는 상으로서 국제적으로도 높은 평가를 받고 있습니다. 올해 그랑프리 수상작은 예상치 못한 작품이었습니다."

시상식장 앞에서 수염을 기른 남자가 기자들에게 둘러싸여 있었다.

"다이호 선생님께 질문이 있습니다. 그랑프리 작품을 선정하면서 올해 가장 중요시한 점은 무엇입니까?"

"혁명성 자체에 의의가 있던 시대는 이미 끝났어요. 도쿄 인피니티는 표층적인 레토릭에 현혹되지 않습니다. 올해는 그 점을 선언했다고 생각합니다."

"……죄송하지만 조금 더 자세히 설명해 주시겠어요?"

"잔재주로 점철된 독창성에는 실망을 넘어 분노를 느낀다는 뜻입니다."

기자의 질문에 대답하던 수염 기른 남자가 이 콩쿠르의 심사 위원장이라고 한다.

왜 남의 그림을 보고 화를 낼까. 이해가 안 된다.

미카 선생님은 그 사람에게 말을 걸 기회를 엿보고 있었다.

왜 저런 사람에게 말을 걸어야 하지.

잘난 척하는 사람은 싫다. 수염도 싫다. 더러운 것 같아서 싫다.

담배 냄새가 나서 가까이 가고 싶지 않아. 그래, 하루토 뒤에 숨자.

「2016년 도쿄 인피니티 아트 어워드 시상식」

머리 위에서 현수막이 흔들흔들 일렁였다.

지진인가? 아니면 에어컨 바람인가?

아무래도 상관없지만 오늘은 그랑프리가 받고 싶었다.

이래서는 매 트로피를 미카 선생님에게 선물할 수 없다. 하루토도 2위였고, 아쉽다.

시상식장의 눈에 잘 띄는 곳에 아홉 개의 수상 작품이 걸려 있었다. 우수상을 받은 하루토의 그림은 그랑프리를 따낸 그림 옆에 있었다. 시상식장에는 그 외에도 쉰일곱 개 작품이 걸려 있었지만 내 그림은 입선하지 못했으므로 어디에도 없었다.

"하루토, 도코. 다이호 선생님께 인사드리러 가자."

"싫어요. 가고 싶지 않아요."

"기분은 이해해. 낙선하면 마음이 아프지. 하지만 이기든 지든 그림을 심사해준 것에는 감사드려야지."

"상관없어요. 저쪽에 있는 그림을 한 번 더 보고 올게요."

조금 전에 엄청난 그림을 발견했다.

그 그림을 그린 마이바라 유리라는 애는 아직 아홉 살이래. 초등학생이야. 대단해.

내가 아홉 살 때는 어떤 그림을 그렸더라?

한 번 더 그 아이의 그림을 보고 싶었는데 미카 선생님이 팔을 잡아끌었다.

"도코. 아무리 분해도 예절은 꼭 지켜야 해."

아니에요, 선생님.

분해서가 아니다. 낙선한 건 아무래도 좋아.

담배 냄새가 싫은 거야. 나는 저 수염한테 가까이 가고 싶지 않아.

"다이호 선생님, 심사하시느라 고생 많으셨죠? 올해는 어떠셨어요?"

"아아, 세키네 선생, 오랜만에 보네."

"그간 잘 지내셨어요?"

수염과 미카 선생님이 인사를 나누었다.

다이호 슈메이라고 했나? 이상한 이름이야. 그런 이름은 들어본 적도 없는데.

하루토는 키가 커서 좋다. 뒤에 숨으면 아무도 못 찾으니까.

"그랬어? 저 친구가 자네 학생이었구나. 표현하는 사람은 에고 덩어리지. 교육자로는 어울리지 않는다는 인상을 받았는데 자네는 요령이 좋은가 봐. 훌륭한 학생을 키워냈어."

"분에 넘치는 말씀이세요."

"난조 하루토는 언제부터 자네 아틀리에에 다녔지?"

"처음 등록한 건 초등학교 6학년 봄이라고 기억하고 있어요. 하루토는 대학생이지만 지금은 강사로서도 일하고 있어요. 아주 우수한 친구죠."

수염이 눈을 가늘게 뜨고 하루토를 보았다.

"남을 가르침으로써 얻는 것도 있겠지. 하지만 창작 시간을 쪼개서는 안 돼. 자넨 감성으로 승부하는 타입이 아니야. 꾸준히 쌓아올린 시간과 연구를 고스란히 캔버스에 옮기는 작가야."

언제까지 여기서 이러고 있을 거지. 빨리 사라지면 좋을 텐데.

"자네 작품에서는 고뇌가 스며 나와. 기술에 지나치게 의존하는 경향이 있지만 그것도 개성이겠지. 내가 볼 때 올해는 자네가 그랑프리를 받을 자격이 충분했어."

수염은 하루토의 그림이 마음에 든 모양이다. 그렇다면 순순히 그랑프리를 주면 됐을 텐데. 하루토가 우수상에 그치는 바람에 내년에 또 도전해야 하잖아.

"격려 말씀 감사합니다. 너도 인사 드려야지, 하루토?"

선생님이 재촉하자 하루토가 꾸벅 고개를 숙였다.

앗, 안 돼. 움직이면 수염한테 들키잖아.

"자네는 이토 자쿠추의 그림을 어떻게 생각하나?"

"어떻게 생각하느냐고 물으셔도 인쇄물로밖에 본 적이 없습니다."

"그럼 실물을 한번 봐보면 좋을 거야. 그런데 아까부터 뒤에 숨어 있는 친구는 누군가?"

이것 봐. 들켰잖아.

"저 친구도 제 학생이에요. 혹시 기억하시나요? 아크릴 캔버스에 〈나비의 시대〉를 그린 다키모토 도코입니다."

"······아. 기억하지."

수염과 눈이 마주쳤다. 조금 전까지 하루토를 칭찬하던 사람이 마치 쓰레기라도 보는 눈으로 나를 보았다. 화가 나서 고개를 돌렸다.

"솔직히 말씀드리면 저는 도코도 하루토 못지않은 재능을 가지고 있다고 생각해요. 이번 응모 작품은 이 친구의 최고 걸작이라고 해도 손색이 없는 수준이었어요. 하지만 입선조차 못했죠. 응모 규정을 위반했다는 연락도 받지 못했고요. 실례를 무릅쓰고 말씀드립니다. 도코의 작품이 어디가 모자랐는지, 후학을 위해 가르쳐주시면 안 될까요?"

얼마 동안 침묵이 흘렀다.

"단적으로 말하면 공허한 인간성이 고스란히 드러났기 때문이야."

낮은 목소리가 들렸다.

"다키모토 도코라고 했나? 자네는 무슨 생각을 하면서 그

너를 그리면
                              거짓이 된다

그림을 그렸지?"

들리지 않는다. 한 마디도 들리지 않는다.

"도코, 인사드려야지."

그러니까 선생님, 나는 안 들린다니까요.

"자넨 그림을 놀이라고 생각하는 게 아닌가?"

반대쪽으로 고개를 돌리고 있는데도 나에게 하는 말이라고 알았다.

싫어. 수염은 싫어. 더러워서 싫어.

"죄송합니다. 애가 좀 기분파라 오늘은 좀⋯⋯."

"싫은 일에서는 달아나고 듣고 싶지 않은 이야기는 귀를 막지. 자네의 인간성은 그 그림을 보면 빤히 보여. 진정한 의미의 노력은 해본 적이 없겠지. 맞닥뜨린 벽을 둘러가기만 하니까 고민에 깊이가 안 생기는 거야."

시끄러워. 너무 시끄러워. 파리 같아.

"잘 그리는 건 알아. 상상력이 남다른 것도 잘 알지. 하지만 어차피 그뿐이야. 미적지근하게 현재에 안주하면서 고생도 해본 적 없이 살아온 탓에 그림에 감정이 실리질 않아."

말투는 온화한데 왜 이렇게 귀에 거슬릴까.

"일찍이 피카소는 '예술은 슬픔과 고통에서 나온다'고 했지. 그림은 영혼의 갈등이어야 해. 자네 작품에서 삶의 고통이 느껴지지 않는 건 고뇌를 포기했기 때문이야. 심사 위원장으로서 나는 자네 그림을 좋게 보지 않네."

삶의 고통? 그게 뭐야? 몰라. 그런 건 필요 없어.

선생님이 있고 하루토가 있고 내가 있어. 그거면 충분해.

그거면 나는 행복해.

매 트로피는 내년에 하루토가 따면 돼.

선생님한테 선물할 수 있으면 그걸로 충분해.

안녕.

이런 곳은 나랑은 상관없어.

3

"도코는 좋겠다."

"도코는 고민이 없어 보여서 부러워."

"도코는 그림도 잘 그리고 선생님한테도 사랑받으니까 부족한 게 없겠다."

그런 말을 하는 아이들의 얼굴에는 언제나 웃음기가 없었다.

바보 같은 나는 줄곧 그 이유를 알아채지도 못했는데.

이제 와서야 갑자기 깨달았다.

손목 밑이 사라져 있었다.

제대로 붙어 있었을 오른손이 없었다.

그 감각은 무엇이었을까.

병실 침대 위에서 깨어난 그때.

지금까지의 인생이 모두 꿈이었던 것 같은 감각에 사로잡혔다.

나는 사흘 동안 혼수상태였다고 한다.

그렇다. 벽이 무너져 내렸다.

그 순간을 떠올리기만 해도 등줄기가 오싹했다.

땅울림이 들리고 바닥이 크게 일렁였다. 지진이 일어났다고 생각했을 때는 이미 벽이 무너지고 있었다. 내 쪽을 보고 있던 하루토는 그것을 깨닫지 못했다. 그러니 내가 그를 지켜야 했다.

생각하기도 전에 밀쳐내듯이 하루토를 덮치며 감쌌는데……

아, 그렇구나. 그때 잃었구나.

하루토를 지키고 내 오른손이 대신 죽었구나.

아빠가 울고 있었다.

병문안 온 고즈에도 울고 있었다.

병원에서 외출하지 못한다는 미카 선생님도 전화기 너머에서 울고 있었다.

그런데도 나는 아직 잘 몰랐다.

오른손을 잃는다는 것이 무슨 뜻인지. 그 의미도, 앞으로의 인생에서 기다리고 있는 괴로움도 상상하지 못했다.

오른손을 잃고 나서야 간신히 정신이 들었는데.

나는 바보라서 당연한 것을 깨닫는데도 남들보다 시간이 걸린다.

내 오른손이 사라진 것을 보고도 하루토는 아무 말도 하지 않았다.

틀림없이 날 위로할 말이 아니라 훨씬 더 중요한 일을 생각하고 있었을 것이다.

하루토는 그런 남자애다. 나와 달리 야무지고 머리가 좋아서 언제나 어떻게 하면 좋을지를 생각해 준다. 이쪽으로 가면 좋다고 길을 알려준다.

하루토가 없었으면 고등학교에는 가지 않았을 것이다. 대학생도 되지 않았을 것이다. 하지만 하루토가 가는 게 좋다고 해서 그렇게 해보았다.

"널 생리적으로 싫어하는 누군가에게 빌미를 주지 않으려면 고등학교와 대학교는 졸업하는 게 나아."

하루토의 말은 언제나 조금 어렵다. 무슨 뜻인지 이해하지 못할 때도 있다. 하지만 결국은 하루토의 말이 옳다.

도쿄 인피니티에서 우수상을 받은 뒤로 하루토는 단숨에 주목받기 시작했다. 시상식장에서는 갤러리 관계자가 하루토를 찾았고, 다른 그림을 확인하기 위해 아틀리에까지 온 사람도 있었다. 일부러 외국에서 왔다는 사람까지 있었다.

당연한 일이었다. 오히려 늦은 편이다. 나는 초등학교 때부터 하루토가 얼마나 굉장한지 알고 있었다. 다른 사람들과 다르다고 알고 있었다. 그것을 사람들이 이제야 깨달았을 뿐이다.

기뻤다. 역시 그럴 줄 알았다고 생각했다.

하지만 마음 한 구석에서는 불안도 느꼈다.

하루토는 외국인과 적극적으로 이야기를 나누었다. 일본의 갤러리스트에게는 묻는 말에 대답만 했는데, 파란 눈을 한 사람에게는 자기가 먼저 이런저런 질문을 했다. 영어라 무슨 말을 했는지는 모른다. 하지만 평소의 하루토와는 달랐다.

하루토는 돈에 관심이 없다. 나는 내 그림이 팔리면 기쁘지만 하루토는 그림을 파는 물건이라고는 생각하지 않는 것 같았다. 그런데도 그날 이후로 하루토는 이따금 강사 대기실 컴퓨터로 외국의 아파트를 검색했다.

영어로 메일을 보내는 모습도 보았다.

대학교를 그만두고 외국으로 갈 생각일까.

나나 미카 선생님을 놔두고 먼 나라로 가버리려는 걸까.

하루토가 없는 미래를 생각하자 마음이 찌르르 아팠다.

미카 선생님은 하루토가 무얼 하려고 하는지 알고 있을까.

신경이 쓰였지만 하루토에게도 선생님에게도 물어볼 수 없었다.

그리고 폭풍우가 휘몰아친 그날이 왔다.

특별히 상처가 없었던 하루토는 나보다 먼저 퇴원했다.

인사도 하지 않고 사라져버렸다.

고즈에도 오고, 미카 선생님도 외출 허락을 받아서 찾아와 줬는데, 하루토는 오지 않았다. 틀림없이 병문안보다도 중요한 일이 있을 것이라고 생각했다.

내가 그림을 그리지 못하게 됐으니 대신 내년 도쿄 인피니티 준비를 시작했는지도 모른다. 그래, 틀림없이 그럴 것이다.

언젠가 하루토는 외국으로 떠날 것이다. 하지만 미카 선생님이 돌아가시기 전에 매 트로피를 따줄 것이다. 하루토가 선생님에게 은혜도 갚지 않고 사라질 리는 없다.

하루토가 있어서 다행이다.

하루토가 있으면 괜찮다.

오른손이 없어도 나는 전혀 문제없다.

문제없어야 하는데…….

한 달 만의 재회였다.

퇴원한 뒤 처음으로 하루토가 병문안을 온 그날, 만나고 나서 처음으로 하루토와 싸웠다. 나는 처음으로 하루토에게 화를 냈다.

"미카 선생님은 이제 사실 날이 얼마 안 남았잖아. 내년이 마지막 기회일지도 모르는데 하루토가 응모하지 않으면 아무도……."

"선생님한테 매 트로피를 선물하고 싶으면 네가 그랑프리를 따면 되잖아."

믿을 수 없었다. 왜 오른손을 잃은 나에게 그런 말을 하는 걸까.

어릴 때부터 하루토는 내가 부탁하면 무엇이든 들어주었다. 다른 아이들과 달리 나를 피하지도 않았다. 그랬는데…….

"왜 그런 심술궂은 말을 해?"

왼손을 뻗어 하루토의 소매를 움켜잡고 있는 힘껏 당겼다.

"난 이미 오른손이 없어. 그러니까 하루토한테 부탁하는 거잖아. 이런 부탁을 할 수 있는 사람은 하루토밖에 없으니까……."

"네 사정은 내가 알 바 아냐. 빨리 퇴원해서 직접 어떻게든 하면 되잖아."

"그게 안 되니까 부탁하는 거잖아!"

머릿속이 새하얘져서, 정신을 차렸을 때는 이미 소리치고 있었다.

"미카 선생님한테 은혜를 갚고 싶어! 선생님은 이제 곧 돌아가시잖아! 선생님은……! 제발 그려줘. 하루토밖에 부탁할 사람이 없단 말이야."

상체에서 힘이 빠지며 기역자로 폭 꺾였다.

하루토밖에 없는데. 내가 부탁할 수 있는 사람은, 기대고 싶은 사람은 너뿐인데.

"너한테 실망했어."

하루토는 차갑게 내뱉고 그대로 돌아가 버렸다.

4

사라진 오른팔과 맞바꾼 것처럼 머릿속이 선명해졌다.

이 세상에는 깨달은 인간과 깨닫지 못한 인간이 있다고 한다.

언젠가 고즈에가 그런 말을 했다.

너를 그리면
거짓이 된다

줄곧 이해가 안 되면서 마음속에 걸려 있던 그 말의 의미를 이해하기 시작했다.

첫 번째 각성은 오른손을 잃었을 때였다.

두 번째 각성은 하루토에게 거절당했을 때였다.

어릴 때부터 나에게 이 세상은 그릴 수 있는지 없는지, 만들 수 있는지 없는지로 재는 것이었다. 하지만 내가 두 발로 디디고 있는 대지는 훨씬 더 다양한 의미를 지니고 있었나보다.

한때 내 육체는 창작 충동을 형태로 만들기 위한 장치에 지나지 않았다. 적어도 나는 그런 식으로 나를 써왔다.

밥을 먹는 것도 잠을 자는 것도 단순히 에너지를 보급하는 행위였다.

창작 활동을 계속하려면 필요했기 때문에 밥을 먹고 잠을 잤을 뿐이다.

왜 이제 와서 깨달은 걸까.

이 오른손으로 하고 싶었던 일이 사실은 훨씬 더 많이 있었던 것 같다.

이런 손으로는 아빠의 일조차도 만족스럽게 돕지 못하지만.

아틀리에의 선생님도 계속하지 못하지만.

마음속으로는 모두에게 도움이 되고 싶었던 것 같다.

하지만 지금의 나는 말 그대로 쓰레기나 다름없다.

오른손이 사라졌을 뿐인데 아무런 도움도 되지 않는다. 누구에게도 사랑받지 못한다.

퇴원해도 뭘 해야 좋을지 몰랐다.

지금까지는 아틀리에에서 작품을 하고, 하루토와 대학교 생활을 하는 게 일상의 전부였다. 하지만 이제는 대학교에 다니는 의미도 없다.

아빠는 매일 일을 하러 간다. 둘이서 먹고살기 위해 돈을 벌러 나간다. 무서웠다. 10년 넘게 이 집에서 살아왔는데, 혼자 남아 있는 집이 갑자기 참을 수 없이 두려운 곳으로 느껴졌다.

이대로 계속 혼자 집에 있으면 머리가 이상해질 것이다. 그런 기분이 들었다.

이제 나는 아무런 가치도 없는 인간이다. 차라리 죽는 편이 행복할지도 모른다. 이대로 충동에 몸을 맡기고 강물에라도 뛰어드는 게 나을지도 모른다.

그런 생각도 했지만 아슬아슬한 순간에 이성이 작동했다.

이 이상 아빠에게 슬픔을 안겨줄 수는 없었다. 어떠한 기대에도 부응하지 못한다고 해서 한계까지 실망시켜도 되는 것은 아니다.

……위험하다. 이 집에 혼자 있으면 안 된다.

옷 단추도 만족스럽게 채우지 못한 채로 집에서 무작정 비트적비트적 나왔다.

정신이 들고 보니 내 다리는 아틀리에 세키네를 향하고 있었다.

이런 때조차도 내가 향하는 곳은 아틀리에였다.

매일 다녔던 아틀리에는 토사 붕괴로 못쓰게 되었다.

하지만 이내 재해보험을 받아서 선생님이 근처에 건물을 새로 빌렸다고 한다.

주고 간 직접 그린 약도에 의지해 30분 정도 방황했을까.

도착한 끝에 있는 것은 예전 아틀리에와는 전혀 다른 건물이었다. 정원도 없고 목조 건물도 아니었다. 외벽은 무미건조하게 처덕처덕 바른 콘크리트였다.

나는 아틀리에 세키네가 좋았다. 언제까지나 그곳에 있고 싶었다.

아트 프로모터라는 사람이 해외 갤러리를 돌아보자고 권한 적이 있었지만, 아틀리에를 떠나고 싶지 않아서 거절했다. 미카 선생님, 하루토와 떨어지는 것은 생각할 수 없는 일이었다.

묵직한 문을 왼손으로 열고 안으로 들어갔다.

몸 상태도 좋지 않은데 돌아다닌 탓에 기분이 끔찍했다. 금방이라도 토할 것 같았다.

하지만 도와줄 사람은 아무도 없다. 마음 써주는 사람도, 이제는 없다.

벽에 기대며 복도를 지나 교실들을 들여다보았다. 예전의 아틀리에와 마찬가지로 학생들은 목적과 나이 별로 나뉘어 있는 듯했다.

나를 알아챈 몇 명이 흠칫 놀란 얼굴로 돌아보았지만 아무도 말을 걸지는 않았다.

항암제 치료가 시작되었다며, 미카 선생님은 한동안 계속 입원할 거라고 했다.

오늘도 엄청난 수의 학생들을 하루토가 혼자서 가르치고 있었다.

하루토는 대단하다. 전문 분야가 아닌 학생도 제대로 지도한다.

나도 미카 선생님 대신 강사를 했지만, 내가 할 수 있는 것이라고는 견본을 보여주는 것 정도였다. 그 견본조차도 학생들은 그다지 달가워하지 않았다. 설명도 제대로 했는데 언제나 아이들은 당혹스러운 표정을 보였다.

지도하는 모습을 창문 너머에서 지켜보다 하루토와 눈이 마주쳤다.

하지만 그뿐이었다. 수업에 집중하고 있는지, 하루토는 반응을 보이지 않았다.

뭐, 그것도 평소와 똑같았다. 하루토와 나는 인사를 하지 않는다. 어릴 때부터 안녕, 잘 자, 잘 가 같은 말은 한 적이 없다.

교실을 둘러보았을 뿐인데 완전히 녹초가 되었다.

또 열이 나는지도 모른다. 머리도 어질어질했다.

건물 맨 안쪽에 '강사 대기실' 팻말이 걸린 방이 있었다.

미카 선생님과 하루토를 위한 방이다.

문을 열자 두 사람의 개인적인 물건 외에 아직 팔려고 내놓지 않은 내 작품도 놓여 있었다. 강사 대기실은 토사 붕괴 피해에서 살아남았던 모양이다.

방 중앙에 놓여 있는 이젤에 그리다 만 캔버스가 세워져 있었다. 폭풍우 치던 그날 내가 그리던 유화다.

모처럼 그림은 무사했는데 내가 못쓰게 망가지고 말았다. 더는 이어서 그리지도 못한다. 버리면 됐을 텐데 왜 가지고 왔을까.

완성되어 있는 작품은 조만간 적당한 갤러리에 가지고 가서 팔아버리자.

돈으로 바꿀 수 있다면 그 편이 낫다.

작품을 다 처분하고 나면 어떻게 해야 좋을까. 어디로 가면 좋을까.

사실은 계속 여기에 있고 싶지만 이제 나는 단순한 짐짝에 지나지 않는다.

미카 선생님이 돌아가시면 하루토는 이곳을 어떻게 할 생각일까.

학원에는 오늘도 학생들이 잔뜩 있지만 애당초 하루토가 강사를 시작한 것은 미카 선생님을 쉬게 하기 위해서였다.

하루토는 앞으로 어떻게 살아갈까.

나는 하루토가 어떻게 하길 바라는 걸까.

5

"도코 언니도 먹을래?"

고즈에가 내미는 아이스크림으로 손을 뻗었다.

그리고 깨달았다. 오른손이 있었다.

어? 고즈에가 이렇게 귀여웠던가?

쇼윈도에 비친 자신의 모습에도 위화감이 들었다.

왜 유카타를 입고 있지? 유카타는 살면서 딱 한 번밖에 입어본 적이 없다.

그건 아마 열다섯 살 여름, 아틀리에 사람들과 하코네 온천에 갔을 때였다.

……아. 그렇구나. 아마도 옛날 꿈을 꾸고 있나 보다.

이것은 어쩌면 인생에서 가장 근사했을지도 모르는 그날의
환상이다.

"내일이면 돌아가잖아. 오늘 정도는 노천탕에 가자."

고즈에가 울먹이며 애원했다.

"싫어. 모르는 사람이 있는 목욕탕에는 안 갈 거야."

"다른 애들도 있으니까 괜찮아. 미카 선생님도 같이 간다고
했고."

"싫어. 고즈에 혼자 가든가."

"그러면 도코 언니는 목욕 안 할 거잖아. 오늘도 땀을 잔뜩
흘렸는데."

기억난다. 선명히 기억한다. 내가 질색하는 바람에 고즈에
는 어제도 노천탕에 가는 것을 포기했다.

"가족탕은 된다는 건 나랑 같이 목욕하는 건 괜찮다는 거
지?"

끄덕였다.

"그럼 아틀리에 애들이랑 목욕하는 것도 똑같지 않아?"

"모르는 사람이 오니까 안 돼."

"정말 고집쟁이라니까."

"고즈에는 집에서 하루토랑 같이 목욕 해?"

궁금했던 것을 물어보았을 뿐인데 고즈에는 깜짝 놀란 얼

굴로 멀뚱히 보았다.

"그럴 리가 없잖아. 이상한 소리 좀 하지 마."

"그래?"

"그래. 보통 오빠랑 같이 목욕하진 않아."

"난 오빠가 없어서 몰라. 고즈에는 좋겠다."

"도코 언니도 오빠가 갖고 싶었어?"

"응. 고즈에는 집에서도 하루토랑 같이 그림 그릴 수 있잖아?"

"……못 그려."

"왜? 매일 그릴 수 있잖아."

"못 그린다니까. 오빠는 거의 집에 없는걸. 아틀리에에 안 오는 날은 다른 미술 학원에 다녀."

그러더니 고즈에는 곧바로 퍼뜩 놀란 것처럼 입을 막았다.

"하루토는 다른 미술 학원에도 다녀?"

떨떠름한 얼굴로 끄덕였다.

"비밀이니까 아무한테도 말하면 안 돼. 미카 선생님한테도 오빠한테도 절대로 말하면 안 돼. 내가 혼나니까. 말하지 말라고 못을 박았었는데 도코 언니가 이상한 말을 하니까 무심코 튀어나왔잖아."

"하루토는 왜 다른 미술 학원에도 다녀?"

"몰라. 아틀리에 세키네에 다니기 전부터 매일 다른 미술

너를 그리면
                                              거짓이 된다

학원에 다녔었어. 왜 그렇게까지 하는 걸까? 다른 미술 학원에 몰래 다니고선 잘 그리는 척하다니 얄밉지 않아?"

"그래?"

"그럼. 그렇게까지 하지 않아도 잘 그리는데 왜 그렇게 얄밉게 구는 걸까?"

고즈에는 왜 하루토를 얄밉다고 하는 걸까. 미술 학원에 매일 다니는 것은 평범한 일이다. 하루토는 그것이 다른 장소였을 뿐이지 않은가.

"나는 기쁜데."

"기쁘다니 뭐가?"

"나는 하루토 그림이 좋거든. 보고 있으면 마음이 몽글몽글해져."

"몽글몽글이 뭐야? 도코 언니는 가끔 무슨 뜻인지 모를 말을 하더라. 하지만 뭐, 그렇겠지. 도코 언니의 눈에 차는 건 오빠의 그림 정도니까."

그렇지 않아. 미카 선생님 그림도 좋아하고 고즈에의 그림도 좋아해.

"어쩌면 오빠는 도코 언니를 혼자 두지 않으려고 열심히 노력했던 건지도 몰라. 아니다, 역시 그건 좀 아닌가? 초등학생이 그런 생각을 할 리가 없으니까. 하지만 오빠는 생각하는 게 좀 이상하니까."

하루토가 나를 혼자 두지 않으려고 노력했다고?

확실히 하루토가 아틀리에에 다니기 전까지는 나를 이해해 주는 사람은 미카 선생님 한 사람뿐이었다.

하지만 지금은 아니다. 하루토가 있다.

나는 하루토의 그림을 보고 싶고, 내 그림을 보여주고 싶다.

그런 유일한 존재가 하루토다.

"잘 거면 집에 가서 자."

갑자기 여기에 있을 리가 없는 하루토의 목소리가 들렸다. 누가 어깨를 흔들었다.

"에어컨도 안 켜고 이런 곳에서 자면 감기 걸리잖아."

"……어라? 하루토는 이미 컸구나."

"잠꼬대 해?"

아무래도 그리운 꿈은 이미 끝났나보다.

근사한 유카타도, 내 오른손도 사라져 있었다.

"꿈을 꿨어. 다 같이 하코네에 갔던 날의 꿈."

"아주 옛날 꿈을 꿨네."

"일은 다 끝났어?"

"아니, 저녁 먹어야 해서 휴식 중이야."

"내 몫도 있어?"

"올 줄 몰라서 준비 안 해놨어. 배고파?"

고개를 끄덕였다.

"그럼 이거 먹어."

눈앞에 도시락 통을 내밀었다.

"그래도 돼? 하루토는?"

"사러 갈 거야. ……아. 넌 지금은 젓가락 못 쓰지."

"해볼래."

"됐어. 왼손으로 먹을 수 있는 걸 사올게. 잠깐 기다려."

"알았어. 그런데 그 전에 물어보고 싶은 게 있어. 어릴 때
이야긴데."

하루토는 의자에서 일어나려다 다시 앉아서 나를 보았다.

오늘도 하루토의 눈은 아름답다. 언제나 정말로 아름답다
고 생각했다.

"왜 매일 다른 아틀리에에도 다녔어?"

그 물음을 입에 올린 순간 하루토의 얼굴이 단숨에 일그러
졌다.

이런 하루토의 얼굴은 본 적이 없다. 왜 갑자기…….

"누구한테 들었어?"

하루토의 것이라고는 생각하기 힘들 만큼 나직한 목소리로
물었다.

"고즈에."

"병원에서?"

왜 이렇게 노려보는 눈으로 나를 보는 걸까.

"아니. 옛날 꿈을 꿨다고 했잖아? 그때 들었어."

"그때라면……."

"하코네 온천에서. 열다섯 살 때였나?"

내 목소리가 들리지 않는 걸까.

하루토의 얼굴이 창백해졌다.

"하루토, 듣고 있어?"

"……저녁 사올게."

하루토는 질문에는 대답하지 않고 그대로 방에서 나가고 말았다.

왜 무시하지? 화가 난 듯도 하고, 충격을 받은 것처럼도 보였다. 내가 뭔가 해서는 안 될 말을 한 걸까.

그러고 보니 그때 고즈에가 '비밀이니까 아무한테도 말하면 안 돼'라고 못을 박았었지. 어릴 때 일이고, 들었을 때도 지금도 깊이 생각해 보지 않았는데, 역시 말하면 안 되는 거였을까. 그래서 하루토는 그런 얼굴을 한 걸까.

하루토는 15분 뒤에 돌아왔다.

내가 좋아하는 초코 크루아상이 편의점 봉투에 들어 있었다.

하루토는 다정하다. 언제나 내가 좋아하는 것, 먹고 싶은

너를 그리면
거짓이 된다

것을 사온다. 하지만 편의점은 아틀리에 바로 옆에 있었다. 왜 15분이나 걸렸을까.

미카 선생님이 입원한 뒤로 둘이 같이 밥을 먹는 경우도 늘었다. 우리는 평소와 같이 마주 앉아, 평소와 같이 한 마디도 하지 않고 저녁을 먹었다.

하루토는 나를 쳐다보지도 않았다. 그것도 평소와 똑같았다.

오른손이 있었던 곳이 찌릿찌릿 아픈 것처럼 느껴지는 것은 기분 탓일까.

"있잖아, 하루토."

크루아상을 다 먹고 나서 말했다.

"유화, 그리고 있어? 내년에 도쿄 인피니티에 응모해줄 거지?"

"또 그 얘기야?"

목구멍에 걸려 있던 질문을 꺼내자 무서운 얼굴로 노려보았다.

"미카 선생님한테 매 트로피를 드리고 싶어. 선생님이 무언가가 갖고 싶다고 하신 건 처음이란 말이야. 난 미카 선생님이 좋아. 그러니까 선생님이 돌아가시기 전에 제대로 고맙다고 전하고 싶어. 매 트로피를 선물해서 웃는 얼굴을 보고 싶어."

"예전에도 말했잖아? 난 응모 안 할 거야. 관심 없어."

"왜 그렇게 심술을 부려?"

"관심도 없는 사람이 응모하는 건 상에 대한 모욕 행위야."

"하지만 올해는 응모했잖아."

"그래. 그래서 이미 만족했어."

"왜? 우수상이었잖아? 그랑프리도 아닌데 어떻게 만족해?"

"너한테 이겼으니까. 그러니까 이미 그 콩쿠르에는 관심이 없고, 두 번 다시 응모도 하지 않을 거야. 매 트로피가 탐나면 네가 직접 따내든지 해."

"그게 안 되니까 부탁하는 거잖아. 내 오른손은 이미⋯⋯! 왜 몰라주는 거야!"

이렇게나 괴로운데.

이렇게 진지하게 부탁하는데.

"⋯⋯고즈에가 그랬어. 매일 다른 미술 학원에 몰래 다니고선 잘 그리는 척해서 얄밉다고."

"이번엔 그 이야기야?"

"난 얄밉다고 생각 안 했어. 하루토도 날마다 그림을 그려야 하는 사람이구나 싶어서 기뻤어. 하지만 고즈에는 얄밉다고 했어. 하루토는 생각하는 게 좀 이상하다고 했어."

"너는 무슨 말이 하고 싶은 거야?"

"고즈에가 그랬다니까."

"그러니까 뭘 말이야?"

"하루토는 나를 혼자 두지 않으려고 열심히 노력했던 건지도 모른다고."

하루토의 눈이 살짝 커졌다. 그런 느낌이 들었다.

"하루토는 날 혼자 두고 싶지 않아서 노력했어? 그래서 날마다 그림을 그렸어? 아니지? 그리고 싶어서 그렸을 뿐이었지?"

나는 오늘도, 하루토의 마음을 모른다.

언제나 하루토의 감정은 모른다. 하지만…….

"오른손이 잘린 뒤로 생각했어. 하루토는 나랑 똑같아. 그림을 그리고 싶어서 그렸을 뿐이야. 그렇게 생각했는데 고즈에가 한 말이 정말이면 좋겠다고, 하루토가 나를 혼자 두지 않는 사람이면 좋겠다고, 오른손이 죽은 뒤로 그런 생각이 들었어."

사실은 어때, 하루토?

하루토는 나를 어떻게 생각해?

"……어리광부리지 마."

"어리광부리지 않았어."

"어리광부리고 있잖아."

"아니라니까! 난 이제 틀렸으니까 하루토한테 부탁하는 수밖에 없단 걸 왜 몰라주는 거야?"

"모르는 건 너잖아."

"그래, 몰라! 하루토는 아무것도 얘기해 주지 않잖아! 표현이 부족해!"

어째서일까.

"하루토는 말이 부족해! 제대로 말해봐!"

지금까지 한 번도 생각해 본 적도 없던 말이 차례차례 입에서 튀어나왔다.

"왜 외국으로 가려는 거야? 왜 일본을 떠나려고 해?"

"이번엔 또 무슨 소리야?"

"외국 갤러리스트랑 얘기했잖아. 외국에 있는 아파트를 알아봤잖아. 미카 선생님은 아파서 일하지 못하는데 어딜 가려는 거야?"

"너 아까부터 자꾸 무슨 이야기를 하는 거야?"

"제대로 설명하란 말이야. 나한테는 얘기 해. 너도 알잖아? 오른손이 잘렸어. 난 더 이상 미카 선생님을 대신할 수 없어. 아틀리에에서 선생님을 할 수 있는 사람은 하루토밖에 없어. 외국으로는 안 갈 거지? 여기서 선생님을 계속할 거지?"

"지금 명령하는 거야?"

"자꾸 묻지 말라니까!"

소리치고 있었다.

"지금은 하루토가, 하루토의 감정을 이야기할 차례잖아!"

"그럼 딱 한 번만 말할 테니까 잘 들어."

하루토는 얼굴을 일그러뜨렸다.

"그때 내가 구해달라고 부탁했어?"

그리고 차갑게 내뱉었다.

"다른 사람은 신경 쓰지 말고 내버려 둬. 이젠 어린애도 아
니잖아. 언제까지 방황해야 성이 차는데? 그림을 그리지 않을
거면 걸리적거리니까 돌아가."

몰랐다. 하루토가 무슨 말을 하려는 건지, 왜 자꾸 슬퍼지
는 말만 하는지. 정말로, 정말로 몰랐다.

왜 다정하게 대해주지 않아?

왜 날 혼자 두려고 해?

하루토밖에 없는데.

내가 지금 이해해주길 바라는 사람은 하루토뿐인데.

오른손을 잃은 뒤로 하루토만이 나에게 차갑다.

6

그날 밤부터 또 고열에 시달리게 되었다.

끔찍한 두통이 밀려오고, 구토물에는 피까지 섞여 나왔다.

괴로워 몸부림치는 사이에 재입원이 결정되었다.

처음 한 달 반 동안 입원하면서 통증은 사라졌을 텐데.

있지도 않은 오른손이 아파서 밤에도 잠을 이루지 못했다.

진통제를 먹고 주사를 맞아도 통증은 점점 커지기만 했다.

간신히 잠이 들어도 오른손을 잃은 날의 꿈을 꾸고 비명을 지르며 깨어났다.

몸이 이상했다. 머릿속도 이상했다.

음식이 목구멍으로 넘어가지 않았다. 의사나 간호사의 말도 잘 들리지 않았다.

더는 어린애가 아니다. 하루토는 그렇게 말했다.

하지만 내가 어른이라는 생각은 들지 않았다.

어른이란 아빠나 미카 선생님이나 하루토처럼 혼자서 뭐든 할 수 있는 사람을 말한다. 나는 아니다. 나는 바보라서, 아무것도 몰라서 혼자서는 아무것도 못한다.

오른손을 잃고 길고 긴 꿈에서 깨어났지만, 그런 걸로는 어른이 될 수 없다.

계속 참으면 언젠가는 좋아질 것이다.

그렇게 생각했는데 지옥 같은 괴로운 나날은 2주일이 지나도 계속 이어졌다.

침대 위에서 잠만 자는데 폐가 아프고 숨이 찼다.

무얼 보려고 해도 시야가 흐릿했다.

너를 그리면
거짓이 된다

머리가 아팠다. 배가 아팠다. 있지도 않은 오른손이, 잡아 뜯고 싶어질 만큼 아팠다.

그리고 몸이 한계에 이르러 가던 그때였다.

내 정신은 세 번째 각성을 했다.

이런 하루하루를 육체가 버틸 수 있을 리가 없다.

틀림없이 나는 이제 곧 죽는다. 그런 확신이 마음속에 떠올랐다.

죽음을 각오한 내 귀에 언젠가 미카 선생님이 해준 말이 들렸다.

「앞으로는 언제든지 원하는 만큼 아틀리에를 써도 돼.」

그렇다. 일곱 살이었던 그날, 미카 선생님이 나에게 발붙일 곳을 주었다.

무언가를 참을 필요도 없고, 나답게, 자유롭게 있을 수 있는 곳.

나는 아틀리에가 정말 좋았다. 정말로, 정말로 좋아했다.

어차피 죽는다면 아틀리에에서 죽고 싶다.

오른손이 먼저 죽는 바람에 더는 그림을 그리지 못하지만.

죽을 장소는 소중한 아틀리에가 좋겠다.

수액 바늘을 뽑고 환자복을 입은 채로 걸음을 옮겼다.

이미 일주일 넘게 제대로 음식을 삼키지 못했다.

다리에 힘이 들어가지 않았다. 그런데도 신기하게 걸을 수 있었다.

기합을 넣어 몸에 힘을 주고 난간에 의지하며 맨발로 복도를 걸었다.

요령껏 몸을 숨겨 간호사에게 붙잡히지도 않고 병원을 빠져나오니, 바깥에는 차가운 비가 내리고 있었다.

환자복을 입은 여자가 무방비하게 비를 맞고 있어서일까.

지나가는 사람들이 놀랐지만 무시하고 택시를 잡았다.

아틀리에에 도착하자 택시 창문을 열고 지나가는 학생에게 하루토를 불러달라고 했다.

2주일 만에 만난 그는 평소와 다름없는 하루토였다.

설명하지 않아도 내가 바라는 건 손에 잡힐 듯이 아는 듯했다. 택시 기사에게 요금을 지불하고, 한 걸음도 걷지 못하는 내 팔을 어깨에 두르고 그대로 현관 앞까지 데려갔다.

"놓는다."

다리에 힘이 들어가지 않았다.

젖은 콘크리트 위에 쓰러지듯이 풀썩 주저앉았다.

고개를 들자 하루토가 무표정하게 나를 내려다보고 있었다.

억수 같은 비가 우리를 가차 없이 적셨다.

"안으로 안 들어가? 감기 걸려."

"말했잖아? 그림을 그리지 않을 거면 걸리적거리니까 돌아가라고."

"응. 말했지."

"뭐 하러 왔어?"

"난 이제 곧 죽을 거야. 그래서 왔어."

"무슨 뜻인지 모르겠어."

"여기서 죽고 싶어. 아틀리에가 제일 좋으니까."

하루토가 기가 찬 얼굴로 한숨을 내쉬었다.

"바래다줄 테니까 병원으로 돌아가."

"싫어. 여기서 죽을 거야."

"인간의 몸은 내가 기대하는 것보다 약하지만 네가 생각하는 것보다는 강해."

하루토의 말은 때때로 귀찮다. 하지만 좋아한다.

"자, 일어서."

위팔을 잡는 손을 뿌리치고 노려보았다.

"요전에 하루토가 그랬지? 도와달라고 한 적 없다고. 남들은 그냥 내버려두라고. 그건, 거짓말이지? 나랑 하루토는 남이 아니잖아. 왜 그런 슬픈 말을 했어?"

"남이잖아."

"남이 아니야. 지금도 계속 도와줬잖아. 어릴 때도, 고등학생이 된 뒤에도, 대학생이 돼서도, 언제나 하루토는 날 도와

췄어. 날 제대로 봐줬어. 그런데 왜 갑자기 이상해진 거야?"

나는 지금 울고 있는 걸까.

비 때문에 스스로도 잘 알 수가 없었다.

"왜 화를 내는 거야? 내 어디가 싫어진 거야?"

가르쳐줘. 제대로 알려줘.

"그날 밤, 토사에 쓸려 아틀리에가 무너졌던 날 밤, 내가 하루토를 구한 게 그렇게 잘못이었어?"

"이미 두 번이나 말했잖아. 이제 좀 알아들어."

"그러니까 그 두 번이 뭔데?"

"그림을 그리지 않을 거면 걸리적거리니까 돌아가라고."

"나도 몇 번이나 말했잖아. 절대로 안 돌아갈 거야. 여기서 죽을 거야!"

하루토가 아프도록 힘껏 왼쪽 손목을 움켜잡혔다.

"넌 정말로 바보구나. 아직도 모르는 거야? 어서 빨리 좀 깨달아."

"깨달을 필요는 없어. 나한테는 하루토가 있으니까! 하루토가 다 가르쳐 주니까 내가 생각할 필요는 없어!"

"……대체 뭐야. 넌 왜 그렇게 날 신용하는 거야."

어느새 하루토의 얼굴까지 엉망으로 일그러져 있었다.

"난 하루토가 없으면 안 돼."

단지 그뿐이야.

전혀 어려운 이야기가 아니다.

"그날 밤 내가 하루토를 구한 것도……."

"그러니까 구해달라고 부탁한 적 없잖아!"

그것은 내가 처음으로 듣는 하루토의 고함소리였다.

"부탁도 안 했는데 멋대로 날 구하고. 오른손을 잃었다고 해서 네 레이스는 끝난 거야? 우리가 달리던 곳이 그렇게 쉽게 내려갈 수 있는 곳이었냐고!"

"오른손이 없으니까 어쩔 수 없잖아!"

"웃기지 마! 언제까지 질질 짜기나 할 거야! 죽어서 끝내겠다는 건 그냥 도망치는 거야. 언제까지나 어리광부리지 마!"

"나도 그리고 싶어. 그리고 싶은 게 당연하잖아!"

기력을 짜내 소리쳤다.

"하지만 어떻게 해야 좋을지 모르겠단 말이야. 나는 바보라서 몰라. 하루토, 도와줘. 나는 어떡하면 좋아? 넌 알잖아? 너라면 해답을 알고 있지?"

이쯤 되면 틀림없다.

이것은 비가 아니다.

"걸리적거린다고 하지 마. 돌아가라고 하지 마. 내가 있을 곳은 여기뿐이야. 난 아틀리에에서 죽을 거야. 여기서 그림을 그리다가 죽고 싶어! 그러니까 도와줘! 한 번 더, 어떻게 하면 그림을 그릴 수 있는지 나한테 가르쳐줘!"

그것은 지금 이 순간 입 밖으로 꺼내기 전까지는 스스로도 깨닫지 못했던 본심이었다.

　미카 선생님과 하루토와 나만의 방.

　하루토는 나를 강사 대기실 소파에 가만히 내려주었다.

　그러고는 비에 젖은 머리카락과 손발을 수건으로 닦아주었다.

　숨을 쉬는 것만으로도 괴로웠다.

　여기까지 올 수 있어서 다행이었다.

　"죽기 전에 딱 한 장이라도 좋으니까 그리고 싶어."

　"한 장으로 만족해?"

　고개를 가로저었다.

　"아니. 만족하진 않지만 하다못해 딱 한 장이라도."

　"그래. 일단은 한 장부터 시작하자."

　"하루토. 난 그리고 싶어. 역시 그리고 싶다고. 하지만 모르겠어. 오른손이 없으니까 어떻게 해야 좋을지 모르겠어."

　아, 그렇다. 이 눈이다. 이것이 내가 아는 하루토의 눈이다.

　하루토는 더는 화내지 않았다. 평소의 다정한 눈으로 나를 보고 있었다.

　"가르쳐줘. 어떻게 하면 돼? 날 누구보다 잘 아는 사람은 하루토잖아. 하루토의 말을 듣는 게 언제나 가장 올바른 길이었어. 가르쳐줘. 하루토는 내가 어떻게 해야 하는지 이미 알고 있지?"

"이제야 그럴 마음이 든 거야?"

미안해. 하루토, 미안해.

어리광부리지 말라는 건 그런 뜻이었구나.

하루토는 나를 혼자 두지 않으려고 열심히 애써줬는데 내가 도망치려고 했어. 하루토를 혼자 남겨둘 뻔했어.

"그럴 거야. 더는 도망치지 않을 거야."

왤까.

그 말을 내뱉은 순간 두통도, 구역질도, 복통도 사라졌다.

"너한테 보여주고 싶은 게 있어."

하루토는 책상 서랍에서 스케치북 두 권을 꺼냈다.

그리고 내 눈 앞에서 한 페이지씩 넘겼다.

떨리는 선으로 그린 서툰 그림이 하나씩 나타났다. 아틀리에에 다니는 초등학생이 그린 그림일까. 페이지가 넘어갈 때마다 그림은 눈에 띄게 성장했다.

"이건 펜을 오른손 손목에 고정하고 그린 그림이야."

이어서 다른 스케치북을 펼쳤다.

"이쪽은 왼손으로 그린 그림이고."

역시 앞쪽은 엉망이었지만 페이지가 넘어갈수록 그림은 믿을 수 없을 만큼 진화해 있었다. 뒤쪽 페이지는 익숙한 하루토의 그림과 별반 차이가 없어 보였다.

"평소의 터치를 재현하려면 손끝의 컨트롤이 반드시 필요했어. 그래서 왼손으로 그린 게 더 나아. 나도 두 달 만에 이 정도까지 그릴 수 있게 됐어. 너라면 더 빨리 익숙해질 거야."

……계속 그걸 확인하고 있었던 거야?

하루토는 병문안을 한 번밖에 오지 않았다. 하지만 역시 나를 잊었던 것은 아니었다.

어떻게 하면 좋을지를 나에게 가르쳐주기 위해서 스스로를 상대로 실험을 하고 있었던 것이다.

"스케치북 줘. 바로 그릴래."

"그래. 그것도 좋지만."

하루토는 내 머리를 다정하게 쓰다듬었다.

"너, 병원에서 몰래 빠져나왔지? 링거는 직접 뽑았어?"

"어떻게 알아?"

"소매에 피가 묻어 있잖아. 아팠지?"

"응. 하지만 그보다 훨씬 아픈 곳이 여기저기 있었거든."

무언가 이상한 말을 한 걸까.

하루토는 작게 웃고는 내 앞에 스케치북을 내려놓았다.

"이건 가져가도 되니까 병원으로 돌아가자."

"싫어. 지금 당장 그리고 싶어."

"몸을 회복시키는 게 먼저야. 마음만 가지고는 몸은 안 움

너를 그리면
거짓이 된다

직여. 이제 곧 죽을 거라든가, 마지막 한 장이라든가, 다 포기한 듯한 말은 하지 마. 죽으면 같이 그림을 그릴 수 없잖아."

"그건 더 싫어. 정말 싫어."

"지금은 병원으로 돌아가자. 네가 계속 그리기만 한다면 미카 선생님도 쉽게 포기하시진 않을 거야. 도쿄 인피니티 그랑프리를 노릴 기회는 한 번 더 있어."

"내가 매 트로피를 따내면 선생님이 기뻐해 주실까?"

"그럼. 당연하지."

택시를 기다리는 동안.

하루토에게 기대 스케치북 위에서 왼손을 움직여 보았다.

망설임 없이 연필을 움직였는데 선은 흔들리고 원근은 엉망이었다.

강약도 줄 수 없었다.

똑바른 선조차도 생각대로 그릴 수 없었다. 그래도,

"역시 도쿄한테는 못 이기겠어. 이것 봐. 내 첫 그림은 이런데."

하루토가 두 권 째 스케치북을 한 번 더 펼쳐보았다.

"알고는 있어도 분한 건 어쩔 수 없나봐. 왼손으로도 너한테는 이길 수 있을 것 같지가 않아. 난 원래 왼손잡이였는데."

부드럽게 웃으며 하루토가 나를 보고 있었다.

이렇게 됐는데.

주로 쓰는 손을 잃고, 일상생활조차 쉽지 않은데.

하물며 그림을 그리는 건 예전보다 몇 배나 힘들어졌는데.

어째서일까. 왜 이렇게 가슴이 뜨거운 걸까.

좋아한다.

나는 역시 그림을 정말 좋아한다.

7

병원으로 돌아오자 의사와 간호사와 아빠에게 눈물이 쏙
빠지도록 단단히 혼이 났다. 내가 링거를 빼고 병원을 빠져나
갔다고 들은 아빠는 반쯤 정신이 나가서 일을 조퇴하고 병원
으로 달려왔다고 한다.

"도코는 목숨을 끊을 생각인지도 몰라요."

아빠의 말에 관계자들이 총출동해서 나를 찾아다녔다고
한다.

물론 하루토에게도 연락이 갔지만 하루토는 평소에 휴대전
화를 늘 몸에 지니고 다니는 성격이 아니다. 오른손을 잃은
내가 아틀리에로 갔으리라고 생각한 사람도 없었다고 한다.

그래서 내가 어디에 있는지 알아내지 못했다.

그리고 모두가 어찌할 바를 모르고 망연자실해 있는데 내가 하루토와 함께 태연하게 돌아왔다.

종적을 감추기 전보다 얼굴색도 좋고, 게다가 스케치북까지 옆구리에 끼고 있었다.

아빠와 모두가 길길이 화를 낸 것도 당연했는지도 모른다.

곧이어 병원으로 달려온 고즈에도 기가 차서 잔소리를 쏟아냈고, 미카 선생님도 전화로 불같이 화를 냈다.

그날을 경계로 열이 끓어오르지도 않고, 구역질과 환상통에 시달리지도 않았다.

아무리 먹어도 배가 고팠다.

익숙지 않은 왼손을 쓰는 탓에 금방 어깨가 아파오는데 신기하게도 쉬고 싶은 마음이 들지 않았다. 한밤중에 스케치북을 펼치고 그림을 그리는 모습을 들키고 간호사에게 호되게 야단맞은 적이 한두 번이 아니었다.

이윽고 퇴원이 결정되자 그길로 곧장 아틀리에로 향했다.

강사 대기실에는 미카 선생님의 방이 토사 붕괴에 휩쓸리기 전과 똑같이 재현되어 있었다.

"너도 여기 강사니까 얼마든지 써도 돼."

하루토는 퇴원 축하 선물로 새 아틀리에의 열쇠를 주었다.

다키모토 도코를 다키모토 도코답게 만들어주던 오른손은 이제 없다.

그 오른손은 두 번 다시 돌아오지 않는다.

그래도 나는 이곳으로 돌아왔다.

가장 소중하고, 가장 좋아했던 곳으로 다시 돌아왔다.

이런 손으로는 이제 조각이나 도예는 불가능할지도 모른다.

하지만 그림은 그릴 수 있다.

마지막까지 그림만큼은 나를 거부하지 않았다.

예술의 세계는 마음만으로 잘될 만큼 녹록하지 않다.

새로운 날들은 실제로 고민스럽기만 했다.

나는 어릴 때부터 머리에 떠오른 것은 무엇이든 캔버스에 표현할 수 있었다. 캔버스라는 것은 마음을 비추는 거울에 지나지 않았다.

그런데 지금은 머리를 왼손이 따라가지 못했다.

떼쟁이처럼 날뛰는 왼손에 사정없이 휘둘렸다.

"생각대로 그림이 안 그려져."

어릴 때부터 귀가 닳도록 들어온 말을 내가 하는 날이 올 줄은 몰랐다. 하지만 고민스러운 날들이 지금은 진심으로 사랑스러웠다.

데생과 크로키 수업을 듣는 게 몇 년 만일까. 학생들과 나

너를 그리면
거짓이 된다

란히 하루토의 수업을 들으면서 15년 가까이 다녔는데도 처음으로 아틀리에 세키네가 미술 학원인 의미를 이해했다.

이곳은 그림을 배우는 곳이었다. 줄곧 고뇌하는 아이들을 신기한 마음으로 보아 왔고, 왜 그 아이들은 생각하는 대로 그리지 않을까 하고 의문을 느꼈는데, 마음을 비춘다는 것은 쉬운 일이 아니었다.

간신히 깨달은 그것을 흥분하며 하루토에게 이야기했다.

"너는 다른 사람들의 기분을 이해했다는 얼굴을 하고 있지만, 평범한 사람은 그릴 것을 정하는 시점부터 이미 고민하고 있다고."

하루토는 어처구니없다는 표정으로 말했다.

오른손을 잃고 후퇴한 지금도 나는 다른 사람들보다 세 걸음 정도는 앞서 있다고 한다.

오른손을 잃고 좋은 일이 딱 하나 있다.

매달 끈질기게 권유하러 오던 프로모터라는 사람이 찾아오지 않게 되었다.

아틀리에 세키네를 떠날 생각은 없다. 완성한 그림은 팔고 싶지만 선생님과 하루토가 없는 나라로 갈 생각은 없다. 그렇게 말했는데 끈질기게 몇 번이나 권하고 또 권했다.

오른손을 잃은 뒤로 그들은 단 한 번도 내 앞에 나타나지 않았다.

다행이다. 오히려 잡음이 줄어들어서 기뻤다.

소중한 것은 손바닥 위에 올릴 수 있는 정도가 딱 좋다.

나는 손이 하나밖에 없으니 남보다 짐이 가볍지 않으면 앞으로 나아갈 수 없다.

잠자는 시간도 아껴가며 왼손으로 그림을 그렸다.

그런 나날이 열흘 정도 이어졌을 때 갑자기 선의 떨림이 멈췄다.

그로부터 한 달 뒤에는 왼손을 만족스럽게 제어할 수 있었다.

오른손과 같은 속도로 그리지는 못한다.

어깨와 팔의 피로도 오른손으로 그리던 때보다 훨씬 심했다.

그래도 왼손은 시간과 함께 확실하게 내 것이 되어갔다.

겨울이 끝나갈 무렵.

왼손으로 그린 그림은 지금까지 그리던 그림과 거의 다르지 않은 수준이 되었다.

적어도 나는 그렇게 생각했다. 그런데 봄에 일시 퇴원한 미카 선생님은 다르다고 했다.

"옛날 그림은 괴로웠어. 어쩌면 이렇게 아름다울까 하고, 보고 있으면 괴로워질 정도였어. 하지만 지금은 달라. 지금 도쿄의 그림을 보고 있으면 정말로 마음이 부드러워져."

오른손을 잃고, 하루토에게 거부당하고, 다시 한번 그림을 그리기로 결심했다.

내 머리는 그때마다 각성해 갔다.

조금씩 세상을 이해할 수 있게 되었다.

하지만 이해하지 못하는 것은 여전히 많이 있다.

그날, 미카 선생님이 하려던 말은 역시 잘 이해되지 않았다.

하지만 선생님이 행복하면 나도 행복하다. 그거면 충분하다고 생각했다.

8

「오빠는 도코 언니를 혼자 두지 않으려고 열심히 노력했던 건지도 몰라.」

그날 어린 시절의 포근한 꿈을 한 번 더 꾸었다.

옛날 어느 나라에서는 오로라 공주도 백설공주도 왕자님의 키스로 눈을 떴다고 한다.

왜 키스를 받으면 눈을 뜨는 걸까. 공주님에 대해서는 잘 모른다. 단지, 나는 하코네에 여행갔을 때 들은 고즈에의 말을 계기로 눈뜬 게 아닐까 싶다.

학교가 싫었다. 다른 사람이 있는 곳은 무서웠다.

그래서 외톨이였다. 친구는 한 명도 없었다.

아빠와 미카 선생님을 정말 좋아하지만 두 사람은 어른이다.

나에게는 친구가 없다. 줄곧 외톨이였다. 그렇게 생각했기 때문에 고즈에의 이야기를 들었을 때는 무척 기뻤다.

아이들 중에서 하루토만 조금 달랐으니까. 그런 하루토가 나와 친구가 되어준다면 그건 정말로 근사한 일이니까.

하코네에서 고즈에에게 그 이야기를 들은 뒤로 나는 하루토에게 말을 걸게 되었다.

스케치북을 들고 옆에 앉으면 하루토는 무슨 이야기든 들어주었다. 대답은 별로 해주지 않았지만 언제나 끝까지 들어주었다.

즐거웠다. 이야기를 들어주는 사람이 있다는 것이 기뻤다.

둘이서, 지금은 이미 사라진 그 정원에서 많은 이야기를 했던 것 같다.

그건 언제 적 일이었을까.

"깨어 있는지 꿈을 꾸는 건지 모를 때가 있어."

평소에 생각했던 것을 이야기하자 하루토가 신기한 이야기를 해주었다.

"한 남자가 꿈속에서 나비가 되어 날아다니다가 깼는데 깨어나도 의식이 몽롱했어. 꿈속에서 나비가 되었는지, 아니면 나비인 자신이 진짜고 이것이 나비가 꾸는 꿈인지 남자는 알 수가 없었어."

"이상해. 그 남자가 누군데?"

"장자. 옛날 중국 사람이야."

하루토는 스케치북에 '胡蝶之夢'이라고 적었다.

뭐라고 읽는 걸까. '호(湖)'라는 글자와 비슷하게 생겼으니까 꿈속의 나비는 파란색이었는지도 모른다.

"호접지몽이라고 해. 어느 쪽이 꿈이고 어느 쪽이 현실이라도 주체인 자신은 변함이 없어. 의식에 얽매이지 않고 자유롭게 살면 돼. 아마 그런 이야기일 거야."

하루토의 이야기는 이따금 너무 어려워서 잘 이해가 안 된다.

다만 자유롭게 살면 된다는 말은 기뻤다. 왜냐하면 하루토의 말은 언제나 옳으니까. 하루토가 자유롭게 살아도 된다고 하면 자유롭게 사는 것이 옳을 게 틀림없다.

그날, 하루토가 해준 말이 정말 기뻐서 나는 답례로 그림을 한 장 선물했다. 무수한 파란 나비를 그린 유화. 나의 '호접지몽'이었다.

오랫동안 나는 꿈과 현실의 경계를 잘 모른 채 살아왔다.

언젠가 하루토가 이야기한 것처럼, 이것이 꿈이건 현실이건 어느 쪽이든 상관없다고 생각했다. 어제까지의 자신이 완전히 사라진다 하더라도, 내일부터의 자신이 사라진다 하더라도 전혀 상관없다고 생각했다.

하지만 지금은 다르다. 오른손을 잃은 그날, 나는 태어나서 처음으로 진짜 의미를 깨달았다.

이곳은 꿈속 세계가 아니다. 오른손이 잘린 것도, 선생님이 머지않아 돌아가시게 되는 것도 의문의 여지없는 사실이고 현실이다.

그러니 나는 싸워야 한다. 남은 왼손으로, 도쿄 인피니티 그랑프리를 거머쥐어야 한다.

남겨진 기회는 딱 한 번이다. 올해를 놓치면 선생님에게 그 상을 선물할 수 없다. 하지만 무엇부터 시작해야 좋을지 몰랐다.

20년 인생에서 상을 받고 싶다고 원한 것은 처음이었다.

콩쿠르에 출품할 때 선생님의 조언을 듣고 궤도를 수정한 적은 있다. 하지만 그것도 마음이 내켰을 때뿐이었고, 수정하는 이유를 생각해 본 적도 없었다. 그래도 충분하다고 생각하며 오늘날까지 해왔다.

「자넨 그림을 놀이라고 생각하는 게 아닌가?」

수염 난 심사 위원이 그런 말을 했던 것은 기억한다.

「일찍이 피카소는 '예술은 슬픔과 고통에서 나온다'고 했지.

너를 그리면
거짓이 된다

그림은 영혼의 갈등이어야 해. 자네 작품에서 삶의 고통이 느껴지지 않는 건 고뇌를 포기했기 때문이야. 심사 위원장으로서 나는 자네 그림을 좋게 보지 않네.」

무슨 뜻이었을까. 그 사람은 무슨 말을 하고 싶었던 걸까.

어릴 때부터 많은 어른들이 나를 칭찬했다. 그리고 그보다 더 많은 어른들이 나를 싫어했다.

내 어떤 점이 뛰어난지 모른다.

무엇이 잘못인지도 모른다.

왼손으로도 마음속에 있는 것을 형태로 만들 수 있게 되었지만 패배한 이유도 모르는 상태로는 올해도 같은 결과를 맞이하게 될지도 모른다.

결국 의지할 것은 하루토의 눈이었다.

나는 하루토에게 응모 작품에 대해 상담했다.

"미술 세계는 명예를 추구하는 사람들에게는 악마의 소굴이야. 수단을 가리지 않는 파벌 다툼의 소굴로 전락했거든."

하루토는 또 어려운 말을 꺼냈다.

"작년 그랑프리 수상자는 도쿄 인피니티 심사 위원이 중심 멤버로 있는 미술 단체의 회원이야. 나를 제외한 우수상 수상자도 모두 그랬나봐."

"무슨 뜻이야?"

"실력이 전부인 세계가 아니라는 뜻이야."

"하지만 그랑프리 작품은 훌륭했어."

"부정하진 않아. 다만 그 시상식장에 네 그림이 걸려 있었다면 관람하면서 의문을 느낀 사람도 나왔을 거야. 그러니 네 그림은 낙선할 수밖에 없었어. 수상작으로도 입선작으로도 도저히 끼워 넣을 수가 없었어."

"내 그림이랑 비교되니까?"

"그래. 심사 위원의 직함이 뭐였는지 기억 나?"

고개를 가로저었다. 그런 것은 신경 써본 적도 없다. 이름도 기억나지 않는다.

"지금 일본에는 6만 명 전후의 미술가가 있대. 그 중에서 작품을 팔아서 살아갈 수 있는 사람은 불과 몇 퍼센트밖에 안 돼. 연줄에 기대 팔고 있는 사람을 제외하면 숫자는 더 큰 폭으로 떨어질 거야. 심사 위원장인 다이호 슈메이도 신작을 20년 넘게 발표하지 않았어. 너처럼 그리는 대로 팔리는 작가는 정말로 한줌밖에 안 돼."

"그럼 다들 어떻게 살아가?"

"대부분은 미카 선생님이랑 똑같아. 학교, 학원, 문화 센터 등 교사 자리는 적지 않거든. 도쿄 인피니티 심사 위원도 과반수가 대학교 교수나 큐레이터야. 교직을 부정할 생각도 깎아내릴 생각도 없어. 선생님이 없으면 싹트지 못하는 꽃도 있어. 다만, 작품을 팔아서 먹고살지도 못하는 사람이 무슨 낯

짝으로 네 작품을 비판하느냐는 생각은 해."

하루토의 이야기가 사실이라면 큰일인데.

그림과 상관없는 이유로 졌다면 올해도 결과는 똑같을 테니까. 단지 멋진 작품이 이기는, 이 세상의 콩쿠르가 전부 그런 상이라면 좋았을걸.

"난 하루토의 그림은 팔릴 거라고 생각해."

"그건 모르지."

"갤러리 사람이 만나러 왔었잖아."

"화랑과 계약하더라도 작품이 팔린다고는 장담할 수 없어."

"나라면 하루토의 그림이 갖고 싶어. 아, 하루토는 예전에 외국 갤러리스트랑 연락을 주고받았었지? 외국에서 그림을 팔고 싶어?"

"아니, 관심 없어."

어떻게 된 거지? 관심이 없으면 어째서.

"외국 화랑은 작가의 에이전트도 겸하는 경우가 많아. 세상에 팔기 위한 전략도 생각해 주니까 작가는 창작에 집중할 수 있어. 일본에서도 에이전트 기능을 강화한 화랑이 있지만 아직 한참 약해. 내가 하나부터 열까지 다 챙겨줄 수는 없으니까. 그런 쪽의 프로를 찾고 있었어. 네 그림은 틀림없이 세계로 나갈 테니까."

"……날 위해서였어?"

"응."

마치 당연하다는 얼굴로 하루토는 말했다.

그랬구나. 역시 그랬어. 하루토는 언제나 나를 생각해 준다. 분명히 알고 있었는데 조금이라도 불안을 느낀 자신이 한심했다.

"도코. 넌 그림만 그리면 돼. 쓸데없는 건 아무것도 걱정할 필요 없어. 지금 네가 가장 불안해하는 건 다음 도쿄 인피니티에서 그랑프리를 딸 수 있을지 어떨지잖아?"

끄덕였다.

"이기려면 뭘 해야 할지도 제대로 생각하고 있어."

"정말? 다행이다! 하루토가 생각해 준다면 문제없어."

"그래도 너 스스로도 조금은 생각해 봐."

"왜? 싫어. 하루토가 생각해 주는데 그게 무슨 의미가 있다고. 어차피 하루토가 옳은데."

나는 바보지만 그건 알아. 하루토만 믿으면 괜찮아.

언제 어느 때나 하루토와 같이 있으면 문제없어.

9

"이번이 마지막 퇴원이 될지도 모르니까 가보고 싶은 곳이 있어."

2017년 4월이었다.

일시 퇴원 허가를 받은 미카 선생님은 나를 도쿄 국립신미술관에서 개최 중인 알폰스 무하전에 데리고 가주었다.

미카 선생님은 어릴 때 본 화집에 매료되어 그림의 길을 걷기 시작했다고 한다.

그 화집에 인쇄되어 있던 그림이 알폰스 무하의 연작이었다고 한다. 그가 아르 누보를 대표하는 예술가라는 점. 자신의 뿌리인 슬라브 민족의 정체성을 테마로 많은 작품을 그렸던 점. 그리고 그 집대성이 스무 장으로 된 유화 〈슬라브 서사시〉로, 한꺼번에 공개되는 것은 체코 국외에서는 세계에서 처음이라는 점.

전시장으로 향하는 전철 안에서 선생님은 많은 이야기를 해주었다.

3세기부터 20세기 시대를 상징하는 사건과 사람들의 생활

상이 그려진 역사화.

첫 번째 그림, 〈고향 땅에서의 슬라브 민족〉 앞에 둘이 나란히 섰다.

"1년만 늦었더라면 못 봤을 거야."

세로 6미터, 가로 8미터의 거대한 캔버스를 보며 미카 선생님은 울고 있었다.

"오늘까지 살아 있어서 다행이야."

선생님의 옆얼굴을 보고 있는 사이에 정신이 들고 보니 눈물이 뺨을 따라 흐르고 있었다.

"왜 도코까지 울어?"

스스로도 눈물이 어디서 온 건지 알 수 없었다.

다만 정말 좋아하는 선생님이 정말 좋아하는 그림을 보고 울고 있는 모습이 그저 기뻤다.

이렇게 커다란 그림을 스무 장이나 그리다니 대단하다. 부럽다.

사랑이 없으면 이렇게 큰 그림은 그릴 수 없다. 완성되지 않는다.

"이렇게 큰 그림을 어디서 그렸을까요?"

"아틀리에는 중세 시대에 지어진 성에 있었대."

"성에요?"

"무하는 자연광이 들어오는 넓은 성 홀에서 이 대작을 완성시켰어. 16년이라는 세월을 들여서."

"그랬구나."

나는 옛날부터 큰 그림을 그리는 것을 좋아했다.

크면 클수록 마음이 담기기 때문이다.

"선생님. 나는 올해도 도쿄 인피니티에 응모할 거예요. 그러니까 여름까지는 죽지 마요. 이번에야말로 매 트로피를 안겨줄 테니까요."

"그래? ……그렇게 결심했구나."

"네. 이제 조각이나 도예는 못해도 그림은 그릴 수 있으니까요. 하루토가 그렇게 가르쳐줬으니까, 왼손이 못쓰게 될 때까지 그리기로 했어요."

하루토는 오늘도 아틀리에에서 아이들을 가르치고 있다.

얼마 전에 하루토는 대부분의 미술가가 교사 일을 하면서 살아간다고 했다.

우리는 지금 대학교 3학년이다. 앞으로 2년 뒤에는 졸업한다.

졸업하면 하루토는 어떻게 할 생각일까. 몇몇 화랑에서 러브콜이 오는데도 태도를 바꾸지 않았다. 이대로 아틀리에에서 계속 일할 생각일까. 아니면 나 같은 애는 상상도 할 수 없는 전혀 다른 길을 걸을까.

하루토는 나를 위해 외국의 에이전트를 찾고 있다. 하지만 나는 세계 진출에는 사실 관심이 없다. 그림이 팔린다면 국내든 국외든 상관이 없다.

하루토가 아틀리에 세키네에서 선생님을 계속한다면 나도 거기서 그림을 그리고 싶다.

좋아하는 곳에서 살다가 죽고 싶다.

"미카 선생님을 위해 할 수 있는 일이 달리 떠오르질 않아요. 그러니까 열심히 할게요. 아무도 트집 잡을 수 없는 그림을 그려서 그랑프리를 딸게요."

"상은 필요 없어. 도코가 그림 앞으로 돌아와 준 것만으로도 이미 충분해."

"하지만 그 상이 갖고 싶었잖아요?"

물어보자 선생님은 난감한 듯이 웃었다.

"하루토는 뭐래?"

"조언해 줬어요. 난 작년에는 떨어졌잖아요? 심사 위원과 상성이 안 맞는 것 같으니까 이번에는 뭘 그리면 좋을지 하루토가 가르쳐줬어요."

"그랬구나. 뭘 그리기로 했어?"

"음, 그건 아직 비밀이에요. 선생님은 그랑프리를 따면 봐주세요."

"그래? 그럼 기대하고 있을게."

"올해는 선생님을 실망시키지 않을 테니까 안심하세요. 하루토는 응모하지 않지만 내가 꼭 그랑프리를 따올게요."

너를 그리면
거짓이 된다

"너무 집착하진 마. 미술 콩쿠르는 원래 운이 따라줘야 하니까. 아, 그렇지. 도코는 하루토가 왜 응모하지 않는지 아니?"

"관심 없대요."

"……그래? 하루토는 참 다정해. 그 애는 정말로 옛날부터 다정했지."

미카 선생님의 눈에 또 다시 눈물이 차올랐다.

"무슨 뜻이에요?"

"올해 하루토가 그랑프리를 따더라도 내가 전적으로 기뻐하진 못한다는 걸 그 애는 아는 거야. 그래서 관심 없다며 거짓말을 한 거야."

"거짓말이오?"

"그래. 다정한 거짓말이지. 그 애는 옛날부터 그런 식으로 우리를 지켜줬어."

"왜 선생님이 안 기뻐해요? 하루토가 이기면 선생님은 기쁘지 않아요?"

"아니, 기뻐. 작년에 하루토가 도코를 이겼을 때도 정말 기뻤어. 자랑스러웠어."

"그럼……."

"하지만 그날의 토사 붕괴로 상황이 달라졌어. 올해 그랑프리는 도코가 따지 않으면 의미가 없어. 하루토는 그렇게 믿고 있는 거야."

"……음. 잘 모르겠어요. 너무 어려워요."

중얼거리자, 미카 선생님이 내 머리를 쓰다듬어 주었다.

〈슬라브 서사시〉가 걸린 마지막 전시실에는 유일하게 미완
으로 끝났다는 작품도 걸려 있었다.

〈슬라브 보리수나무 아래 오믈라디나의 서약〉

앞쪽에서 이쪽을 보고 있는 소녀는 무하의 친딸이 모델이
라고 한다.

"만년에 무하는 나치의 박해를 받았어. 그로 인해 건강이
나빠져서 일흔여덟 살 여름에 사망했대."

딸을 모델로 그린 소녀는 얼굴까지 분명히 묘사되어 있다.
하지만 중앙에서 둥글게 원을 그리고 있는 몇몇 어른들은 얼
굴이 그려져 있지 않다. 그래서 미완성이라고 하는 것이겠지.

하지만 정말로 이 그림은 미완성일까.

그리지 않은 데에도 의미가 있다는 느낌이 들었다.

"미카 선생님. 언젠가 나도 이렇게 큰 그림을 그리고 싶어
요. 몇 장이든 셀 수 없이 그리고 싶어요. 하지만 그리고 싶은
마음만으로는 안 되죠. 장소라든가, 돈이라든가, 필요한 게 잔
뜩 있는데 나는 혼자서는 준비도 못 해요. 선생님, 난 선생님
한테 배우고 싶은 게 아직 많이많이 있어요. 선생님이 도와줘

야 하는 일 천지예요. 역시 돌아가시면 싫어요. 나는……."

선생님이 더는 없는 날을 생각하면 가슴이 싸늘해진다.

선생님이 없었으면 지금의 나도 없다.

앞으로의 나도 역시 선생님이 없으면…….

"괜찮아, 도코. 내가 없어도 넌 틀림없이 괜찮을 거야."

그렇게 말하고 선생님은 다정하게 미소 지었다.

"하루토가 지켜봐 줄 거야. 그 애는 언제나 도코를 무척 소중하게 아끼거든."

10

아틀리에에서 캔버스와 눈싸움을 하고 있었다.

도쿄 인피니티 응모 기간은 다음 달 말이다. 슬슬 그리기 시작하고 싶은데, 머릿속을 정리하려면 조금 더 시간이 걸릴 것 같았다.

세로 200센티미터, 가로 170센티미터. 그것이 콩쿠르의 규정 사이즈다.

사랑을 쏟아 붓기에는 역시 조금 작은 느낌이다.

그랑프리 부상은 상금 300만 엔으로, 작품은 주최 단체에서 사들인다.

300만 엔을 받을 수 있으면 어디에 쓸까. 알폰스 무하전을 보러 간 날, 선생님과 같이 외국의 미술관을 둘러보고 싶다는 생각이 들었지만, 아마도 여행은 불가능할 것이다.

생각해 보면 선생님과 멀리 나간 적은 하코네 여행 때 딱 한 번이다.

가기 전에는 불안해서 어쩔 줄 몰랐는데 그 여행은 정말로 즐거웠다.

어릴 때의 기억은 거의 남아 있지 않은데, 그날의 일 만큼은 빠짐없이 선명하게 기억한다.

아이들과 둘러본 미술관도 재미있었고, 고즈에와 온천을 한 것도 재미있었다.

행복했구나. 그게 행복이라는 거겠지.

다시 한번, 다 같이 하코네에 가고 싶다.

그러면 이번에는 노천탕에도 같이 갈 수 있는데.

"헤실거리지 마."

캔버스 앞에서 몸을 흔들고 있는데 하루토의 목소리가 들렸다.

"어? 수업은 끝났어?"

"이미 열한 시니까. 출품작, 그리기 시작하기로 한 거야?"

너를 그리면
거짓이 된다

"아니. 조금 더 생각했다가 할 거야. 그리고 이 그림을 그리기 전에 하루토한테 부탁하고 싶은 게 있어."

의자에서 일어나 캔버스 반대쪽에 있는 책상에 걸터앉았다.

"하루토는 열다섯 살 때 여행간 거 기억해?"

"아니, 기억 안 나."

"뭐? 왜 잊어버린 거야. 다 같이 하코네에 갔었잖아."

"그건 열네 살 때였어."

아무래도 나는 1년 착각하고 있었나 보다.

"그날 태어나서 처음으로 유카타를 입었어."

"기억 나. 네가 들떠서 까불거리는 모습은 드물었으니까."

"정말? 기억해?"

"그래. 모란 무늬 유카타였지?"

"그렇구나. 그건 모란꽃이었구나."

유카타에 흩뿌려져 있는 희고 빨간 꽃잎.

예쁘고 귀엽고 감촉도 부드러워서 나는 유카타에 정신을 빼앗겼다.

살면서 거울 앞에서 기뻐서 날뛰었던 건 그날 정도였다.

"정말 기뻤거든."

"그때를 떠올리고 있었어?"

「오빠는 도코 언니를 혼자 두지 않으려고 열심히 노력했던 건지도 몰라.」

고즈에가 해준 말이 기뻤다.

처음으로 입은 유카타가 눈부셨다.

땋아준 머리가 자랑스러웠다.

그날 나는 세상에서 가장 행복한 아이였다.

"하루토, 그날의 날 그려주지 않을래?"

캔버스 너머의 그에게 말했다.

"유카타를 입은 열네 살의 나를 말이야."

어느새 하루토의 얼굴에서 표정이 사라져 있었다.

서로 마주본 채 얼마나 오래 침묵했을까.

"널 그리면 거짓이 돼."

이윽고 온화한 말투로 하루토는 그렇게 말했다.

그 말은 하루토의 본심일까.

역시 나는 잘 이해되지 않았다.

"괜찮아. 거짓이라도. 하루토가 그린 그림이라면 나한테는
거짓이 아니니까."

"넌 날 너무 지나치게 믿어. 언젠가 크게 다칠 거야."

"괜찮아. 하루토는 다정하니까 아파도 아무렇지 않아."

하루토에게 받는 상처라면 나는 괜찮다.

그런 것은 아픈 축에도 들지 않는다.

생각한대로 솔직하게 말했을 뿐인데 하루토는 쓴웃음을 지었다.

"12년 전에 고즈에가 다닐 미술 학원을 찾으려고 아틀리에를 방문한 날, 처음으로 내 장래를 진지하게 고민했어. 정신을 차리고 보니 머릿속으로 미래의 내 모습을 그리고 있었어."

"그랬어?"

"그래. 이렇게 될 예정은 없었지만."

복잡한 얼굴로 하루토는 캔버스로 시선을 떨어뜨렸다.

"뭐, 좋아. 네가 그리라고 하면 그려볼게."

기분 탓일까.

어쩐지 즐거운 듯이 말하고 하루토는 의자에 앉았다.

나도, 하루토도 그 무렵으로 다시 돌아갈 수는 없다.

오른손이 있던 시절의 나는 두 번 다시 돌아오지 않는다.

그래도 가끔씩 떠올려 보는 것 정도는 괜찮잖아?

앞으로도 계속 걸어가기 위해, 이따금 멈춰 서서 뒤돌아봐도 괜찮잖아?

"밑그림은 완성했어."

어깨를 흔들어서 눈을 떠보니 날이 밝아 있었다.

나는 몇 시간 동안 잤을까.

캔버스 앞으로 갔다.

거기에는 완전히 똑같은 열네 살의 내가 있었다.

그날 거울 앞에 있던 내가 변함없는 모습으로 서 있었다.

"너는 다른 사람을 위해 그림을 그려본 적은 없지?"

한 달 전에 하루토는 나에게 그렇게 말했다.

"딱 한 번이라도 괜찮아. 도쿄 인피니티 출품작만이라도 상관없으니까 자신을 위해서가 아니라 다른 누군가를 위해 그려보지 않을래?"

"다른 누군가를 위해?"

"그래. 미카 선생님을 위해, 네 눈에 비친 미카 선생님을 그려보는 거야."

그것이 하루토의 최종 조언이었다.

무척 근사하다고 생각했다. 그런 그림은 지금까지 한 번도 그려본 적이 없었다. 다른 누군가를 위해 그 누군가를 그리다니 생각해 본 적도 없었다.

역시 하루토는 대단하다. 내 머리로는 평생 걸려도 떠오르지 않을 아이디어가 튀어나온다.

그날부터 나는 줄곧 정말 좋아하는 미카 선생님을 어떻게 그릴지만 생각하며 지냈다. 지금까지 몇백, 몇천 장씩 그려왔지만, 한 장의 그림을 그리는 게 이렇게 즐거웠던 적은 없었다.

그리고 지금.

눈앞에는 날 위해 하루토가 그려준 열네 살의 내가 있다.

이 그림에 색채가 더해지면 어떻게 될까.

좀 더 빨리 그려달라고 할 걸 그랬다.

그랬으면 틀림없이 더 빨리 깨달았을 것이다.

미카 선생님의 말은 진실이었다.

난조 하루토는 처음 만났을 때부터 줄곧 나를 봐주었다.

오늘도, 내일도, 앞으로도.

틀림없이 하루토만큼은 죽을 때까지 내게서 눈을 떼지 않을 것이다.

에필로그

1

2018년 9월 9일.

미카 선생님의 의뢰를 수행하기 위해 오랜만에 아틀리에 세키네를 찾았다.

벌써 그 끔찍한 토사 붕괴 사고로부터 이제 곧 2년이 지난다.

현재 강사를 맡고 있는 사람은 대학교 4학년이 된 오빠 난조 하루토와 다키모토 도코 두 사람이다. 학생 수가 옛날보다 늘어난 것처럼 보이는 것은 기분 탓이 아닐 것이다.

'외팔의 천재 아티스트'

다키모토 도코는 지금은 모던 아트 세계에서 뛰어나와 꽤나 유명인이 되었다. 그런 그녀가 강사로 있는 아틀리에라 광고를 하지 않아도 학생들이 모여든다. 하지만 실제로 그들을 가르치는 사람은 주로, 사실상 오빠 혼자였다.

도코에게 사무 능력이 있다고는 생각되지 않는다. 교사로서도 도움이 되지 않을 것이다. 그녀의 능력은 창작에 특화되어 있다. 실제로 조금 전에 만나러 갔을 때도 캔버스 앞에서 일어날 기미조차 보이지 않았다.

이런 상황에서 오빠는 정말로 대학교까지 다니기는 하는 걸까.

하긴, 이렇게 말하는 나도 대학을 중퇴하고 만화가가 된 인간이다. 이러쿵저러쿵할 자격도 없고, 애당초 두 사람이 미카 선생님의 아틀리에에 문을 닫는다고는 생각할 수 없다. 양립하기 힘들어지면 대학교를 그만둘 것이다.

큰 교실에서 크로키 수업이 이루어지고 있었다.

오빠는 학생들 사이를 돌아다니며 한 사람 한 사람에게 조언을 해주고 있었다.

대학교 1학년 가을부터 강사를 하고 있으니 이제 와서 이야기하기에는 늦은 감이 있지만 다른 사람에게 관심이 없는 오빠가 가르치는 일을 계속하고 있다는 사실에 위화감을 씻을 수 없다.

지금의 오빠를 엄마는 어떻게 생각할까.

"고즈에, 많이 기다렸지?"

오후 여덟 시, 휴게실로 오빠가 왔다.

"고생했어. 평일인데 이렇게나 학생이 많구나. 아틀리에가 정말로 오빠 혼자 힘으로 운영이 돼?"

"도코도 있어."

"무슨, 도코 언니는 선생님으로서는 전혀 도움이 안 되잖아."

오늘도 그녀는 강사 대기실에서 자신의 그림만 그리고 있었다. 슬슬 입시철이 시작되려는 이런 시기인데도 말이다.

"저기 있는 학생 명단을 봤는데, 게이스케는 안 왔더라?"

"게이스케?"

"왜, 병원에서 일하던 애 있었잖아. 중학교 때 여기 다녔던 나랑 같은 나이의 남자애 말이야."

"아, 다카가키 말이구나. 서로 연락하는 사이였어?"

"응. 만화에 대한 감상을 얘기해줘. 스토리에 대해서 말해 주는 사람은 많은데 그림에 대한 감상을 얘기해 주는 사람은 별로 없어서 아주 귀중한 존재야. 그림을 다시 시작해 볼까 하고 말했었는데 많이 바쁜가? 올해부터 전문학교에 다니기 시작한 것 같고."

"전문학교?"

"간호사 면허를 딸 거래. ……아, 그러고 보니 요전에 게이스케가 이상한 얘길 했었어. 중학교 때 누가 도코 언니의 그

338 너를 그리면
     거짓이 된다

림을 찢은 사건이 있었잖아? 그 메시지는 오빠가 직접 쓴 거였다더라?"

"그런 일이 있었던 것 같기도 하네."

오빠의 표정은 변함이 없었다.

"왜 그랬느냐고 물었더니 도코 언니한테 미움 받고 싶어서 그랬대. 오빠가 그렇게 말했다더라."

"다카카키는 의외로 입이 가볍구나."

"무슨 뜻이야? 왜 도코 언니한테 미움 받고 싶었어?"

"글쎄. 옛날 일이라 기억 안 나."

"기억하고 있는 사람들이 꼭 그렇게 말하더라. 게다가 오빠처럼 머리 좋은 사람이 잊을 리 없잖아. 오빠는 두루뭉술하게 어물쩍 말하는 걸 좋아하더라. 좋지 않은 습관이야."

"솔직하게 얘기했을 뿐이야."

"거짓말. 이쪽 반응을 보고 즐기는 거 아냐? 나한테도 도코 언니를 비겁한 녀석이라고 생각한다고 했었잖아."

"사실이잖아. 그런 재능 덩어리 같은 녀석을 보면 비겁하다는 생각 안 들어?"

"그야, 생각이 안 들진 않지."

"그것 봐. 거짓말은 안 했잖아?"

뭘까. 능구렁이처럼 그럴 듯한 말로 빠져나가려는 것 같다.

"그럼 미움 받고 싶었다는 건 뭐야?"

달아나게 두지 않으려고 똑바로 쳐다보자 작게 한숨을 내쉬었다.

"그때는 같은 고등학교에 다니기 시작했을 무렵이었잖아? 도코는 수업 시간이든 방과 후든 아무튼 내 뒤만 졸졸 쫓아다니게 됐거든."

"다른 친구가 없으니까 그랬겠지. 그게 싫었어?"

"큰일 났다고 생각했어. 그렇게까지 가까이 다가오면 들킬 것 같았거든."

"들키다니 뭘?"

"누덕누덕 기운 가면."

가면? 그게 무슨……. 내가 다시 묻기도 전에 덧붙였다.

"실제로는 그런 걱정은 아무런 의미도 없었던 것 같지만."

그러더니 오빠는 어이없다는 얼굴로 이쪽을 노려보았다.

"너는 말하지 말라고 부탁했는데 도코한테 이야기했지?"

"뭘?"

"내가 다른 미술 학원에도 다녔던 거 말이야."

그것은 내가 줄곧 사과하지 못했던 과거의 실수였다. 하지만 설마 오빠가 알고 있을 줄은 몰랐다. 도코에게 직접 들었을까. 비난할 처지는 아니지만 아무한테도 말하지 말라고 부탁했거늘…….

"소란스러워졌네."

자판기는 이 휴게실에밖에 없었다. 휴식 중인 학생들이 하나둘씩 모여들기 시작했다.

"강사 대기실로 갈까?"

오빠의 말에 도코가 그림을 그리고 있는 강사 대기실로 오빠와 함께 향했다.

30분 전에 만났을 때는 캔버스 앞에 앉아 있었는데 수시로 변하는 그녀는 얇은 여름 이불을 둘둘 말고 바닥에서 웅크리고 자고 있었다. 바로 옆에 아직 마르지 않은 붓이 던져져 있었다. 그리는 도중에 힘이 다해서 바닥에서 잠이 들었을 것이다. 여전히 야생동물처럼 사는 사람이었다.

강사 대기실에는 도코의 작품이 잔뜩 걸려 있었다.

그녀의 그림을 보고 있으면 자연스럽게 한숨이 새어나온다.

"분해. 왼손으로 그리기 시작한 지 아직 2년도 지나지 않았잖아? 그런데 벌써 훌쩍 앞서 있어. 나도 매일 열 시간 넘게 그림을 그리는데."

같은 무대에서 싸우는 것은 아니다. 그래도 그림은 그림이다. 당해낼 수 없다. 도저히 상대가 안 된다. 그렇게 깨닫게 된다.

"오빠 그림은 없어?"

물어보자 방 한쪽에 놓여 있는 유화를 가리켰다.

"오빠 그림은 안 변하는구나."

무서울 만큼 꼼꼼하고 한숨이 새어나올 만큼 치밀한 사실화.

"어쩐지 헛웃음이 나. 이건 거의 사진이잖아."

"그 말은 그림에 대한 칭찬이 아닌 거 알지?"

"알아. 하지만 만화 배경에 대해서라면 더할 나위 없는 칭찬이잖아? 옛날부터 배경이 그렇게 어렵더라. 어디까지 그려야 할지 판단이 안 서. 시간을 들이면 퀄리티는 올라가지만 독자들의 눈이 따라가는 건 거기가 아니고. 오빠가 도와주면 걱정이 없을 텐데."

오늘도 교실에는 학생이 넘쳐난다.

평일에는 대학교 수업도 있을 것이다.

"도쿄 언니가 저런 상태니 오빠는 아틀리에를 쉬지도 못하지?"

"어시스턴트는 없어?"

데뷔한 지 1년 반, 붓을 꺾을 정도의 쓰라린 경험도 없이 연재를 계속하고 있지만, 상주 어시스턴트를 고용할 수 있을 정도의 수입은 아직 없다.

"신인은 사람을 찾는 것만으로도 큰일이거든. 게다가 나는 다른 사람을 쓰는 건 좀 불편해. 정말로 오빠한테 부탁할 수 있으면 좋을 텐데."

저 책상은 오빠가 사무 작업을 할 때 쓰는 걸까.

쌓여 있는 도록 옆에 액자가 놓여 있었다.

언제 찍은 걸까. 사진 안에서 환자복 차림의 미카 선생님이 웃고 있었다.

세월의 흐름은 마음이 아플 만큼 빠르다.

우리의 은사님이 세상을 뜬 지 오늘로 딱 1년이다.

"두 사람이 학원을 이어받아서 미카 선생님은 틀림없이 기쁘시겠지."

"글쎄. 더 넓은 세상으로 날아가길 원하시지 않으셨을까? 도코에게 오른손이 있었을 때는 우리한테 뉴욕과 베를린의 화랑 이야기를 하셨었어."

"여기서 못 하는 건 세계무대에서도 못 해. 지금은 그런 시대가 아니야. 아트 프로모터와 매니지먼트 계약을 맺어서 귀찮은 일은 전부 맡기면 돼. 도코 언니의 실력이면 손을 내미는 사람이 수두룩하지 않아?"

"그런 종류의 이야기가 요즘 들어 다시 늘어나긴 했지만 고민도 없이 모조리 거절하고 있나봐."

"왜?"

"최대한 다른 사람과 얽히기 싫은 거겠지. 녀석이 바라는 건 이 생활을 계속하는 것뿐이야. 그 바람은 돈만 있으면 이루어져. 작품이 팔리면 그걸로 충분한 거야."

"그럼 왜 이렇게나 그림이 남아 있어? 팔다 남은 거야?"

"개인전용이야. 많은 사람한테 보여주면 값을 더 잘 받을

수 있다고 깨달았나봐. 명예에는 관심이 없으면서 돈은 밝힌
다니까."

"그건 좀 의외네."

"재료값 외에는 돈을 쓰지도 않으면서."

"아버지를 편하게 해드리고 싶은 거 아냐? 도코 언니는 착
하니까."

틀림없이 그럴 것이다. 그런 느낌이 들었다.

도코는 남과 자신 사이에 벽을 만드는 사람이지만, 벽을 만
들기 때문에 벽 안에 있는 사람에게는 남보다 훨씬 집착한다.
소중히 아낀다. 그런 사람이다.

"그래서 오늘은 뭐 하러 왔어?"

"이유가 없으면 오면 안 돼?"

"어시스턴트도 없이 연재 중인 만화가는 목적이 없는데도
쏘다닐 만큼 한가하지 않잖아?"

"부처님 손바닥 안이구나. 두 사람한테 전해줄 게 있어서
왔어. 미카 선생님이 부탁하셨거든. 당신이 돌아가시고 1년이
지나면 두 사람한테 마지막 선물로 전해달라고 하셨어."

"마지막 선물?"

상상도 못 했을 것이다. 오빠는 의아한 눈빛으로 보았다.

미카 선생님에게 그 이야기를 들었을 때는 나도 상당히 놀
랐다.

하지만 이제 와서 보면 충분히 이해가 된다. 난조 하루토와 다키모토 도코, 두 사람을 가장 가까이서 지켜봐온 사람은 선생님이다.

"오빠가 도코 언니를 어떻게 생각하는지 요즘에야 간신히 알 것 같아. 알았다고 할까, 수긍이 된다고 할까. 뭐랄까, 남자들은 참 성가시네."

"무슨 말이 하고 싶은 거야?"

"미카 선생님의 선물을 보면 내가 하고 싶었던 말도 알 수 있을 거야. 조금 전에 도코 언니한테 줬으니까 깨어나면 물어봐."

옆에서 이렇게나 이야기하는데 바닥에서 웅크리고 있는 그녀는 깨어날 기미도 없었다.

옛날부터 그랬다. 도코는 한계까지 움직이다가 자기 때문에 일단 한번 잠들면 좀처럼 깨지 않는다.

"오빠, 도화지 한 장만 줄래? 나도 오랜만에 여기서 뭔가 그리고 싶어."

볕이 닿지 않는 방 한쪽 구석.

액자에 들어 있는 캔버스에 한 인물이 그려져 있다.

오빠가 그린 그림은 입 못지않게 많은 이야기를 한다.

거기에 그려져 있는 유카타를 입은 소녀는 틀림없이 그 무렵의…….

2

도코가 깨어난 것은 학생이 다 돌아가고 날짜가 바뀐 한밤 중이었다.

"하루토, 부자 코코아 타줘."

그녀는 소파에 드러누워 졸린 목소리로 사무 작업을 하고 있던 오빠에게 부탁했다. 아무래도 자기가 직접 코코아를 탄다는 선택은 없는 듯했다.

부자 코코아는 집에서 아빠가 타주는 코코아의 명칭이다. 그냥 끓는 물만 부은 코코아가 '거지 코코아', 물을 넣고 우유를 부은 것이 '평민 코코아', 그리고 데운 우유로 만드는 게 '부자 코코아'다. 특별히 큰 수고를 들이지도 않는데 이 세 가지의 맛은 전혀 달랐다.

우리 집 코코아 중에는 생크림을 올리는 '귀족 코코아'인 최상급 클래스도 존재한다. 하지만 도코는 그 단어를 말하지 않았다.

도코의 사전에 '사양'이라는 두 글자는 없다. 알고 있었다면 반드시 귀족 코코아를 졸랐을 것이다. 틀림없이 생크림을 올리는 수고로움이 귀찮아서 오빠가 아직 그 존재를 비밀로 하고 있는 것이다.

"역시 하루토가 타주는 코코아가 가장 맛있어."

아까부터 도코는 자꾸만 하품을 쏟아냈다.

"고즈에, 만화 가지고 왔어?"

"아니. 안 가져왔어. 오늘은 미카 선생님의 선물을 전해주는 게 목적이었거든."

"그렇구나. 읽고 싶었는데."

"이제 곧 단행본이 발매되니까 나오면 가지고 올게."

"응. 기대할게."

도코가 코코아를 다 마시면 먼저 집으로 돌아가자고 생각했다.

"하루토, 볼펜 좀 줘봐."

그런데 내가 자리에서 일어나기도 전에 도코가 서랍에서 갈색 용지를 꺼냈다.

설마 내가 있는 곳에서 그 이야기를 꺼내려는 걸까. 남의 눈을 신경 쓰는 사람은 아니지만 아무리 그래도 이런 섬세한 이야기는 단둘이서 하면 좋을 텐데.

도코가 책상에 내려놓은 용지에 오빠가 눈길을 떨어뜨렸다. 그 순간을 주의 깊게 관찰했는데 오빠의 얼굴색은 변화가 없었다.

"이거, 미카 선생님의 마지막 선물이래."

그것은 증인란에 도코의 아버지와 내 서명이 들어간 혼인 신고서였다. 선생님은 당신도 증인이 되고 싶어 하셨지만 사망한 사람의 서명이 있으면 서류가 무효가 된다고 한다. 앞으로의 일을 생각해 선생님은 나에게 그 역할을 맡기셨다.

오빠가 볼펜을 주자 도코는 잠이 덜 깬 흐리멍덩한 얼굴로 '아내'란에 자신의 이름을 적어 넣었다.

"너 그게 무슨 뜻인지는 알아?"

"응. 알아. 내가 쓰면 하루토도 쓸 거지?"

의심할 줄 모르는 순수한 눈빛으로 그녀가 오빠에게 물었다.

오빠와 도코는 사귀는 사이가 아니다. 이 선물을 전할 때 확인했는데, 어느 한쪽이 프러포즈한 사실도 없다고 한다.

하지만 망설임 없이, 마치 필연처럼 도코는 빈 칸을 채워나갔다.

그러더니 순진무구한 얼굴로 웃으며 오빠에게 볼펜을 내밀었다.

우리 오빠는 자신의 이야기는 하지 않는다. 진짜 마음을 아무에게도 보이지 않는다.

그래도 미카 선생님만은 오빠를 꿰뚫어보고 있었다. 오빠가 도코를 어떻게 생각하고 있는지 선생님 혼자만 알아보았다.

액자 안에서 마치 축복하듯 미카 선생님이 웃고 있었다.

선생님은 양손으로 매 트로피를 소중히 안고 있었다. 작년 도쿄 인피니티에서 도코가 따서 선생님에게 선물한 것이다.

요령 없는 난조 하루토와 다키모토 도코를 받쳐주고 지켜 봐준 미카 선생님은 이제 없다.

이제는 아무도 다정했던 선생님의 지도를 받을 수 없다.

하지만 두 사람은 외톨이가 되지 않았다.

줄곧 같이 살아간다. 같은 속도로 걸어간다. 그런 사람이 옆에 있다.

앞으로 무엇을 잃고 무엇을 얻더라도 그 사실만큼은 변하지 않을 것이다.

오빠는 도코가 내민 볼펜을 받아들고 온화한 얼굴로 '남편' 칸을 채워나갔다.

앞으로 시작되는 것은, 이제는 두 사람만의, 연애 없는 사랑 이야기일 것이다.

Fin

참고 문헌

타니가와 아츠시 『신편 예술을 둘러싼 말』 미술출판사(2012년)

후지타 레이이 『현대 아트, 초입문!』 슈에이샤(2009년)

타카하시 류타로 『현대미술 콜렉터』 고단샤(2016년)

『퐁피두 센터 걸작전』 아사히신분샤(2016년)

「주간 다이아몬드」 제105권 13호 다이아몬드샤(2017년)

너를 그리면
거짓이 된다

너를 그리면 거짓이 된다

2023년 1월 17일 1판 1쇄 발행

저   자 아야사키 슌
옮 긴 이 이희정
발 행 인 유재옥

본 부 장 조병권
편 집 1 팀 김준균 김혜연
편 집 2 팀 정영길 조찬희 박치우 정지원
편 집 3 팀 오준영 이해빈
편 집 4 팀 전태영 박소연
디 자 인 김보라 박민솔
라 이 츠 김정미 맹미영 이승희 이윤서
디 지 털 박상섭 김지연
발 행 처 (주)소미미디어
발행등록 제2015-000008호
주   소 서울시 마포구 토정로 222, 403호(신수동, 한국출판콘텐츠센터)
제 작 처 코리아피앤피
영   업 박종욱
마 케 팅 한민지 최원석 최정연
물   류 허석용 백철기
전   화 편집부 (070)4164-3960, (070)4253-9250 기획실 (02)567-3388
           판매 및 마케팅 (070)4165-6888, Fax (02)322-7665

ISBN 979-11-384-3552-9 (03830)